Thomas Hager

ELECTRIC CITY

エレクトリック・シティ

フォードとエジソンが夢見たユートピア

トーマス・ヘイガー

伊藤 真【訳】

白水社

エレクトリック・シティ——フォードとエジソンが夢見たユートピア

私にマッスル・ショールズの地を紹介してくれたよき友人たち、
アミット・ロイとテイラー・パーセルに

エレクトリック・シティ　目次

第1部 マッスル・ショールズ

第2部 繁栄の町

第3部 TVA

凡例

＊訳者による注は〔　〕内に割注で記した。

＊引用文中および発言中の中略は「……」で示した。

＊本文中の書名については、邦訳のあるものは邦題を記し、邦訳のないものは逐語訳と原題を併記した。

プロローグ

一九二一年十二月、マスコミが「二人の魔術師」と呼んだ男たちが列車の専用客車の扉を開け、後部デッキに姿を現し、そして未来を予告した。世界一の金持ちと世界で最も偉大な発明家、ヘンリー・フォードとトーマス・エジソンである。

二人を乗せた列車は古びた木造駅舎の前の支線に停車していた。そこは誰が見ても「文化果てる地」と言うべき、アラバマ州の小都市フローレンス。その住民ら数千人が二人を取り囲んでいた。この町ではめったに目にすることのない大群衆である。地元の名士の商人や役人たちが一張羅にソフト帽という出で立ちで集まり、農場主とその家族、それに小作人らとも揉み合うようにして詰めかけていた。群衆の間からは期待に満ちたささやき声が聞こえ、一四もの新聞社や通信社の記者らがメモ帳を手に待ち構えている。枠で精力溢れるフォードが群衆に輝くような笑顔を向けた。そのフォードはとても雄弁家とは言えない。声は甲高く、数人以上の聴衆を相手にすると舌がもつれた。だからこのときも、旅の仲間たちを紹介しただけで手短に切り上げた。まずトーマス・エジソンを紹介すると群衆から歓声が上がった。フォードの妻クララとエジソンの妻ミナ、フォードの息子エドセルとその妻エレナの紹介にもいちいち歓声が上がる。ちょうどフォード一行のために軽食を作り終えたばかりの専属シェフを紹介したとしても、きっと大歓声が上がったに違いない。

フォードは群衆に多くを語る必要はなかった。すでに何週間も前から、新聞がフォードのアイディアを報じていたからだ。まさにこの町で、テネシー川流域のこの地域で、フォードとエジソンは雇用を創出し、金をもたらし、地球上のどこにもないような新しい都市を建設しようとしていたのだ。

フォードはデトロイトからアラバマへの道中、自らの構想を記者たちにさらに詳しく語っていた。フォードの計画では、フローレンスに隣接するマッスル・ショールズと呼ばれる場所に、マンハッタンの一〇倍の規模の都市を建設する。この未来の都市は、都市ならではの技術の力と田園の自然美とを組み合わせ、都会暮らしと田舎暮らしの最良の部分を合体させる。スラムも安アパートも黒煙を吐き出す工場群もなく、精神を腐敗させる都会の悪弊とも無縁な都市になるはずだという。川沿い七五マイル〔約一二〇キロメートル〕にわたり、いくつもの小規模な中核センターが高速かつスムーズな移動を可能にするハイウェイで結ばれ、「緑のリボン」とも言うべき形態の都市である。そしてその全体は、川が生み出す電力という、再生可能なクリーン・エネルギーで動くのだ。そこには何十という小規模工場が建設される。そして一〇〇万人の労働者にフォードは働き口を提供しようというのである。

すべての労働者は数エーカー〔一エーカーは一二〇〇坪強〕の土地を持つことができ、自然と触れ合いながら農作業をして、食糧はほぼ自給自足できる。しかも近代的な農機具を使えば、必要な農作業は二、三カ月でできないことはないと、フォードは記者らに語った。残りの期間は電化された小規模工場でブルーカラーの労働者として働くのだ。そこで得られる賃金は、自家用車、農機具、ラジオ、労力を節約できる種々の装置などの購入や、それに子供たちの教育費に充てることができる。

それだけではない。すでに記者らが「南部のデトロイト」と呼び始めていたこの新たな都市は、新たな資金供給の方式で建設されるため、アメリカを牛耳る銀行家やウォール街の金満家たちの魔手から逃

二人の魔術師――フォード（左）とエジソン（アラバマ州フローレンス、1921年）

れることができる。つまり実際に暮らしのために働いている人たちの手に経済の主導権を取り戻すのだ。フォードとエジソンの説明によると、この計画全体は二人が「エネルギー・ドル」と呼ぶ新しい形の通貨で賄われる。だから全米の納税者たちの負担はゼロ。全米から労働者たちを惹きつけ、アメリカ南部の経済を活性化させ、国民の新たな繁栄を誘発する。さらに世界中の胃袋を満たすのにも貢献し、フォードが言うには、ついには戦争をなくす一助にもなるだろう。ここはまさにアメリカのユートピアになるのだという。

フォードの短い演説の裏には、心の奥底から突き上げてくる一つの熱意があった。それはアメリカで最も貧しく、最も開発が遅れた諸地域に、新たな技術の恩恵をもたらすことだった。この新都市は「二人の魔術師」が抱く信念の結晶となる——機械に対するフォードの情熱と、新技術で人びとの暮らしをよくしようというエジソンのひたむきな献身である。これは二人のキャリアの記念すべき大団円ともなるはずだ。この電化されたエレクトリック・シティは二人の最高傑作となるだろう。

群衆は熱狂的な喝采を送った。

これは偉大なるエレクトリック・シティの興亡の物語だ。この都市構想は「狂騒の一九二〇年代」きってのマスコミの話題の的となり、議会では一〇年間にわたって激論が交わされ、一三八本もの法案を生み、クロンダイクのゴールドラッシュ〔十九世紀末にカナダ北西部のこの町で金鉱が発見されて人や資金が殺到した〕以来というほどの投資熱を誘発し、世界の都市計画のあり方を変え、そしてもう一歩でヘンリー・フォードがアメリカ大統領に選出されていたかもしれない、そんなムーブメントまで巻き起こした。

一方でこれは、熱のこもった長年の努力が水泡に帰した一大構想の物語でもある。フォードの構想に反対し、その実現を阻んだのはジョージ・ノリスという上院議員。今ではほとんど忘れ去られているが、アメリカ現代史上の重要人物で、これは彼の物語でもあるのだ。

そして最後に、この物語はアメリカのユートピアを築こうとしたフォードのアイディアの残骸から、何がもたらされたのかを語る。今日、アラバマ州フローレンスとその周辺地域は緑豊かに繁栄し、全米における経済的地位も大幅に向上し、住民の暮らしぶりは大きく様変わりした。なぜそんなことができたのか、本書の最後にその歩みを描きたいと思う。

この物語は詰まるところ、アメリカならではの楽観主義と変革の精神を浮き彫りにする――新しいことに挑戦し、新たなシステムを生み出し、新しいビジネスのやり方を試し、そして新たな暮らし方を身につけていく、そんなアメリカ特有の熱意だ。本書には、一般にはほとんど知られていないが個性豊かな人物たちも登場する。夢想家に、詐欺師まがいの商売人、政治家、それにビジネス界の巨人たちが、アメリカ南部のちょっとした王国ほどの地域の未来を手中にすべく、鍔迫《つばぜ》り合いを演じたのだ。テネシー川の支配権をめぐる彼らの闘争は、私たちが抱える多くの諸問題の先駆けでもあった。つまり自らの野心の実現と他人への利他心、産業開発と環境保全、最先端のライフスタイルと古き良き暮らし、それらのバランスをいかに見出すべきかという問題である。

本書が扱うのは、ほとんどが一九二〇年代の出来事だ。第一次世界大戦で連合国の勝利に貢献したおかげで、アメリカが世界で新たな役割を演じ始めた、歴史の転換期だ。それまでのアメリカは、基本的には田園地帯の農業を中心とする国家で、独立心旺盛で自由な思想を持った農民たちによる、あの愛すべき、神話的とさえ言うべきアメリカン・デモクラシーの時代が、つまり建国の父の一人トーマス・ジェファーソン〔一七四三－一八二六年。独立宣言起草者で、のち第三代大統領。農業主体の民主主義的共和国を理想とした〕のアメリカがまだ生きていた。それがこの時期に、より都会的で、産業化され、工場労働者や大量移民、企業連合がひしめき、莫大なマネーが動く世界的大国へと変貌していったのである。

フォードとエジソンは、彼らが理想とするアメリカのあるべき姿をアメリカの人びとに提供したいと願っていた。それをとてつもない規模の生きた実例で示すのだ。二人は古きアメリカの最良の部分を取り戻し、未来の技術がもたらす利点でそれに新たな活力を与えようと考えた。つまり独立心と個人主義で自由に生きた建国当初の農民たちの、自然とともにある牧歌的な暮らしぶりを、よりクリーンな産業、より高速な輸送網、そして労力を節約できるさまざまな装置などを活用して復興するのだ。その結果、新しい形の都市、新しい物づくりの方法、労働と余暇の新たなあり方が生まれ、あらゆる人びとの生活が向上するというのだった。

二人の提案はウォール街でも議会でも嵐のような反響を巻き起こした。そして、その論争の余波は現在までも続いているのだ。当時と変わらず、今日でも、アメリカの政治的論争は一見とてもシンプルな問いかけに収斂すると言えるだろう――私たちの政治的判断は、経済を活性化させるために民間企業が主導すべきか、あるいは公益のために政府当局者が主導権を握るべきか？ そして常に繰り返されるシンプルな答えは――「その両方」だ。おかげで何をどう優先すべきかをめぐって延々と賛否が議論されることになる。企業の利害と広い意味での「人民」のどちらを尊重すべきかという、おなじみの議論だ。これはあらゆる社会的な問題をめぐり、そして選挙のたびに、論議の的となる。ただし、この両者の間に緊張関係があるのはよいことでもある。誰の意見が最も賢明で、国民にとって何がベストなのか。その論争はアメリカ人の大胆で荒っぽい歴史を前に推し進め、エネルギーを与えてくれる。多くの意味で、政治的議論が刻むリズムこそが、アメリカという国の鼓動そのものだとも言えるだろう。そしてアラバマ州に金ぴかの新都市を築こうというフォードとエジソンの構想によって、こうしたことのすべてがかつてない形で浮き彫りにされたのである。

マッスル・ショールズの近くにでも住んでいない限り、本書が語るストーリーにはおそらくなじみがないだろう。私自身、数年前にある肥料の調査団体の招きで講演をしに行くまで、まったく知らなかった（私は以前、肥料がいかに世界の歴史を変えたかについて本を書いたことがあり、おかげで講演を依頼されたのだ）。訪れるまで、どんなところか想像もつかなかった。アメリカ西海岸のオレゴン州で育った私にとって、アメリカ南部にはぼんやりしたイメージしか持っていなかった。それは南北戦争の歴史について本で読んだことや、人種差別主義者のアラバマ州知事ジョージ・ウォレス〔一九六〇－七〇年代に州知事を三期務めた〕とキング牧師らの公民権運動との対立について聞いたことなどにほぼ基づいていた。テネシー川流域自体についての知識は、ジェイムズ・エイジー〔一九〇九－五五年。作家、詩人、映画批評家〕の『名高き人々をいま讃えん（*Let Us Now Praise Famous Men*）』を読んで知ったことに限られていた。これは大恐慌時代の小作人らの掘っ立て小屋と貧困と飢えをドラマチックに描いたノンフィクション作品だ。

行ってみると、嬉しい驚きの連続だった。まず、大きなしゃれた新築のホテルに部屋を取ってもらったのは、アラバマ州フローレンスという初めて名を聞く町。テネシー川を見下ろす断崖に位置する、歴史のあるかわいらしい町だ。起伏に富んだ緑豊かな地域で、近代的なハイウェイが走り、技術系企業や小規模工場があり、かつての綿花農園の跡地に住宅街が開発されている。公園の隣には、きちんと予算をつけて維持していることがわかる本当にすばらしい公共図書館がある。その公園には南北戦争の英雄を称える像があるかと思いきや、地元出身の黒人ミュージシャンで、ブルースの父と言われるW・C・ハンディ〔一八七三－一九五八年〕の銅像があった。そして地元の人たちは誰もが親切で、愛想がよく、おしゃべり好きだった。

その地域で私が知っていた唯一の地名はマッスル・ショールズだ。おそらくアメリカの音楽史、とくにソウル、カントリー、そしてロックに関心がある人ならばおなじみだろう。一九六〇－七〇年代、アレサ・フランクリン、ウィリー・ネルソン、ボブ・ディラン、それにローリングストーンズらがマッスル・ショールズの録音スタジオにやってきて、ここで次々とヒット曲を生んだ。地元では、テネシー川が不思議なメロディアスな魔法をかけるから、すばらしい音楽ができるのだと言う人もいる。ネイティブ・アメリカンらはかつてこの川を「歌う川」と呼んだ。私はスタジオの壁に展示してあるゴールド・ディスクのレコードや、町の食堂でバーベキューを楽しむキース・リチャーズの写真を眺め、何カ所かで史跡を示す飾り板の文言を読み、町外れの一方では大きなダムを見学し、反対の端では美しい鋼鉄製の古い鉄橋を見た。そしてすっかりこの地域を気に入っている自分に驚いた。

肥料に関する講演を終えた後、帰りの飛行機に乗るまで少し空き時間があった。すると空港まで車で送ってくれる男性が、ハイウェイを外れて数キロばかり寄り道をして、おもしろいものを見せてやると言う。連れて行ってくれたのは、古びた肥料工場の廃墟だった。一部は朽ち果て、一部はほかの用途に転用されていたが、元のまま残っていた部分は実に印象深かった。荒涼とした姿で空を背景に屹立し、周囲のすべてを圧する桁違いのスケールだ。かつてはとてつもなく巨大な設備だったことがひと目でわかる。それが今や、まさに兵《つわもの》どもが夢の跡だ。続いてもう少し遠くへ案内された。車は老朽化した道路を進み、荒れ放題の黄ばんだ草っ原のような一帯に入った。そしてその間を走っていて初めて草の間に何かが埋もれているのに気づいた。交差する道路のひび割れた路面や、雑草が生い茂る歩道、それにアンティークものとでも呼べそうな消火栓もいくつかあった。これはかつて計画的に区画され、建設が始まったが未完に終わった一九二〇年代の町の残骸で、今やゆっくりと自然に返りつつあった。この町は「フォード・シティ」と名づけられるはずだったと、男性は言った。歩道からウズラを撃つのにうってつけだから、地元ではよく知られた場所だそうだ。

西海岸に戻った私の頭に疑問が浮かんだ。巨大な廃墟と化した、失われた都市だって？　図らずもアラバマの野原の真ん中で、古代文明の遺跡にでも遭遇したような気分だった。私はさっそく情報を求めて資料にあたり始めた。一つの発見が次の発見につながり、あらゆる事実や逸話が結びつき、やがて私が初めに想像していたよりも大きなものが形を成してきた。すっかり虜《とりこ》になった私は、ふたたびアラバマ行きの飛行機に飛び乗り、一週間かけて古い記録に目を通し、地元の歴史家たちと話をした。続いてミシガン州のフォード資料館で一週間かけて何千点もの資料を調査。さらに首都ワシントンの国立公文書館でも一週間かけて議会やホワイトハウス関係の文書を精査した。それから何カ月もの間、新聞や雑誌記事の古い切り抜きや、いくつもの伝記、歴史書、技術的な文書、手紙、一世紀も前のパンフレットや広告などに手当たり次第に目を通した。

こうしてでき上がったのが、ここにお届けする本書である。

二〇二〇年　オレゴン州ユージーン市にて

トーマス・ヘイガー

第1部

マッスル・ショールズ

第1章　川が歌う土地

地図を見ると、テネシー川はにっこりほほ笑む口元がちょっと歪んだような形をしている。右上のテネシー州東部のアレゲーニー山脈に発し、南西に下ってアラバマ州北部を西に向かって貫き、さらに北西へ向かい、出発点から一〇〇〇キロあまりの地点でほほ笑みを完成し、オハイオ川に注ぐ。流域はほぼイングランドの面積に匹敵する。

はるか昔からテネシー川は巨大な暴れ川だった。太古の丘陵や森林地帯を駆け抜け、開けた土地をあるときは穏やかに、あるときは轟音を立てて流れ、岸辺は多くの野生動物で溢れていた。水量も流れの速さも、その予測し難さも季節によって変化した。大雨が降る冬季には激流に変貌し、夏の暑さの中ではちょろちょろとしたわずかな流れにまでしぼんでしまう。この川はかつてアメリカ屈指の美しい川だった。今日ではほぼ治水が完了し、一連のダム湖に流れ込むよう管理され、今でもたしかに美しいが、昔とは様変わりしている。

スマイルの形の下の方、ふたたび北へ向かうまで西に流れる部分で、川は硬い岩盤にぶつかって否応なく急流や渦や浅瀬《ショールズ》が相次いで出現する。五〇キロ弱にわたり、浅く、危険で、予測不能な流れが続くのだ。実はそここそが本書の舞台である（ちなみにこの川のように途中で北へ向かうのは奇妙な現象だ。

この一帯の川はおおかたメキシコ湾へ向かって南へ流れているからだ）。

　この地域は何千年にもわたって先住民たちを惹きつけてきた。交易にせよ戦争にせよ、川を渡るには格好の地点だった。晩夏には水量が十分に下がり、川底の岩伝いに飛び移りながら、足を濡らさずに渡ることができた。それに地域の先住民たちが主食の一部とした淡水性のマッセル貝〔トブガイ、イシガイの一種〕を採るのにも適していた。十七－十八世紀、ここに初めて白人たちが姿を現したころ、一帯にはチェロキー族のさまざまな支族が大勢暮らし、少し南方にはクリーク族もいた。今でもネイティブ・アメリカンの墳墓が残っている。最初期の白人の探検家たちは川のこの一帯を「マッセル浅瀬《ショールズ》」と呼んだが、それがやがて現在の呼称「マッスル・ショールズ」に変わっていったのだ。

　アメリカ独立戦争のはるか前から、猟師、わな猟師、それにダニエル・ブーン〔一七三四－一八二〇年。開拓者、探検家。ケンタッキー開拓などを指揮した〕のような冒険家たちがアレゲーニー山脈を越えてこの地域に徐々に入り込んできた。そして道を切り開き、先住民らと戦い、やがてテネシー州とケンタッキー州となる小規模な開拓地を打ち立てていった。初めは森林の中を、先住民たちが交易や戦闘に使うルートをたどり、それを踏み固めるようにしてナチェス・トレースやカンバーランド・トレースなどの「山道《トレース》」――初期の「道路」と言ってもいい――に変えていった。一方、テネシー川やカンバーランド川を下って、水路で西をめざす者もいた。

　一七七九年、ヴァージニアの裕福な冒険家で、ナッシュビルの町の創設者の一人でもあったジョン・ドネルソンは、マッスル・ショールズ周辺に豊かな土地があることを聞きつけ、手に入れようと思い立った。その年のクリスマスの少し前、ドネルソンと開拓志望者の一団はアレゲーニー山脈の山中の、テネシー川源流にほど近いフォート・パトリック・ヘンリーを出発した。カヌー、平底船、筏《いかだ》を連ねて雑多な船団を組んだ、子供を含む男女数十人である。

　一行は最初からトラブルに見舞われた。ドネルソンが「まるで沼地」と呼んだように、気候はじめじめとして寒さが厳しく、奴隷の一人が手足を霜に覆われてひと晩にして凍死してしまった。それから間もなく、若い猟師が夕食にする獲物を撃ちに行ったまま消息を絶った。ドネルソンの船団は出発したが、猟師の父親は捜索のために居残った。一日、二日して、当の猟師の青年はドネルソンらの次のキャンプ地にひょっこり姿を現したが、父親はそのまま行方知れずとなってしまった。

それから来る週も来る週も、一行は川と――そして時には先住民らとも――格闘した。先住民らはドネルソン一行を村に迎えて食事や宿を提供するなど、親しみを見せることもあれば、一転して船団を追い立て、奇襲を仕掛け、落伍者らを殺すこともあった。

気候が温暖になるにつれ、虫どもが現れた。とくに蚊が猛威を振るった。そして病が襲ったのだ。一団の一部は天然痘に似た症状で倒れ、それは恐るべき感染力で命を奪った。その伝染病が一行全員に蔓延しないようにと、症状のある者とその家族二八人が隔離された。つまり船団の本隊から距離を取り、後からついてくるよう指示されたのだ。先住民らはすぐに状況を見抜くと命運の尽きた病める連中を襲撃し、その全員を殺害または捕縛した。それは本隊のわずか後方での出来事で、「本隊の後ろの方の船に乗っていた人たちには、泣き叫ぶ声がはっきりと聞こえた」と、ドネルソンは日記に記している。

途中、赤ん坊が生まれた。しかし数週間後、先住民との戦闘の中で露と消えた。

三月になっても一行はまだマッスル・ショールズに到達していなかった。だが徐々に川は浅くなっていた。「渦」とも「吸い込み口」とも呼ばれる場所に差しかかったところで一隻のカヌーが転覆した。一行が停止して、川に流れた積み荷を回収しようとしたとき、襲撃された。自分の小舟に戻ろうとした四人が負傷。別の一隻は岩に衝突して浸水。乗っていた家族が川の真ん中の岩に取り残され、身動きがとれなくなった。本隊は先へ進み、家族は先住民のなすがままとなった。

過酷で、気力も体力も奪う惨事はいつ果てるとも知れなかった。そんなとき、マッスル・ショールズに着いた。ドネルソンは書いている――「近づくと恐ろしげな光景が見えた。水位は高く、水流はあらゆる方向にめちゃくちゃに暴れ、中洲の突端に打ち寄せて凄絶な形に積み上がった流木の間で、遠くからでも聞こえるほどの凄まじい轟音を立てていた。われわれはいつ激流に粉砕され、これまでの苦難が一瞬で終わってしまっても不思議ではなかった。どの船も船底がしばしば河床をこすり、常に座礁する危機にあった」。

それでもドネルソンらは、うち続く早瀬、岩礁、渦、急流の間を何とかすり抜けることができた。危険を乗り越えるとドネルソンは次のように書き記した――「神の手によりわれわれは今や危機から救われた……このすばらしい浅瀬《ショールズ》がどれほどの長さか私は知らない。聞くところによれば四〇‐五〇キロだ。そうだとすれば、われわれはきわめて急激に降りきったことになる。約三時間で通過したのだから、実際ものすごい速さだった」。

水深の深い箇所まで来ると、苦労の甲斐もあったと思えた。十分な水で一帯の土地は豊かで、深い森林が広がり、獲物の動物には事欠かなかった。川に沿って断崖もあれば丘もあり、つまりそこに入植すれば水辺の蚊とマラリアから逃れることもできる。優れた農地になると思われた。

ドネルソンの船団は先住民の大きな村を横に見ながらさらに川を下り、テネシー川の終点まで行った。ドネルソンは引き返し、マッスル・ショールズ周辺の数十万エーカーの土地の所有権を主張しようとした。だが、うまくいかなかった。すでにほかの連中が目をつけていたのだった。

結局、ドネルソン一家はナッシュビルに戻るはめになり、妻が下宿屋を営んだ。下宿人のなかには当地にやってきたばかりのハンサムな青年弁護士、アンドリュー・ジャクソンもいた。

ジャクソンはやがてドネルソンの娘の一人、レイチェルと駆け落ちしてしまう。そして腰を落ち着けて弁護士となり、土地投機に手を出し、従軍し、大農園を経営し、幅広く人脈をつくった。あっという間に検事や検事総長に任命され、新設のテネシー州選出の上院議員にもなった。

だがこれはほんの序の口だった。ジャクソンの運命の星が本当に輝き出したのは米英戦争〔一八一二－一五年〕とネイティブ・アメリカンと衝突したクリーク戦争〔一八一三－一四年〕でのことだ。ジャクソンは何千人もの志願兵を集め、彼らを指揮して勝利に次ぐ勝利へと導いた。ニューオーリンズの戦いでは英軍を叩きのめすのに貢献し、テネシー川流域からネイティブ・アメリカンを駆逐した。一八二九年に第七代アメリカ大統領に就任すると、白人入植者たちのために南部から先住民を追い出す仕事の総仕上げにかかる。翌年、インディアン強制移住法に署名して、何万人ものネイティブ・アメリカンに父祖の地を捨てさせ、ミシシッピ川以西へと強制移住させたのだ。いわゆる「涙の道」の始まりだった〔強制移住法に基づき、一八三八－三九年に現在のアラバマ州などの先住民がオクラホマの指定された地域に移住させられた旅路を指す〕。


テネシー川から何百キロも西、現在のオクラホマ州にあったインディアン居住区へと集団移住させられたネイティブ・アメリカンの人びとの中に、「アラバマ女性、十八歳、五九番」とだけ公文書に記された女性がいた（番号は首にかけさせられた札についていたものだ）。政府はテ＝ラー＝ネイという本当の名前を記録する気などなかったのだ。彼女は全行程を歩かされた。そして新たに指定された居住地は暑く、風が吹きすさぶ平原で、彼女にはとても耐えられなかった。

彼女は幼年期を過ごした川に想いをはせた。くすくす笑いのような音を立てるせせらぎ、急流の轟音、水鳥の鳴き声や羽ばたきの音。この川を「歌う川」と名づけたのはテ＝ラー＝ネイが属するユーチー族の人びとだった。だがオクラホマの川は彼女に歌声を聴かせてはくれなかった。

だから彼女は故郷に歩いて帰ることにした。その旅路は何年にも及んだ。若い女性がたった一人で東へ向けて、川をめざして何百キロも行くのだから当然だ。だが彼女がどのような体験をしたか、記録は残っていない。

ようやく故郷に着いてみると、もう彼女の仲間たちは一人もおらず、地域は一変していた。彼女はある白人男性と家庭を持った。彼女の子孫の多くは地元に残り、マッスル・ショールズにほど近いフローレンスで育った曾孫《ひまご》のトム・ヘンドリクスもその一人だ。ヘンドリクスは幼いころから「涙の道」に関する一族の話を聞いて育った。そして、どうしてもそれが心から離れなかった。曾祖母の勇気を記念するものを何かの形で残したかったのだ。ようやく答えが見つかったのは、五十歳を前にしたころだった。

あるときオクラホマからユーチー族出身の女性が訪ねてきて、過去をどう顕彰するかという話題になった。ヘンドリクスの記憶によれば彼女はこう言ったという――「私たちはみなこの地上から去っていきます。残るのは石だけ。曾《ひい》お婆さんを石で記念してあげなさい」。彼女はヘンドリクスに、モルタルを使わずに平らな石を積み上げて壁を作ることを勧めた。石の一つひとつが曾祖母の旅路の一歩一歩を表すのだ。そんな壁を二つ作る。一つは往路、もう一つは帰路の記念に。

ヘンドリクスはそのアイディアを忘れなかった。そして一九八〇年代半ば、ある日ふとテネシー川の岸辺へトラックを走らせ、平らな石を探し始めた。いいのを見つけ、拾い上げ、トラックへ運んだ。そしてまた川へ戻る。こうしてトラックに石を満載し、翌日また川へ戻ってふたたびトラックいっぱいの石を運んだ。何カ月も経ち、さらに何年かが過ぎ、その間もヘンドリクスは石を選んでは、森林の中に所有していた土地に運んだ。そして石をトラックから降ろし、曾祖母の一歩一歩の歩みを思いながら一つずつ積んでいった。まずは一つ目の壁、次に二番目だ。

三〇年後の二〇一六年、ヘンドリクスはある記者に語った――「トラック三台、手押し車二二台、手袋二七〇〇組、犬三頭、そして八十七歳になる男一人を使い潰しましたよ」。ヘンドリクスの推計によれば、運んだ石は一万二〇〇〇トンあまり、壁の全長は二キロに及ぶ。その壁は今も木々の間を縫って立っており、場所によっては高さは二メートル弱もある。モルタルを使わない石壁としては全米最大だと言う人もいる。そして同時にこれは、一人のネイティブ・アメリカンの女性の記念碑としても史上最大である。

クリーク戦争で地域一帯からネイティブ・アメリカンを追い出すと、アンドリュー・ジャクソンは土地投機に手を出した。自らマッスル・ショールズ周辺にも相当な規模の土地を買い、さらに二〇〇万エーカー〔約八〇〇〇平方キロメートル〕の利権を獲得しようとした（際どい面もあったこの土地取引の一部始終については、スティーヴ・インスキープの著書『ジャクソンランド（*Jacksonland*）』に詳述されている）。その後、スキャンダルがあって取引のほとんどは失敗に終わったが、それでも騒ぎが収まってみると、結局ジャクソンのもとには本人、親族、それに商売仲間を合わせると四万五〇〇〇エーカー〔一八〇平方キロメートル強〕もの土地が残ったのだった。

こうしてマッスル・ショールズ周辺は発展し始めた。テネシー川のほほ笑む口元の下側を成すこの地域では、川は東から西へと流れている。そこへジャクソン配下の陸軍幹部の一人、ジョン・コフィーも設立に参加した企業が川の北岸に町を築いた。測量士はイタリア人で、イタリアの美しき河畔の町フィレンツェにちなみ、英語式にフローレンスと名づけた。建設用地が売りに出されると、誰もが儲けた。ジャクソン自身も何区画かを保有した。一八二〇年ごろのことである。

新たに開発されたこの地域に、農民や森林労働者、商人や職人ら、あらゆる類の人びとが定住し始めた。しかし初期には、経済の主たる原動力となる商品は一つしかなかった――綿花だ。マッスル・ショールズ周辺にも農園が広がっていた。だが綿花はたしかに莫大な金を生んだものの、独特な農法を必要とした。一つには、労働集約型だから奴隷制が基本だ。一方、綿という植物は土中の栄養分を吸い尽くし、生産力を保つには土壌を入れ替える必要がある。それに大量の肥料を投入しないと農地はすぐに痩せてしまい、利益は年々減ってしまうのだ。

それでもやはり綿花は南部の現金作物の王者だった。アラバマ州北部のマッスル・ショールズ周辺でも同様ではあったが、より南の方でもっぱら見られた大規模プランテーションとは少し事情が異なっていた。北部の綿花栽培の多くは比較的小規模で、奴隷も少なく、中小の自作農や実業家、交易商、企業家などが混在する、より多様な経済の一部だったのである。それにアメリカ北部の企業ともつながりがあった。

人びとの多くは独立心が旺盛だった。一八五〇年代から六〇年代にかけて、アメリカ合衆国からの南部の分離離脱が議論され始めたころ、テネシー川沿岸の多くの人びとは（大部分だと言う歴史家もいるが）合衆国側に残ることを望んでいた〔やがてアラバマを含む南部諸州は一八六一年に南部連合（アメリカ連合国）を結成して分離。六五年まで合衆国（北部）軍と南北戦争を戦った〕。とくにマッスル・ショールズの東北方、テネシー川が源を発するアレゲーニー山脈に近い丘陵地帯では、土地も気候も綿花栽培には適していない。丘陵地帯の民は一般に奴隷を持たず、自分たちの流儀があり、南方の金満綿花農場主らを快く思っていなかった。金持ち連中が封建領主よろしく巨大農園を支配できるようにするために、貧しい連中が命を落とすような戦争なんかに加わりたくなかったのだ。

アラバマ州北部とテネシー州南部を合わせ、合衆国を支持する独自の州を結成しようとの話もあった。州名は（チェロキー族の古い村の名前を取って）ニカジャックとなるはずだった。しかし結局は陽の目を見なかった。南北戦争が勃発すると、マッスル・ショールズ一帯も南部連合の一部となったのである。

どちら側についても惨事となることは決まっていた。マッスル・ショールズは戦略上の要衝だったのだ。テネシー川を行き来する大型の砲艦はおろか、大部分の船舶はこの一帯の浅瀬を通ることはできなかった。だがここでは鉄道が川を渡っていた。北岸のフローレンスと南岸のシェフィールドの町を主要な複数の路線が通り、南はニューオーリンズから北はテネシー州のチャタヌーガやノックスビルまでを結んでいた。それはつまり、軍隊が渡河できるということだ。テネシー川は南部連合にとっては生命線であり、その流域の大部分がマッスル・ショールズ一帯の管理下にあった。

こうして灰色の軍服の南軍と青い軍服の北軍が支配権をめぐって戦った。まず北軍の二人の若き将軍、ユリシーズ・グラントとウィリアム・テカムセ・シャーマンが手腕を発揮し、テネシー川をさかのぼって進撃。だが南北戦争中、マッスル・ショールズの支配者は四〇回も入れ替わった。本隊や奇襲部隊が猛然と攻め込んでは追い出され、一帯の作物を食い荒らし、家畜を殺し、工場を焼き、橋を破壊し、鉄道の線路を引っぺがし、あちこちの町を占拠した。テネシー川流域は細く連なる一大虐殺現場《キリング・フィールド》となった。一〇〇キロメートル足らず西方のシャイローの戦いでは二万三〇〇〇人が戦死。あまりの惨劇に、戦いの後、南部は二度とほほ笑むことができないだろうとある南部の新聞は論評した。

南北戦争がようやく終結したとき、マッスル・ショールズ周辺の町はどこもぼろぼろだった。復興には実に半世紀を要したほどだ。

戦後、激しい貧困の波が押し寄せた。破壊され、焼かれたものをすべて再建しなければならなかったが、そんな金はなかった。大規模綿花農園は消え去った。だがその代わりとなる新規ビジネスはまだ立ち上がっていなかったのだ。マッスル・ショールズ周辺の大部分の住民たちは、「三つ子の都市《トライ・シティーズ》」と呼ぶようになっていた北岸のフローレンスと南岸のシェフィールドおよびほど近いタスカンビアに住んでいた。人びとは気を取り直し、なけなしの資金を地域社会に投資して、インフラを再建し、市民団体を結成し、新たな産業の誘致に力を注いでいった。

南北戦争の廃墟から、豊かな新しい南部を復興しようと熱意を抱く人たちのなかで、この時期の典型的な人物を挙げるとすれば、それはジョン・W・ワージントンだろう。一八五六年にアラバマ州の小さな町に生まれ、数年後には父親が南北戦争のピータースバーグ会戦で戦死。その数年後には母親も他界し、自身と四人の弟妹は大おじのもとに身を寄せた。一八七〇年代、ワージントンは極貧のまま成人し、飢えと隣り合わせの弟や妹たちの姿を見ながら、彼らを養うためにどんな仕事でも引き受けた。

幸運なことに、ワージントンにはいくつか長所があった。頭の回転が早く、人と話すのが好きで、説得するのも得意。まさに優秀なセールスマンになるのにうってつけの才能だ。だがワージントンにはもっと大きな野心があった。南部の未来は新たな経済を構築できるかどうかにかかっていることに気づき、しかもそれには綿花以外の基盤が必要なことも見抜いていた。南部の経済は多様化と産業化を迫られていたのだ。ワージントンは苦学してアラバマ大学を卒業し、土木工学で学位を得た。運輸と電力網構築の専門家である。それはあらゆる人びとの生活を向上させるものを建設しながら、いい収入も得られる、そんな職業だった。当時の写真を見ると、短い黒髪の面長でハンサムな青年が写っており、しっかりとした、射抜くような目つきをしている。

アラバマで事欠かないものといえば、豊富な石炭と鉄鉱石だ。ワージントンはそれを結びつけるのに手を貸し、全米で急速に整備されつつあった鉄道に欠かせない鉄鋼の生産が始まった。ワージントンが勤めた企業の一つはニューヨークの銀行家一族の支援を受けていた。彼らは、廃墟と化した南部は今や上昇基調にあり、経済は離陸寸前で、すばらしい投資先だと確信していたのだ。そうした北部の裕福な連中は、南部で投資のチャンスを見つけてくれる地元の人材を求めていた。だからワージントンは彼らの目となり耳となったのである。

ニューヨークの資金とつながりができると、ワージントンのキャリアは開花した。熱意と学があり、アラバマの出だから地元の人たちに話が通せるだけでなく、北部の連中をその気にさせてディールをまとめる才覚もある。ワージントンは一八九〇年代にはシェフィールドに住んでいたが、町はちょうど製鉄業の中心地に変貌しようと奮闘中で、偉大な町になることを夢見ていた。ワージントンはシェフィールドにやってくると、ある知人が言うように「文字どおりすぐに全力で突っ走った」。ほどなくしてワージントンは、どれそれの企業を買収し、これこれの企業を立ち上げるようにと、支援者たちを説得していった。そして銀行業やホテル経営から、水道、鋳鉄、不動産、それに路面電車に至るまで、あらゆるビジネスに関係していた。ワージントンはプロジェクトには政治家の支援が重要であることを知っていたから、やがて政治家たちにも近づいた。その姿は昼も夜も、ホテルの会議室や企業のオフィス、政府系機関や誰ぞの私邸にあって、役人や富裕層と杯を傾け、食事をともにし、地域開発のための地ならしに余念がなかった。

扱っていたもののなかで、とくにワージントンの目を引いた新産業がある。まさに巨大で、新しいチャンス、社会の最も重大な変革と最大限の投資利益率を約束してくれるもの――電力だ。一八八〇-九〇年代の一〇年間、エジソンの白熱電球と、エジソンの発電機と、エジソンの発電システムがアメリカの都市を変貌させようとしていた。電力がもつ可能性に誰もが夢中になっていた。

問題は電力をどのように作り出し、どうやって利益を得るかだった。エジソンは蒸気機関を使った発電事業で莫大な財産を築きつ

トーマス・エジソン（1878年）
Courtesy Library of Congress

つあった。蒸気の力で、導線を巻いたコイルの周りに磁石を回転させる。ただしその蒸気は石炭を燃やして作るため、エジソンの発電機は煙たく、少なからず経費がかかり、石炭会社に大きく依存していた。だがほかにも方法はあった。発電用の磁石は水力で回すこともできる。人類が何千年にもわたり、流れ落ちる水で水車を回してきたのとほぼ同じやり方で、落下する水で発電機を回すのだ。違いといえば、大きな流速と力を出すよう改良されている点だけだ。小さな河川を使った初期の実験によれば、わずか数メートルの高さのダムでも、数軒の人家に電力を供給するのに十分な水を落下させることができることがわかっていた。

しかしそれ以上のことをしようと思えば、より多くの水を、より速く、より高いところから落下させる必要がある。実際、巨大な発電装置が世界に冠たる滝に沿って設置されていた。たとえばナイアガラの滝だ。ところが自然の滝の数は知れており、全米に電力を供給できるはずもない。だからより高い、より大きなダムが求められていたのである。

そして世界有数の規模のダムを造るのに、世界有数の好適地が目の前にあることに最初に気づいた一人、それがワージントンだった。その場所はほかでもないテネシー川のマッスル・ショールズ。だが気づいていたのは彼だけではなかった。

フランク・ウォッシュバーンはワージントンと同世代の人物で、土木工学を修めた点でも同じだ。だがその他の点では二人はまったく対照的だった。ワージントンは南部で極貧の孤児として育ち、ウォッシュバーンはイリノイ州の銀行総裁の御曹司。ワージントンはアラバマ州の小さな学校で学んだが、ウォッシュバーンは名門コーネル大学を卒業。ワージントンが地方都市で地元の政治とビジネスに専心したのに対し、ウォッシュバーンはニューヨークで送水システムを建設し、シカゴで家畜飼育場を設計したかと思えば、中米では運河の調査をし、チリの硝酸塩製造業にも助言した。

そんな二人の道がマッスル・ショールズで交わったのである。ウォッシュバーンにはテネシー川を少しさかのぼったチャタヌーガ出身の姻戚がおり、一八九〇年ごろから訪れるようになっていた。たしかに美しい土地で、愛想のいい人たちや温和な気候が気に入った。だがウォッシュバーンは美しい景色を見ると、そこに建設できそうなものが目に浮かぶタイプの人間だった。だからテネシー川流域で眼前にした光景に、さっそく頭が働き出した。チャタヌーガ周辺の丘陵から流れ出て、はるかにマッスル・ショールズを駆け抜けていく大河である。急速に流れ下る大量の水は、発電に使える可能性を意味した。マッスル・ショールズ周辺の丘を歩きながら川を見下ろすと、ウォッシュバーンの視線の先にはダムに格好な現場がいくつも見えた。

ウォッシュバーンは一九〇〇年に妻と一緒にテネシー州ナッシュビルへ移り住んで以降、さらに詳細にテネシー川を研究し始めた。流れとその落差を計測し、両岸の断崖を構成する岩石や、浅瀬《ショールズ》の底の硬い岩石を分析。ダムの高さも検討し、数字をはじき出す。そしてできそうなことの見当がついてくると、さっそく資金集めに乗り出したのだ。

ウォッシュバーンの見立てが正しければ、フローレンスの上流に複数の大型ダムを建設できるはずだった。掛け値なしに大型のダムだ。ナイアガラの滝に匹敵する電力量で、マッスル・ショールズ周辺の三つ子の都市《トライ・シティーズ》だけでなく、南はアラバマ州中部のバーミンガムから北はテネシー州北部のナッシュビルまでの全域に電力を供給しても余りある。使い切れないほどの電力だ。新たな産業にも十分な電力を供給し、新たな雇用を生み出すだろう。さらに副産物として、フローレンスに大型ダムを建設すれば、マッスル・ショールズの急流や渦を水没させる深いダム湖ができるため、適切な水門を設置すれば船舶が川を行き来するのも容易になる。

ウォッシュバーンはそんなアイディアを売り込みにかかった。そして地元のビジネスマンで耳を貸した一人がワージントンだった。土木技師同士だから話がよく通じ、同じような開発のビジョンを抱いていた二人は一九〇六年、一緒に会社を興した。マッスル・ショールズ水力発電会社である。社長にフランク・ウォッシュバーン、ジョン・W・ワージントンが副社長だ。二人はマッスル・ショールズのフローレンス近郊で、テネシー川に高さ一八メートルのダムを二基築く事業計画を発表。さっそく投資家を募り始めた。

だがウォッシュバーンはさらに先を見ていた。溢れんばかりの電力が供給された暁に、それを吸い上げるためのアイディアだ。ウォッシュバーンが手がけていた多くのプロジェクトのなかに、チリ北部のアタカマ砂漠で採掘される窒素肥料に関する調査があった。その肥料の多くがアメリカ南部の綿花農園で使われていたのだ。ウォッシュバーンは窒素肥料を人工的に製造する新しい工業技術を知っていた。ヨーロッパで開発されたばかりの「シアナミド法」というものだ。これは大きな可能性を秘めていたが、電力コストが莫大なために開発は停滞していた。しかし大型ダムならば問題を解決できると、ウォッシュバーンは気づいた。ダムの近くに合成窒素肥料工場を造れば、安価な余剰電力を、稼げる農業生産物に変えることができるというわけだ。

マッスル・ショールズ水力発電会社設立の一年後、ウォッシュバーンは肥料製造会社のアメリカン・サイアナミッド社を設立した。

ワージントンは事業のロビー活動のため、ますます首都ワシントンで過ごようになっていた。政府の支援が不可欠だったのだ。ワージントンらが提案する巨大ダムの建設費は莫大で、税金を投入してもらう必要があった。当時、連邦政府は伝統的にそうしたビジネス取引に関わろうとはしなかった。だが例外はあった。アメリカ横断鉄道の建設は連邦政府が民間企業を支援した一例だったし、戦時の武器製造もそうだ。こうした公共部門と民間企業がからむディールは、官僚の腐敗と汚職の誘引になり得る。しかし国民の生活がかかっている場合には、政府が私企業と関わるリスクを冒すだけの価値があると考えられていた。

この点、マッスル・ショールズのダム建設計画案の中では、議会が関心を抱きそうなのは電力ではなく、テネシー川の航行の改善だった。連邦政府はすでに(憲法の通商条項の規定に従い)、自由な通商を保証するために限ってではあるが、航行可能な河川を政府管理下に置いていた。大型ダムがテネシー川の交易を大々的に発展させる可能性をとっかかりに、ワージントンは政府当局者たちに話を持ちかけた。さらに一九〇七年、ある地方議員を説得し、彼らの事業計画を後押しする法案を通させることに成功。ワージントンは腕っこきのロビイストになりつつあったのだ。

そんなときに雲行きが怪しくなってきた。連邦政府は水運の改善を支援する気はあるとしても、ウォッシュバーンとワージントンの壮大な計画全体となると、話は別だ。彼らの計画は民間企業による発電と公共の河川交通の改善、洪水防止といった治水、それに肥料の生産などを組み合わせたものである。たとえば連邦政府に一民間電力会社を支援させるというだけでも、前代未聞の発想だった。

ある町が電力を欲しがっていたとして、どうして連邦政府が関与しなければならないのか? 黎明期の電力は、まだまだ未開拓の分野だった。当初、電力は珍奇なもので、金持ちの道楽にすぎなかった。石炭を燃料にした小型発電機を買う余裕がある連中が地下室や離れ屋に設置したのだ。自分たちの家をやっと明るくできる程度のものにすぎない。しかし一八八〇年ごろ、トーマス・エジソンが革命的な新しい白熱電球で新聞を賑わすようになる。この驚くべき進展のおかげで、普通の人びともあの危なっかしい電線というものを家庭や社屋に引き込むのを躊躇しなくなった。それ以来、各地で町全体に電気を通そうとの熱狂が巻き起こったのだ。どうすればそんなことができるか、エジソンは自ら手本を示した。マンハッタン島南部に世界初の大型発電所、パール・ストリート発電所を設置。六台の発電機は何百という顧客に電力を供給できるパワーがあった。エジソンの会社――のちにエジソン・ゼネラル・エレクトリック社として知られるようになる――が次々と大都市に同様の発電所を建設していくにつれ、民間の競合他社が生まれてくる。おかげで各地の町議会はやがてさまざまなオファーから最適なディールを選択できるようになった。各社が発電所と電線と電柱の効率的なシステムの導入を、最もお得な値段で提供しようと競い合うようになったのだ。

電力はまさにドル箱だった。エジソンの無数の発明、ニコラ・テスラ〔一八五六－一九四三年。長距離送電の技術などを発明〕の目を見張るデモンストレーションの数々、そしてジョージ・ウェスティングハウス〔一八四六－一九一四年。交流電流の送電方式を普及させ、エジソンの直流電流方式との「電流戦争」に勝利した〕の長距離送電システムなどなど。こうしたことで誰も彼もがわが家にも電気や電球を、となったのだ。誰もが電気を欲しがった。だが大規模な電力供給システムを設置するにはかなりの金がかかる。そこで企業間競争や料金設定、安全性やその監督・管理といったことが問題となり始めた。各地の役人たちは地域住民にできる限りベストなディールを確保し、理由もなく電力料金が上がったりしないようにしてやりたかった。一方で電力会社にとっては、大きな町や都市は電化事業を進めるのに魅力的だったが、小さな町や辺地に散らばる農家などをどうするかという問題もあった。電線を引くコストが高くつく上に、潜在的な利用者（したがって潜在的利益）があまり見込めない遠隔地だ。農村部はあっさり無視されてしまうのか？

この新技術の伸長に、規制も追いつかなくなっていた。それまでそんなものは存在しなかったのだから無理もない。大量生産が必要で、瞬時に届き、届くと同時に消費され、しかもスイッチ一つでいつでも利用できる、そんな新商品（電力）の販売である。電力網を展開するコスト、顧客への請求額、電力

LIGHT THROWN ON A DARK SUBJECT.
(Which is Bad for the Gas Companies.)

闇を照らす電力の光（『パック』誌、1878年10月23日号）
法外な料金を課すなど、大手ガス会社の専横も告発している。
Courtesy Library of Congress

を供給する企業と地元当局との関係などが問題となる。新しいタイプの契約や保証も必要だった。エジソン・ゼネラル・エレクトリック社のような巨大電力会社が勃興しようとしているなか、ますます公益産業と見なされるようになっていた電力を、民間企業が支配してよいかどうかも問われた。たとえば一つの町に何社もの会社がばらばらに電気を供給するのは不合理だ。だから最初に乗り込んで電力網を敷設した者勝ちで、一部の専門家はそれを「自然独占」〔資源や技術の性質が原因で、自然にある企業の独占状態になってしまう現象〕ではないかと考え始めていた。このままいけば企業による専横と青天井の料金値上げにつながってしまうのではないか？

　世紀の変わり目ごろ、小規模なライバル電力会社が集まって企業合同《トラスト》を形成しつつあった。全米各地で広大な地域の電力事業を支配し、消費者が言いなりになるのではないかとの懸念が増大していた。もはや政府による規制強化は避けられない事態だった。

こんな状況だっただけに、ウォッシュバーンとワージントンは迅速な判断を迫られた。しかし構想はよかったものの、二人には欠けているものがあった。二人が夢見るほどの巨大プロジェクトを動かすだけの影響力だ。法制化をめざした最初の試みは議会の委員会レベルで廃案となってしまった。ついに一九一三年、二人はマッスル・ショールズ水力発電会社をより大規模なライバル会社に売却することにした。アラバマ州の電力業界で独占体勢を固めつつあったアラバマ電力会社だ。ダム建設計画が遅れ、したがって肥料工場への電力供給の見通しも立たないとあって、ウォッシュバーンはアラバマ州での事業を諦め、ナイアガラの滝に夢を託すことにした。そしてナイアガラの滝のカナダ側にアメリカン・サイアナミッド社の最初の大規模プラントを建設した。この男をマッスル・ショールズに連れ戻すには、第一次世界大戦という激動を待たねばならなかった。

一方、ワージントンは夢を追い続けていた。一時期はアラバマ電力会社の役員に就き、マッスル・ショールズの巨大ダム建設のロビー活動を中断することはなかった。一九一三年、アラバマのあるローカル紙は熱のこもった記事を載せた――「ワージントン氏は長年にわたり当州の水力発電開発のリーダーであり続け、まさにそのムーブメントの父と呼ぶにふさわしい」。年齢も五十代となり、かつてないほど豊富な人脈を持ち、活動的で、テネシー峡谷と首都ワシントンの間をひっきりなしに往復した。新聞記者らにはダム建設に有利なネタを盛んに流し、地元の支援者らを糾合してテネシー川改良協会（TRIA）を結成させ、密談の席にシャンパンと葉巻が不足しないよう気を遣い、ナイアガラの滝の映像を見せてはマッスル・ショールズがいかにそれよりもビッグなものになるかをしゃべりまくった。とくに連邦議会の下院院内総務（一九一四年以降は上院議員）で、アラバマ州きっての有力者だったオスカー・アンダーウッド議員を見事に説得した。アンダーウッドはダムに経済開発の可能性を見て、その後の二〇年間、複数のダム建設の旗振り役となった。

ワージントンはやがてすばらしいことが起こると確信していた（ちなみにこのころ、「大佐」を自称し始めるが、軍人としてのそんな記録はない）。そしてアラバマ電力会社を退職し、自らのロビー活動に全力を注いでいく。ウォッシュバーンとも連絡をとり続けた。そのウォッシュバーンはカナダの肥料工場建設の手を休めてまで、ワージントンのテネシー川改良協会を支援してくれた。二人の土木技師はふたたび知恵を出し合った。

オスカー・アンダーウッド上院議員
Courtesy Library of Congress

アンダーウッド上院議員という強力な助っ人を得て、ワージントンとテネシー川改良協会はますますワシントンでのロビー活動に熱を入れた。小さいところから始めて、船舶の航行の改善のために政府保証付きの低利融資を求めたり、地質調査に政府予算をつけてもらったり。ダム建設計画をれっきとした政府のプロジェクトとして記録に残してもらえそうな案件は、何でも利用しない手はなかった。

一九一五年春、ワージントンとテネシー川改良協会は上下院議員の大規模視察団をマッスル・ショールズに招聘することに成功した。実際に自分の目で見てもらおうというのである。地元としては南北戦争以来のビッグイベントだ。何千人もの人びとが通りに繰り出し、アンダーウッド上院議員をはじめ、南部や中西部選出の上下院議員、連邦準備制度理事会（ＦＲＢ）のメンバーたちに、そしてアラバマ州知事にも歓声を送った。三つ子の都市《トライ・シティーズ》は赤、白、青の旗布で飾られ、群衆は「マッスル・ショールズにダムを、今すぐダムを」「ダムなしではダメだ」といったプラカードを掲げた。ワージントンは裏方として八面六臂の活躍だ。蒸気船の川下りツアーをアレンジし、続いてランチには、文句のつけようがない本格的な懐かしの「南北戦争前風《アンティベラム》」バーベキューを用意させ、夕刻の長々と続くスピーチの数々にも、熱心な大群衆が喝采を送るようしっかりと仕込んだ。ある地元の住人は驚嘆して述べた――「あんな大勢の人は生まれて初めて見ましたよ。ワシントンの人たちがこぞってやってきたんじゃないかとね。それにアラバマ州の住民もほとんど残らず集まったかと思うほどでしたよ」。

　すべてが首尾よくいった。ワージントンは来訪したお歴々を感動させただけでなく、地元でも大物としての評判を固めた。視察団が来る前も、マッスル・ショールズ周辺の人びとはワージントンを有能な人物だろうとは思っていたが、今やそれが確信に変わったのだ。

　バーベキューを詰め込んだ腹を抱え、変貌を遂げたテネシー川の未来図が頭を駆け巡っている政治家たちが北へと帰り着いたころ、ワージントンの仲間たちはすでに次の仕事に取りかかっていた。挿絵をふんだんに使った豪華なパンフレット「アメリカの要衝――マッスル・ショールズ」の製作だ。宣伝用資料としては出色の出来だった。この地域一帯におけるアラバマ州北部の中核的な立地、莫大な電力を生む潜在的生産力、穏やかな気候、そして「ほぼ純粋にネイティブのアメリカ人」から成る「地元の意欲ある労働力」などを歌い上げた。「ネイティブ」というのはもちろんネイティブ・アメリカンではなく、地元の勤勉な白人を意味した。

ワージントンとウォッシュバーンが多様な要素を結びつけ、この地域で水力発電、工場生産、改良された水運を合体させ、一部を政府の予算で、一部を民間資金で賄うという革新的な事業を構想し始めてから一〇年。このとき初めて、二人の夢は本当に実現するかもしれないと思えるようになってきた。

第2章 戦時下の夢の町

ワージントンがテネシー川の河畔で連邦議会議員らの腹をバーベキューで満たしたその二日前、イギリスの大型豪華客船ルシタニア号が沈んだ〔一九一五年五月七日〕。一二〇〇人近い犠牲者を出した（うちアメリカ人一二八名）ドイツ軍の潜水艦によるこの魚雷攻撃は、第一次世界大戦の参戦に後ろ向きだったアメリカの世論の潮目を変えた。戦備拡充が叫ばれるなか、最も大きな声を上げたのはほかでもない、かつて騎兵隊ラフ・ライダース〔一八九八年の米西戦争で活躍した第一合衆国義勇騎兵隊〕を率いたという元アメリカ大統領、好戦的で有名なセオドア・ローズヴェルト〔一九〇一－〇九年に大統領を二期務めた〕。ローズヴェルトは拳を振り上げ、ドイツの残虐行為とアメリカの弱腰とを非難して、熱狂する群衆を煽り立てた。ルシタニア号の弔い合戦を繰り広げ、旧友のフランスと文化的な祖先であるイギリスとに味方してヨーロッパの諍《いさか》いに加わるべきだと力説した。

参戦は不可避と見たローズヴェルトは、アメリカ国民を参戦に備えさせる「準備」として軍備増強を進めよと主張した。実際、正式に参戦するかどうかはともかく、「準備」計画はそれなりに筋の通った策だった。強力な軍隊は敵国に対する抑止力になるし、戦後の世界でアメリカの発言力を強めてくれるに違いなかったからだ。ウッドロウ・ウィルソン大統領も、「アメリカを戦争に引き込まなかった男」〔開戦時にアメリカの中立を宣言した〕として、一九一六年の再選をめざして選挙運動を展開してはいたものの、その政治的な才覚は世論が参戦へと傾きつつあることを見抜いていた。投票日が近づくにつれ、ウィルソン大統領も「準備」論のバスに乗り遅れまいと、軍備増強のための法案を渋々支持したのだった。

それは「一九一六年の国防法」に結実した。陸軍および州兵軍の規模を拡大するとともに、訓練の近代化をめざしたものだ。この単純な達成目標は、議員らの地元優遇策や利益誘導型プロジェクトの長大なリストを伴っていた。たとえば「測定機器、打ち抜き機械、治具、その他の調達」のようなこまごまとした条項の間に深く埋もれるようにして、第一二四条「硝酸塩の供給」と題された数段落ばかりの部分があった。おそらく前年にマッスル・ショールズを訪れた政治家たちの一部が発案し、組み込んだのだろう。第一二四条は、肥料と爆薬の両方でアメリカが独自生産を強化できるように、大統領が国産硝酸塩製造工場にふさわしい場所を選定し、建設計画を進めることを規定していた。そしてその実現のために、政府は予算から最大二〇〇〇万ドルを割り振るとの項目も含まれていた。

一九一六年の大統領選挙でウィルソンは僅差で再選されたが、就任して間もなく、ドイツはイギリス近海でふたたび潜水艦による無差別攻撃を行うことを宣言した。一時は停止されていたこの無制限潜水艦作戦では、船籍にかかわらず、艦船の別も問わず、少しでも敵国を利する疑いがあればドイツ軍はふたたび容赦なく沈めるというのである。アメリカが参戦する前にイギリスの息の根を止め、勝利のうちに戦争を終わらせてしまおうとの必死の策だ。アメリカの商船も犠牲になるかもしれなかった。

これが決定打となった。一九一七年四月、ウィルソンはドイツに宣戦布告。そしてこの時点で、一九一六年の国防法の第一二四条は、途端にひどく重要な条項になったのだった。

こうしてのちの原爆開発プロジェクト「マンハッタン計画」顔負けの、第一次世界大戦中のアメリカで最も重要な科学的かつ技術的なプロジェクトが生まれた。戦時体制に移行するのにアメリカは種々の困難を抱えていたが、その最大の難問の一つが、いかにして十分な量の火薬や爆薬を生産するかというものだった。すでに五〇年も前から、アメリカは南米産の不可欠な原料に依存していた。アタカマ砂漠で採掘されるチリ硝石という鉱物だ。一九一七年、それは世界で最も重要な物質の一つになっていた。チリ硝石とは、大部分の国々が肥料と爆薬のどちらの生産にも使っていた物質である（どちらにも必要な活性窒素の一種を含んでいたからだ）。だからこの硝石は快速船や貨物船の船団でチリから世界中に出荷されていた。そしてそれが戦時には問題を引き起こした。ある国が艦隊を派遣して敵国の航路を遮断することができれば、死活的に重要な原料を枯渇させ、軍に大打撃を与えることができる。実は開戦直後、これこそイギリスがドイツに対してやったことだった。イギリス海軍の海上封鎖により、ドイツは爆薬製造に使っていたチリ硝石の代替品を探さざるを得なくなった。そして実際ドイツはうまく切り抜けた。フリッツ・ハーバーとカール・ボッシュという科学者が発明した新たな秘密のテクノロジーを利用したのだ。二人はやがてノーベル賞を受賞することになる〔ハーバーは一九一八年、ボッシュは一九三一年、ノーベル化学賞受賞〕。

このハーバー＝ボッシュ法はドイツだけが持つ秘密兵器だった。ドイツがその開発に成功できたのは、ひとえにドイツにはアメリカにはない二つのものがあったからだ——この工程の発案者のハーバーと、才気溢れる工業化学者ボッシュを抱える化学会社ＢＡＳＦ《ビーエーエスエフ》である。ボッシュはハーバーのアイディアを巨大工場の形で実現するのに莫大な資金を費やした。次々と出てくる何百何千という問題を迅速に解決するため、エンジニアや冶金学者や化学者や触媒の専門家らのチームを雇い上げ、すばやく仕事をこなし、その場ですぐに解決策を生み出していった。ハーバーのデモ用装置は作業台に乗るほどのサイズだったが、それを工場に変貌させるのに、ボッシュは四年かかった。ドイツが戦い続けられるだけの爆薬を生産できる規模の工場である。四年というのは信じ難いほど短期間だった。基礎となる化学の確かな知識があったからこそできたことだ。ほかの国々ではもっと長い期間を要した。

不幸にも、アメリカは合成硝酸塩の製造競争に遅れて参入した。たしかにウォッシュバーンが採用した「シアナミド法」があったが、莫大な電力が必要だった。ヨーロッパでも数カ国がこの問題に取り組んでいた。たとえばノルウェーは国内の豊富な滝を活用して、自前の大規模硝酸塩産業を立ち上げるのに必要な電力を賄っていた。イタリアとフランスにもプロジェクトがあったが、成果は乏しかった。そしてドイツはもちろん、秘密のハーバー＝ボッシュ法で硝酸塩を生産していた。

これに対して北米では、必要な硝酸塩を順調に生産できる大規模工場はたった一つ、ウォッシュバーンがアメリカン・サイアナミッド社のためにナイアガラの滝のカナダ側に建てたプラントだ。ハーバー＝ボッシュ法に比べて効率は悪かったが、それしかないのだから仕方がない。しかもウォッシュバーンの工場がカナダにあるのも問題だった――カナダは同盟国ではあったものの、アメリカは硝酸塩の製造を自国で完全に掌握したかった。こうなると、唯一の希望はアメリカ国内に巨大なシアナミド法のプラントを立ち上げることかもしれなかった。

一九一五年、カナダにあるウォッシュバーンの工場の写真が雑誌に掲載され、米軍の兵站部長という高位の将軍の目に留まった。将軍はウォッシュバーンに手紙を書き、アメリカ国内で同じようなものが作れるか尋ねた。ウォッシュバーンは長い返事をしたためて、ドイツの最新の実験状況を概説し、シアナミド法の価値を強調した。さらに数カ月後にふたたび手紙を書き、今度は発電所建設のためにテネシー川にダムを建設するというアイディアを説明し、政府が必要な補助金を出してくれれば短期間で巨大工場を建設できると述べた。

ところが一点、障害があった。国防法の第一二四条は、軍のための硝酸塩工場を建設・運営できるのは政府のみで、「民間資本によるいかなる個人または組織とも共同ではなく」と規定していたのだ。ウォッシュバーンのアメリカン・サイアナミッド社は民間企業だったから、何か新たな仕組みが必要だった。民間と政府の資金を組み合わせる何らかの新手法。それはたとえば、ウォッシュバーンとワージントンが何年も主張してきたようなやり方である。

「一九一六年の国防法」が施行されると、硝酸塩の国内生産という課題の解決策を探るため、政府はいくつかの委員会を設置した。どれもトップクラスの頭脳を集めたものだ。陸軍長官はアメリカが最も早くかつ安く自前で硝酸塩を生産するための方法を見つけることを目的に、有識者委員会を立ち上げるよう全米科学アカデミーに依頼した。数カ月後、アメリカが望むものを手にするまでの道のりははるかに遠いと、その委員会は報告。ヨーロッパでの展開に追いつき、追い越すためには、一刻も早く、できる限りの投資をすべきだとした。そして巨大な発電施設、とくにダムと水力発電の重要性を強調した。と同時にその間、アメリカは可能な限りチリ硝石を輸入して備蓄すべきだと提言した。少なくとも一年分。そして最後に、同委員会はさらなる検討の必要性を指摘した。

米軍も動き出した。鉱山局のチーフ化学者で声望高き専門家、チャールズ・パーソンズなる人物を招聘し、ヨーロッパへ実情調査に派遣した。立ち入ることができるあらゆる工場を視察し、見つけられる限りの専門家に話を聞くためだ。パーソンズはこうして一九一六年の最後の三カ月、戦場の間を縫うように、イギリス、ノルウェー、イタリア、スウェーデン、フランスで硝酸塩工場を歴訪し、専門家たちと会った。

そしてついにパーソンズは探していたものを見つけた——ドイツで。例のハーバー＝ボッシュ法である。もちろん、パーソンズはドイツの工場を直接調査することはできなかったが、話を聞いた誰もがドイツの方式が現存する最良のものだと確信しているようだった。ほかのどの方法よりも安く、より効率的で、生産性が高いのだ、と。

問題は、その仕組みを知っているのはドイツだけで、しかもそれを明かすつもりなどないということだった。ドイツ国外ではまだ誰もハーバー゠ボッシュ法の秘密を解明できていなかった。大づかみな推測はあったが、ディテールは皆無。そしてこの方式の成否の鍵はすべてそのディテールにあるようだった。複雑な化学反応、高温、相当な高圧、それに何百という新しい器具や測定器や装置類が欠かせない。アメリカでハーバー゠ボッシュ法のプラント建設に真剣に取り組んでいたのは唯一、ニューヨーク州ロングアイランドのゼネラル・ケミカル社だった。進展がなかったわけではないが、ドイツ以外で成功例はなかった。

しかしパーソンズには一つだけ確実に知り得たことがあった。それはウォッシュバーンのシアナミド方式の硝酸塩工場は、ハーバー゠ボッシュ法の工場に比べて莫大な電力が必要なことだ。このため操業にはいっそう経費がかかり、つまりはその硝酸塩から作られる爆薬も高価格になる。シアナミド方式の工場とハーバー゠ボッシュ法の工場を直接比較したら、ハーバー゠ボッシュ法に軍配が上がるのだ。

一方、アメリカにはきっちり機能するシアナミド法の工場を建設するノウハウがあることも事実だった。パーソンズがヨーロッパを駆けずり回っているとき、ウォッシュバーンは武器省のトップに手紙を書き、ハーバー゠ボッシュ法は「相対的に無価値だ」と述べた。アメリカが自前の硝酸塩を迅速に生産したいのであれば、ウォッシュバーンの実証済みのシアナミド法を採用すべきことは明らかだ、と。

パーソンズは戦地から戻ると、両方とも建設することを勧めた。ハーバー゠ボッシュ法は潜在的に大きな可能性を秘めており、アメリカ政府としては無視することはできなかった。このためパーソンズはこの製造法の秘密解明の期待を込めて、比較的小さな実験的なハーバー゠ボッシュ法の工場を造ることを提言した。秘密がわかりさえすれば、施設を拡張するのは簡単だ。

パーソンズはまた、政府は巨大なシアナミド法の工場の建設に資金を投入すべきだとした。こちらの工場はすぐに建設できて、安定した生産も可能だ。そして電力を供給するために大型ダムの建設にも着手すべきだとパーソンズは勧めた。ただし莫大な電力を食うシアナミド法の工場に必要な大規模ダムの完成には何年もかかり、戦時の需要を満たすには間に合わない。そこでパーソンズは、ダムが完成するまでハーバー゠ボッシュ法とシアナミド法の両工場に十分な電力を供給できるほどの、巨大な石炭火力発電所を二つ建設すべきだと提案した。

これではやりすぎと言われても仕方ない。硝酸塩工場二つをまったく一から造り上げ、さらに巨大な火力発電所を二つ、その上に世界最大級のダムである。ただ、これなら必要条件はすべてカバーできるはずだった。硝酸塩の迅速な生産とハーバー゠ボッシュ法の秘密解明による長期的な展望のどちらも確保できる。仮にこの実験用工場が失敗に終わっても、すぐ隣には完全なシアナミド法の工場が稼働していて、実証済みのテクノロジーで硝酸塩を続々と生み出しているはずなのだ。

アメリカ政府はパーソンズの野心的な計画に乗った。次なる問いは「何を」ではなく「どこで」に移った。これは軍事プロジェクト、つまり最重要事項であり、当の将軍たちが望んだのはなるべく内陸で、敵の海空からの攻撃を遠く逃れることのできる場所。理想的にはどこか海岸線から山を越えた向こう側で、硝酸塩を出荷するのに鉄道または水運の便もよいところ。さらに、電力を石炭火力発電に依存するならば、石炭が手近にあることも必要だった。そしてその上、いずれはすべてを水力発電で賄うつもりなら、言うまでもなく、近隣に大型ダムに絶好の場所があることも不可欠だった。

ワージントンの念入りなロビー活動のおかげで、誰が見てもテネシー川が候補地に含まれることは確実だった。だがその流域でマッスル・ショールズが唯一の選択肢だったわけではない。一部の科学者たちはウェストヴァージニア州の丘陵地帯がより適切だと考えていた。陸軍工兵隊はマッスル・ショールズの南方、アラバマ州バーミンガムに近いブラック・ウォリアー川の一地点を推薦した。ほかにもテネシー川にはいくつか実現可能な場所があった。たとえば陸軍長官はマッスル・ショールズよりも上流、ダムに適していて鉄道網も充実したチャタヌーガ付近を望んでいたのである。

しかしマッスル・ショールズの支援者たちにはアラバマ州選出のアンダーウッド上院議員という味方がおり、ワージントンが推す候補地のために強力なロビー活動を展開してくれた。これがあっさり趨勢を変えた。アンダーウッドと上院の同志たちによる「巨大な圧力」（とある歴史家は呼んだ）に押されて、ついにウィルソン大統領は決断した――この巨大戦時プロジェクトの開発場所はマッスル・ショールズにする、と。

途端にすべてが動き出した。

マッスル・ショールズ周辺の住民は歓喜にわいた。参戦自体はすばらしいとは言えないかもしれない。だがダムや複数の工場、雇用、何百万ドルという連邦政府の投資などが約束されていた。地元のある支援者が「機械の歌声、産業の溢れる活気」と呼んだものは祝福に値したのだ。

政府はテネシー川沿いの広大な農地や森林を管理下に置いた。土地の区割りもすばやく行われた。ハーバー＝ボッシュ法の硝酸塩第一工場には一七〇〇エーカー〔約七平方キロメートル〕の用地が、シアナミド法の第二工場用には二二〇〇エーカー〔約九平方キロメートル〕が割り当てられた。ダムはフローレンスに近いマッスル・ショールズ直近に建設予定で、近接して火力発電所二基もできることになる――シアナミド法の工場用の大型のものと、ハーバー＝ボッシュ法の実験用の小型のものだ。これらすべてを合わせると巨大な施設になる。三つ子の都市《トライ・シティーズ》の間の土地はほぼ埋め尽くされるだろう。

プロジェクト現場がマッスル・ショールズに決したことをウィルソン大統領が発表すると、労働者たちが徐々に流入し始めた。それが一九一七年四月のアメリカ参戦の報によって激流に変わった。マッスル・ショールズ周辺へ向かう列車は働き口を求める人たちで満杯だった。配管工、塗装工、電気技師、大工、秘書、エンジニア、製図士、溝掘り職人、セメント職人、れんが工、金属工、自動車整備士、水処理施設の技師、重機運転士など。

あっという間に一帯は人で溢れ返った。一九一七年当時、三つ子の都市《トライ・シティーズ》の住民は合わせても二万人に満たなかった。ところがマッスル・ショールズのプロジェクトだけですぐにもそれくらいの人間を雇用するはずで、地域の人口がわずか一年で倍増する事態となったのだ。インフラもまったく追いついていなかった。住宅や公共サービスは十分と呼ぶにはほど遠く、関係者らを収容するために連邦政府自らが町をつくるしかなかった。二つの硝酸塩工場それぞれに関係する軍当局者や管理職とその家族など、お偉方のためにはよく整ったこぎれいな町が二つ建設された。独自の上下水道、電力、公園、学校、それに曲線を描く通りに並ぶしゃれた平屋住宅と、至れり尽くせりだ。一方の町には「自由の鐘」〔独立戦争や独立宣言に関連して打ち鳴らされたことで有名なフィラデルフィア州議事堂の釣り鐘〕の形をまねて街区が計画された。

労働者や建設工らブルーカラー労働者たちの住宅地区もあった。一つは黒人用、もう一つは白人用。木造バラックに住み込んだ者もいれば、泥を避けるための木製の土台の上にどこまでも並ぶ、キャンバス地のテントを当てがわれた人たちもいた。このテントの居住区のニックネームは「地獄の町《ヘル・タウン》」。何年ものちのあるインタビューで地元の住民はこう述べた——「地獄の町《ヘル・タウン》にはあらゆる類の犯罪がはびこっていました。赤線地区もあれば賭場もあり、付近ではウイスキーも密造していたし、とにかく何でもありでしたよ」。しかしテント暮らしだったとはいえ、労働者には毎日一度ずつ氷の配給があり、料理や暖房用に灯油コンロが使えたし、「それなりにいい暮らしぶり」だったと、ある経験者はのちに回想した。

労働者たちは二三カ所もある食堂のどれかで食事をした。その一つは一度に四〇〇〇人を収容できる巨大食堂で、調理師と補助スタッフを合わせて一〇〇〇人近くを雇用し、毎日二万四〇〇〇食を提供。

史上最大の大型食堂と言われた。この食堂には、あるパン工場が毎日焼きたてのパンを一万三〇〇〇斤、パイ一〇〇〇個、ケーキ一二〇〇個、そして一五〇ガロン〔約五七〇リットル〕のプディングを届けた。連邦政府は地元の町役場とも協力し、上下水道を拡張し、治安維持のための予算を増額したほか、人口増大に合わせて医師や看護師の雇用を増やした。独自の社交用ホール、教会、診療所、野球チーム、それにオーケストラまである、まさに新興都市だった。

着工から一〇カ月後、マッスル・ショールズはアラバマ州第四の都市となっていた。あまりにも多くのことが起きていたため、ある地元紙は毎号それらを報じるために専用欄を設けたほどだった。労働者用にはまったく新しい新聞硝酸塩《ナイトレート》ニュース紙も発刊され、女子寮の管理人が果たすべき役割やビリヤード場の開設、新設の映画館付きのオーケストラがいかにすばらしいかといった記事を八ページにわたって報じた。「マッスル・ショールズは愛国心が生んだ夢の町」といったヘッドラインが人びとの士気を高く保つ力ともなった。

地元の人たちは毎日がクリスマスのような気分だった。どこを見ても政府の資金と新たな顧客たちで溢れていた。小売店には買い物客が、レストランには外食客が、バーには飲んべえたちがいて、すべての支払いは直接的にしろ間接的にしろ、米国連邦政府《アンクル・サム》が払ってくれるのだ。地元の連中は統治をする連邦政府《ガバメント》が、金をくれる連邦財布《ギブメント》になったと噂をし始めた。まったく景気のいい話だった。

ただしすべてがよかったわけではない。住宅費は青天井の急騰ぶりで、一部の地元住民を追い出してしまった。雨が降れば辺りは泥沼と化して、いたるところにハエや蚊が出現し、マラリアにかかる者も出始めた。表面化こそしなかったものの、人種差別の問題もあった。いまだ黒人差別の時代である。大量の黒人労働者が雇われたものの、白人よりも低賃金で、住宅や学校は厳密に区別されていた。クー・クラックス・クラン〔十九世紀後半の南北戦争後に勃興した白人至上主義の秘密結社。KKKとしても知られる〕がアラバマ州をはじめ全米で息を吹き返そうとしていた、そんな時代だったのだ。

しかしマッスル・ショールズではどんな問題も金《かね》の前にかすんでしまった。肌の色を問わず、何千人という労働者が突如として、それまで見たこともないほどの賃金を稼げるようになったのだ。ダムや工場の建設が始まるまで、アラバマ州北部は全米でも一、二を争う貧困地帯だった。かつては住民の大部分が物納や金納の小作農としてぎりぎりのその日暮らし。それが今や高賃金の職に事欠かず、しかも住宅や職業訓練講座もあるというおまけ付き。当時、黒人の地域のリーダー格が新聞記者に語ったように、ダムと工場の建設プロジェクトは「あらゆる点で、アメリカの黒人がかつて手にしたことのない出世の一大チャンス」だったのである。

一九一七年から一八年にかけては異例の厳冬となり、足場の悪い凍結した川岸は危険で、建設工事を遅らせた。しかし広大な建設地に春の暖気が感じられるようになると、ペースが上がった。そして、一九一八年春、それが猛然たる勢いになった。ドイツ軍が劣勢で間もなく戦争が終わるかもしれないとの認識が広がり、このアラバマ州のプロジェクトが何らかの貢献をするならば、一刻も早くやり遂げる必要があることを誰もがわかっていた。マッスル・ショールズの巨大ダム、硝酸塩第一(ハーバー=ボッシュ法)工場、第二(シアナミド法)工場、発電所、倉庫、道路などの建設が慌ただしさを増し、居住区でも果てしない拡充工事が進められた。当時の映像を見ると、川沿いは上を下への大騒ぎ。活動はとくにダム建設地に集中し、巨大な蒸気ショベルが黒煙を吐き出し、その脇の新たに敷かれた鉄路では蒸気機関車が掘削した土砂を運び出し、木材や機械や道具類の大量の貨物を運んでくる。道路は荷物を積んだラバの隊列、T型フォード車、それに荷馬車で大渋滞だ。川の方も平底船やタグボートがひしめいている。ダムの周りにはクレーンや木製の枠組みが林立し、とてつもなく大きな蒸気ショベル——なかにはかつてパナマ運河の掘削用に造られたものもあった――が基礎を築く場所を掘り返していた。一方、作業員らも古い型式の手持ちドリルでがんがん掘る。ほかの労働者らは新設された道路の脇に電柱を立てて電線を張る。そして建築現場の職人らはセメント用の木枠を組み上げながら、ホースやロープにつまずかないよう気を配りつつ、のこぎりや斧で木材を切断する音、廃棄される大量の岩がぶつかる音、重機の騒音に汽笛も加わった喧騒を通して、上役が指示を怒鳴る声を何とか聞き取ろうとするのだった。

誰もが大わらわで、慌てるとその分だけ作業は危険になった。このプロジェクト用に開設された診療所は休む間もなく、潰れた指、手足の骨折や切断、火傷《やけど》や裂傷の治療に当たった。ダムの建設工事では五六人が亡くなった。

ただし、この多大な努力の目的は巨大ダムの建設ではなかった。真の目的は軍需物資の生産だった。そしてその点、雲行きは怪しかった。ハーバー=ボッシュ法の実験用の硝酸塩第一工場はそもそも初めから一種の博打《ギャンブル》だった。ハーバー=ボッシュ法の独自開発というアイディアを政府に売りつけ、この工場で生産を軌道に乗せる責務を負っていたのはゼネラル・ケミカル社だったが、ことは最初に想像したよりもはるかに難しいことに気づき始めていた。鋳鉄を桜色に変えてしまうほどの高熱と、砲身も破裂させるほどの高圧のバランス、極秘の特殊な触媒。そしてそれらすべてが合わさって機能するためには、特別に設計・製造された各種装置が欠かせなかった。

たしかにゼネラル・ケミカル社には有能な化学者たちがいたが、誰もフリッツ・ハーバーとカール・ボッシュには及ばなかった。計画どおり順調に進んでいたことは一つもなかったのだ。一歩進むたびに問題が次々と発生し、永久に成功しないのではないかとの不安も募り始めていた。

「愛国心が生む夢の町」——建設が進むマッスル・ショールズ
Courtesy Library of Congress

すさまじい作業と騒音と――建設が進むウィルソン・ダム
急ピッチで進められた建設工事で労働者56人が命を落とした。
Courtesy Library of Congress

一方、硝酸塩第二工場はまったく話が別だった。ウォッシュバーンとアメリカン・サイアナミッド社にとっては、ナイアガラの滝のカナダ側で建設と生産に成功した工場をさらにスケールアップさせるチャンスだった。その上、最先端の硝酸塩工場を立ち上げ、迅速に操業にこぎ着けることはアメリカでも可能であると証明するチャンスでもあった。設計図の段階からこれが怪物的な巨大施設になることはわかっていた。世界に類を見ない規模だ。アメリカン・サイアナミッド社のカナダ工場の七倍の大きさで、一一三もの建物には、長々と連なる巨大な窯《かま》の数々や十数基の大型炉、世界一の大きさの空気圧縮プラント、これまでの最大のもののさらに五倍の規模の液体空気プラントなどが収まり、施設全体を動かし続けるための世界最大の発電所もある。建設にはれんが一〇〇〇万個、鋼鉄一万九〇〇〇トン、セメント二六万二〇〇〇バーレル、それに三つ子の都市《トライ・シティーズ》の木造建築物をすべて建て替えられるほど大量の木枠が費やされた。こうしてどうにかこうにか、形になりつつあった。類まれなマネジメントと献身的な労働のおかげで、すべてが電光石火の勢いでアラバマの荒野に立ち現れた。ピーク時には、建設資材を搬入するだけのために一日八五本の列車が必要だったほどだ。

　そしてついにやり遂げた。硝酸塩第二工場の建設が始まったのは一九一七年十一月末。その一年後、工場は継続的な生産の準備を終えたのだった。ある地元紙は「記録的な速さ。建設工事として前例がなく、超えられることもないであろう偉業」と熱く報じた。生産能力一〇〇パーセントで操業すれば、すべての前線における連合軍のすべての部隊が必要とする硝酸塩の一割以上を賄うことができたはずだ。第一次世界大戦中のアメリカ最大の偉業の一つだった。

　だができた途端、誰も必要としなくなった。ついにフル稼働の準備万端が整ったというそのとき、ニュースが飛び込んできた――ドイツが降伏したのだ。

ドイツは道半ばで、まだ自国内に一兵たりとも敵の侵攻を許していないというのに、なぜ戦いを放棄したのか、当時多くの推測が飛び交った。イギリスによる海上封鎖がじわりと首を絞めたとか、ロシアのボリシェヴィキが革命をドイツに伝播させる危険があったとか、ただただ戦争に疲れ果てたのだとか。

実はさらに、一部の歴史家が指摘する点がある。それは、硝酸塩第二工場の生産準備が完了したことを知り、ドイツ首脳部があっさり諦めた、というものだった。

第3章　ヘンリーおじさん

　第一次世界大戦終結から数カ月後、世界一の金持ちのヘンリー・フォードはある小都市の法廷の証人席に座り、落ち着きなく冷や汗をかいていた。すでに一週間も証言を続けていたが、幼年時代の読書体験から十九世紀初頭の米英戦争のことに至るまで、高額報酬の腕っこきの弁護士たちがありとあらゆる話題についてフォードを質問攻めにしていた。ややこしい事柄ばかりを微に入り細をうがって問われ続けているうちに、フォードはもたつき、舌がもつれた。細かなファクトも思い出せない。やがて答えには誤りが混じり始めた。

　フォードは細身で贅肉がなく、活力に溢れ、青い目は時には人を圧する鋭い視線を投げかける。世界最大の自動車会社をゼロから立ち上げ、一貫作業の組み立てライン方式で生産をスピードアップさせ、大幅なコストダウンでアメリカの大衆が買えるほど安くかつ信頼性のある自動車の製造を可能にした男。それが実現できたのは、たった一種類の車——フォード車——をたった一つの車種——T型——だけ造り、しかもボディカラーはお好みの色——ただしフォードがよく言ったように「黒でありさえすれば」——で製造したためだった。フォードの天才ぶりは効率性の容赦なき追求の賜物だった。一つのことに集中して、誰にも負けないほど無駄を省き、より生産的に行った結果、追随を許さないレベルにまで自動車の価格を下げることができたのだ。

実際、やっただけのことはあった。著述家のビル・ブライソンが書いたように、「ヘンリー・フォードがT型フォード車を生み出したとき、車を買おうというアメリカの人びとには約二二〇〇車種もの選択肢があった。ただそのどれもが何らかの点でおもちゃのようなもので、金持ちのお遊びの道具にすぎなかった。そんな自動車をフォードは身近な日用品に変えた。誰にとっても便利で値段的にも無理がないもの。こうした哲学の違いが、フォードを想像を絶する成功へと導き……フォードは現代の暮らしの方向性とリズムを一変させてしまった」のである。

フォードはまさに典型的な叩き上げのアメリカ人だった。辺地のさえない暮らしから富裕層の高みへと、まったく自助努力のみで上り詰めたのだ。だがそれは何のために？ 小都市の暑苦しい法廷で、また一日もじもじと身悶えするためだっただろうか？

すべてフォードが自ら身に招いたことだった。法廷でこうしてこっぴどくやられているのはフォードの高慢のせいだった。そして彼の世界平和への信念も一因だった。フォードはあまりにも純粋だったのだ。その報いがこれだ。

アメリカがいよいよ世界大戦に参戦しようと身構えていたとき、五十代前半のフォードは記録的な成功の絶頂にあって、活力に溢れ、とても自分では使いきれないほどの金を稼いでいた。T型フォードの大量生産を開始したのはわずか一〇年足らず前の一九〇九年。その驚異的な成功はすでにフォードの人生を一変させてしまっていた。

フォードは決して芸術家肌でもなければ、思索家でもなく、おおかたの人が持つ「天才」というイメージからはほど遠かった。ただ機械いじりにかけて早熟な才能を発揮したミシガン州の農家の息子にすぎなかった。デトロイトの郊外の農村地帯にあるディアボーンで兄弟姉妹八人の一人として育った。父親はアイルランドからの移民で、母親の両親はベルギー人だった。フォードは人生の大部分を生家からほぼ三〇キロメートル以内で過ごした。

だがフォードは、農業はまっぴらごめんだった。農作業は大の苦手。土を掘り返して整地し、雑草を抜き、囲いを付け、植え付けをして収穫するということの果てしない繰り返し。汚れににおい、反復作業の退屈さ。フォードから見れば、農民は自分で制御できないものに振り回されすぎだった。天気、害虫、農機具の値段、そして農作物の市場などだ。

フォードはそうしたことに耐えるには鋭敏すぎ、じっとしていられない質《たち》だった。だからその関心は土から離れ、ギヤとエンジンが付いているものならば何でもフォードを惹きつけた。少年時代のフォードは道具を修理したり、腕時計を分解したりするのが好きで、用事は何であれできるだけ早く片づけて、どんなものでも何らかのエンジンが付いているものを見にすっ飛んでいった。とくにお気に入りだったのが「道路用機関車」と呼ばれた大型の自走式蒸気機関だ。金属音を立てながら煙を吐き出し、農家から農家へとゆっくりと進み、どこかの畑に到着して収穫作業に動力を提供する。フォードはそうしたエンジンをよく理解していた。ほとんど直感的と言うべき能力を発揮し、どのように動き、故障の原因は何かを見抜いた。フォードが最初に自分の小さな機械工作場を造ったのは十二歳のときのこと。十五歳で初めて蒸気機関を自作し、他人の腕時計の修理を始めた。間もなく学校をやめ、農場を離れ、デトロイトへ出て見習い機械工になった。

フォードはそこに本当の居場所を見つけた。機械工場で働くのが大好きだった。泥と悪天候から逃れ、乾いた暖かい室内で毎日過ごすことができ、油のにおいと機械の唸り声に抱かれるようにしていられるのだ。そこではもはや背筋ではなく頭脳で仕事をする。そして何といっても最大の利点は毎日新しいことがあることだった——機械の仕組みというパズルを解き、部品をうまく組み上げ、さまざまな難問を解決するのだ。

フォードは天職を見つけた。自分で制御できる仕事で生計を立て、機械装置や工学システムを設計したり構築したりする。それでも心の片隅にはまだ農場があった。フォードは農場へのぼんやりとしたノスタルジーを失うことはなかったのだ。フォークダンスや農村のヴァイオリン音楽、一つしか教室のない学校や田舎の旅館などへの、そこはかとない愛情だ。フォードは農民こそ社会に欠かせない善良にして模範的なる「地の塩」であり、アメリカの民主主義の礎《いしずえ》だと考えていた。だが自分では農民になりたいとは思わなかったのだ。

ほどなくしてフォードはデトロイト・エジソン社で機械工として働き始め、唸り声を上げる電動式発電機を動かし続けた。空き時間には長年温めてきたプロジェクトに取り組んだ。ガソリンを燃料とする、馬のいらない馬車を造るというアイディアだ。ここでも農村という自分自身の出自を忘れなかった。フォードが造るこの新たな機械は金持ちのおもちゃにはしない。働く人間の自動車にする。つまり安く、頑丈で、修理が簡単。田舎の家族が轍《わだち》の多い未舗装道路でも安心して走行できるようなものだ。フォードは最適なエンジンを開発できるまで何年も試行錯誤を重ね、さらに長い時間をかけてその車をより強度があり、より信頼性があり、当時走っていたどんな車よりも製造しやすい

絶頂期のヘンリー・フォード
Courtesy Library of Congress

ものにしていった。

こうしてできたのがT型フォードだった。だがフォードは車の設計で満足はしなかった。実はまったく別の方面でもすばらしい才能があったのだ。どうやらフォードは、機械の真髄を見抜けるのと同じように、ビジネスの仕組みの奥義も感知することができるらしかった。どこで無駄を省き、効率を上げるべきか。どうやってスピードと信頼性を同時に向上させるか。そして車の価格を低く抑えるために、フォードは種々のアイディアをひねり出して検討した結果、一台分の車体《シャシー》とエンジンを「組み立てライン」というものに沿って移動させていく方式を編み出した。金属の塊である車体を移動させ、たった一つか二つの作業だけを行う工員の前を流れていくようにする。そうすればフォード社の従業員たちは一カ所にとどまっていればよく、一つの作業に熟達し、無駄な動きも減らせるというわけだ。部品を大量発注してコストを下げるために、車種は一つしか造らないことにした。やがて部品を自社で製造するようにしてさらにコストを抑えた。フォードは流通、販売、サービスでも新しいアイディアを開拓していった。こうしてT型フォード車は驚異的な売り上げを見せ始めた。多くのアメリカ人にとっては初めて買う車だったが、それは利便性と行動範囲の拡大以上に大きな意味を持っていた。人びとは「ティン・リジー」〔「ブリキのエリザベス」という意味。なぜエリザベスかは諸説ある〕の愛称で呼んで、車に愛着を抱いた。そしてその車を造ったミシガン州の農家出身の青年にも愛着を覚えたのだった。

第一次世界大戦が迫っていたころ、フォード自身も車に劣らず有名になった。庶民にも手が届く価格のティン・リジーと、フォード・モーター社の伸びゆく名声と、それに貧しい境遇から目を見張る成功へというアメリカン・ドリームを体現した生い立ちとが組み合わさり、フォードの名前は常に新聞を賑わした。

しかしフォードは成功をつかんだ単なる一地方青年という域を越えていた。機械の天才で、ビジネス

T型フォード車の組み立てライン
Courtesy Library of Congress

の天才、さらにやがてわかったことだが、宣伝にかけても天才だった。新聞に金を払って広告を載せるより、ニュース欄に自分の名前が出るほうが、大衆に知ってもらうためには安価かつよほど効果的であるということにフォードは早くから気づいていた。T型フォードの前にすでにレーシング・カーを製造し、当時屈指のドライバーであったバーニー・オールドフィールド〔一八七八－一九四六年。スピード王の異名をとった名ドライバー〕を雇い上げて参戦。話題を作って「フォード」という名をスピードとパワーにしっかりと結びつけたのだ。のちにフォードは記者たちとも関係を築き、注目されることをねらって発言し、自社では効果的な広報活動の仕組みを構築した。

フォード社の広報部は途切れなくプレス・リリースを発表し続け、内部情報を意図的に流し、のちには広報映画も制作して、フォードが何を考え、何をしているかを逐一追いかけたいという大衆の貪欲な好奇心を満たした。新聞はフォードに夢中になった。フォードはまったく新しいタイプのフレッシュな人物だったのだ。資産家の巨人でありながら同時に庶民的でもあり、恐ろしく金持ちなのにすぐ近所に住んでいそうな感じもする。歴史上最も偉大な産業帝国を操る、田舎出の若者。フォードは地方の普通の人びとと同じ言葉をしゃべった。東海岸の銀行家や裕福なエリート層について不満を垂れ、古き良きアメリカの価値観を擁護した。こうして人びとの間に一つのイメージが浮かび上がってきた――金持ちのペテン師どもを認めない、素朴でまっすぐな男。フォードは従業員にはかなりの賃金を支払い、その代わりそれに見合う労働を期待した。誰もが親しみを覚える「ヘンリーおじさん」だったのである。

第一次世界大戦前後の数年がフォードの絶頂期だった。常に進み続け、いつも何かとてつもないことを発表した。新しい工場、新しい労働計画、社会の新しいビジョンなど。フォードとじっくり話す機会を得た幸運な記者は、およそどんな話題でもフォードが何か興味深いことを言ってくれることを期待できた――それもフォードがそのことについて詳しいかどうかを問わずにだ。非公式の場の会話では、ほとんどあらゆるテーマについてすばらしい名言を吐いた。

フォードの魅力の一つは、平易な言葉で話したことだ。しゃれた一流大学を出たわけでもなく、ややこしい概念に邪魔されることもなく、おおかたの政治家の言うことには耳を傾けず（どうせほとんど信用していなかったのだが）、ニューヨークの金満家たちとの関係もできる限り避けた。フォードは自立した人間で、自分自身で思考し、自分の考えを述べ、まさにまっとうなアメリカ人のお手本だった。他人の意見に流されることなく、無尽蔵と思われるほどの善良なる田舎の良識を存分に発揮した。フォードはアメリカの労働者たちを尊重し、アメリカの労働者たちもそれに応えてフォードを愛したのだった。

フォードは多くの意味で当時のアメリカというものを反映していたが、その一つが、おおかたのアメリカ人と同様に、ヨーロッパの王侯貴族の戦争に巻き込まれるのに反対していたことだ。あんな大混乱はアメリカがかかずらうことではない、とフォードは考えていた。フォードが専心したのは庶民に憩《いこ》いをもたらすことであり、(自身の財産は積み上がるばかりではあったとはいえ)貪欲を嫌った。その点フォードは、この世界大戦は富への欲得に根ざしていると見ていた。人びとは強欲な資産家や軍需品メーカー、産業界または銀行業界の暴利を貪る連中などに騙されているのであって、そうした連中が国民を戦争へと駆り立て、それで金儲けをしようとしているのだ、と。卑劣な話であり、フォードは一切関わりたくなかったのだ。

一九一五年末、フォードは借り上げた船に平和運動家を満載してヨーロッパへ向かった。彼の地の人びとに、ものの道理というものをわからせようというのだ。あまりに理想主義的な行動で、失敗するのは目に見えていた。フォードの「平和の船」は目的地のノルウェーに着いたら世界会議を開き、戦争をやめるよう人びとを説得する計画だった。だがアメリカ政府の公式な後ろ盾もなかったから、何をしようにもよって立つところがなかった。フォードは友人知人にも同行するよう声をかけたが、丁重に辞退された。旧友のトーマス・エジソンは波止場まで見送りに来た。一説によればそのとき、フォードはこのベテラン発明家を脇へ連れて行き、顔をぐっと近づけてエジソンの聞こえるほうの耳に大声でこう言ったという。「一〇〇万ドル差し上げますよ」。だがエジソンは聞こえていないそぶりで――気まずい会話を避けたいときによく使う手だった――温和な笑顔を見せただけで、帰っていった。

船上の平和運動家らは出港するやいなや言い争いを始め、ヨーロッパへ向かって進むにつれてひどくなった。フォードは同乗者たちにうんざりし、新聞はこの企図そのものを「愚者の船」と呼ぶようになった。そしてノルウェーに到着して間もなく、フォードは匙《さじ》を投げてさっさとアメリカへ帰ってしまった。予定されていた会議は失敗に終わった。

こうなるとフォードの批判者たちが一斉に声を上げて、その世間知らずな単純さと素人丸出しの平和工作を嘲笑した。その急先鋒はシカゴ・トリビューン紙のオーナー、「大佐」ことロバート・R・マコーミックだ。マコーミックはフォードを模範的な人物どころか、田舎仕込みの食わせ者だと見ていた。アメリカにとって何か実際に役立つことをするよりも、マスコミで称賛されることのほうが得意な男だと。これはとくに国際政治に関して言えることだった。反戦の発言の数々はフォードをあたかも平和の救世主のように見せるかもしれないが、現実には、フォードの言動はアメリカの戦争準備を阻害しているとマコーミックは考えていた。マコーミックのシカゴ・トリビューン紙はフォードを非難する記事を何本か掲載したが、なかでも一九一六年六月二十三日の社説「フォードは無政府主義者《アナキスト》である」が手厳しかった。

フォードは無政府主義者などではなかったし、社説もそう明言したわけではなかった。しかしフォードはたしかに世界大戦へのアメリカの参戦に反対だったし、マコーミックは賛成だった。新たに成立したばかりの国防法を受けて、多くの企業では従業員らに対し、軍隊で訓練を受けるために離職した場合、訓練終了後に復職できることを伝えた。これは関係者の誰もが友好的な気分になれる一種の愛国的な動きだった。しかしフォードは自社の従業員に同様の保証を与えることを拒んだ。そのためシカゴ・トリビューン紙の編集委員たちはフォードを「無知」で「まともな思考ができない」人物と呼び、戦争準備というバスに乗ろうとしないのは「血迷っている」と、痛烈な非難を浴びせた。

フォードとしては社説の挑発的なタイトルが引っかかった。全面的に平和を支持しているのは間違いないが、決して無政府主義者《アナキスト》などではなかった。アナキストというのは爆弾を投げつける極左や人殺しのテロリストと結びつく用語だが、社説の本文では誰もフォードをアナキストだとして非難してはいなかった。記事のタイトルはまったく根拠のない不適切な侮辱だったのである。フォードはシカゴ・トリビューン紙を名誉毀損で訴えた。

ところがついにアメリカが参戦し、あらゆることが後回しになり、フォードが法廷に立つ日が来たのはようやく一九一九年になってからだった。「立つ日」というより、蓋を開けてみれば「立つ日々」となった。マコーミックは売られたけんかを買うことを決意し、探せる限り最高の弁護士たちを雇った。フォードも同様にした。そして手始めに、どこで裁判をするかで揉めた。フォード側は、シカゴではシ

愚者の船――フォードの「平和の船」の風刺漫画
（ニューヨーク・ヘラルド紙、1915年11月27日）
Courtesy Library of Congress

カゴ・トリビューン紙の影響力が強すぎて不適切だと主張。一方でマコーミック側は、デトロイトは誰もが圧倒的にフォード支持派だから不適切だとした。結局はどちらにも有利にならないよう、裁判はデトロイトから三〇キロメートルほど北方の小さな観光都市、主として鉱泉浴場《ミネラルバス》で知られるマウント・クレメンスで開かれることになった。

そしてさっそくマコーミックの弁護士たちがその報酬にふさわしい働きを見せた。弁護士たちの主張はこうだった――フォードが単なる無知な理想主義者ではなく、広い意味でアナキストかどうかを究明するには、その理想主義の源泉と、政治に対する全般的な知識の程度を掘り下げて明らかにする必要がある、と。したがって、フォードの「歴史に関する知識、読解力、独立戦争に関する知識……アメリカ合衆国憲法に対する見解、その他もろもろ」を問い質《ただ》すことが必要だと、弁護士たちは主張したのだ。

判事はマコーミック側のそうした主張をすべて認めた。それはヘンリー・フォードが集中砲火を浴びることを意味していた。

裁判は三カ月にわたりずるずると長引き、証人は何十人にも及んだ。そして一九一九年七月、この裁判の目玉イベントがミシガン州の猛暑の中で始まった。フォード自身が証言台に呼び出され、八日間にわたって詰問されたのである。フォードは自分の工場や執務室ならば完全な指揮権を持ち、尊敬され、集中して決然としていられる。しかし今やそこから連れ出され、熟達の弁護士らの執拗な尋問にさらされて、フォードの威厳ある姿は見る影もなくなってしまったのだった。

言葉の定義や、歴史や文化の詳細に関する理解を問われると、フォードは「なすすべもなくもがくばかりだった」と、ある新聞記者は述べた。法廷に詰めかけた記者たちは、眼前でアメリカの象徴が叩き潰されるというネタの価値をよくわかっていただけに、フォードの誤答を逐一熱心に報じたのだった。

「理想主義者」を定義するよう問われたフォードは、「ほかの人たちを豊かにする手助けをできる人」

という意味だと思うと答えた。また、一八一二年の英米戦争はアメリカ独立戦争の一部だと思うと述べた。そしてついに、全米のほぼすべての新聞が報じることになった例の一件がやってきた……。

弁護士　ベネディクト・アーノルドという名前は聞いたことがありますか？〔一七四一－一八〇一年。アメリカ独立戦争で英軍に内通して寝返ったことで悪名高い元米軍大将〕

フォード　名前は聞いたことがあります。

弁護士　誰ですか？

フォード　ちょっと誰だったか忘れてしまいました。作家ですね、おそらくは。

これにはアメリカ人たちは、フォードに対してどのような思いを抱くかによって、あるいはうめき、あるいは笑い、あるいはただ聞き流した。アメリカの知識階級、すなわち思想系の雑誌や大新聞を牛耳るインテリらは、フォードが自動車については詳しいが、ほかのことについてはほとんど無知な愚か者で、単純な田舎者であることが証明されたと考えた。尋問が終わるころにはこの偉大な自動車王は怒りと恥辱にまみれ、ある記者の言葉によれば「見るも哀れ」だった。

実際は、フォードは決して無知な愚者などではなかった。才気溢れる仕事人だったのだ。だが学識はなかった。フォードは典型的な十九世紀の農場育ちで、受けた正式な教育といえば、ミシガン州ディアボーンの一つしか教室のない学校で合計わずか八年間。家族経営の農場へ働きに出るまでのおおかたの少年たちと同じだ。聖書は常に手近に置いていたが、ほかの書物はフォードにとってはほとんど意味がなかった。フォードが「歴史なんてたわごとだ」と言ったとか言わなかったというのは有名な話だ。人間の過去のすべての経験をたったひと言で退けてしまうというのは、フォードについて実は多くのことを語る。フォードとしては、過去を学ぶ必要などなかったのだ。未来に賭けていたのだから。

最終的に、裁判はいわば引き分けに終わった。判決はフォード寄りだったが、シカゴ・トリビューン紙が科された賠償金はわずか六セントだったから、判決の意味はほとんどなかった。そして両者とも勝利を宣言した。

こうしてマウント・クレメンスの法廷から戻ってきたとき、フォードは人が変わっていた。もはや和平を画策して船を出すような無邪気な理想主義者ではなかった。フォードは傷つき、疑り深くなっていた。その後、二度とマスコミを信頼することはなく、弁護士を信頼することもなく、法廷を信じることもなかったのだ。おおかたの政治家やウォール街にいるタイプの連中が信頼に値しないことは、すでに知っていた。結局フォードが信じられるのはただ一人、自分自身だけだったのである。

フォードがふたたびT型フォード車の生産に励み出したころ、マッスル・ショールズ周辺の人たちは、もはや誰も必要としなくなったらしい巨大建設プロジェクトの行く末を案じていた。戦争が終わってしまった今、硝酸塩工場とダム、それに伴う雇用や未完の計画の数々、そして何千人もの労働者を収容している住宅街に対する巨額投資を、政府はいったいどうするつもりなのか？

一つだけはっきりしていた——アメリカが爆薬を作る必要がないとすれば、硝酸塩工場も不要だということだ。そして硝酸塩工場が不要ならば、ダムも必要ない。周辺の経済的な後進地帯ではとても使いきれないほどの電力を発電しても仕方がないのだ。というわけで必然的な結果になった。和平となるやいなや、政府はまずマッスル・ショールズのプロジェクトに対する資金投入のペースを落とし、やがて打ち切ってしまったのである。

空っぽになった巨大な金食い虫――硝酸塩第2工場（1919年）
Courtesy Library of Congress

巨大ダムは三分の二ほど完成していた。ハーバー＝ボッシュ法を試みる硝酸塩第一工場はまだ一度も稼働していなかったが、おそらく未来永劫そのままだろうと思われた。シアナミド法による巨大な硝酸塩第二工場も曲がりなりに操業を始めたばかりという段階のまま、一時閉鎖と決まった。そしてダムの一切の建設作業も中止された。プロジェクトの監督をしていた軍の将校らは配置転換となり、荷物をまとめて家族とともに去っていった。将校たちのためにつくられた二つの町は地元の住民らに売却された。建設作業員たちも、食堂や病院やオフィスの運営を担った何千人という裏方の労働者らともども、現れたときに劣らずあっという間に消えてしまったのだった。雇用者数は一九一八年十一月の二万人から、一九一九年三月には八〇〇〇人に激減。一九二〇年半ばには残っていた労働者の数はわずか数百人である。彼らの主な仕事は、空っぽになった工場や休止中のダム建設現場が完全な廃墟と化してしまわないようにすることだった。

後に残されたのは声が反響するばかりの空っぽの建物や倉庫、輝いているだけで音ひとつ立てない機械の群れ、放置された器具類で埋まった草地に、埃《ほこり》をかぶった設計図や署名前の契約書や古くなった雇用記録などが山積みのオフィスなど。

すべてはあっという間に起こり、しかもマッスル・ショールズ周辺のテネシー川沿いに散らばる町にとっては最悪のタイミングで起きた。終戦直後の数年は厳しかった。戦時に高騰していた食物や綿花の価格は一九二〇年に暴落。失業者が激増し、デフレが襲い、株価はほぼ半減し、倒産件数は三倍に。その原因の一つは、アメリカ国内のほぼすべての戦時政府プロジェクトがたちまち縮小または廃止され、連邦政府《ガバメント》ならぬ連邦財布《ギブメント》が散財《ギブ》をやめてしまったことにあった。また、ヨーロッパが徐々に自活できるようになるにつれ、米国産品への需要が減ったことも一因だった。さらに何万人という復員兵が職を求めているというのに、ほとんど仕事がなかったことも響いた。経済は冷え込み始め、やがて凍りついてしまった。それを景気後退と呼ぶ者もいれば、不況と呼ぶ者もいたが、一九一九年からほぼ二年にわたり、アメリカが急激かつ深刻で悲惨な経済縮小に見舞われたことは誰もが認めていた。

同時に、国民は（そして世界も）史上まれに見る規模の感染症の流行に襲われていた――スペイン風邪《かぜ》である。発生したのはちょうど戦争が終結しようかというころで、この謎の殺人ウイルスは、戦争で疲れ、衰弱した人びとの間で猛威を振るい、アメリカだけで五〇万人を超える生命を奪った。

さらに追い討ちをかけるかのように、一九一九年秋にウィルソン大統領が脳梗塞で倒れた。一命は取りとめたが、持ち前の活力は消えてしまった。ウィルソンは半ば病身のまま残りの任期をずるずるとこなした。病み、瘦せ細り、毛布をかけて椅子に座っているだけの衰弱しきった大統領の姿は、アメリカという国全体を反映しているかのようだった。

このようにアメリカ全土がひどい状態だったが、南部はさらにひどかった。国家プロジェクトを失ったマッスル・ショールズ地域は、綿花に過度に依存するという旧来の経済に逆戻りした。だが一九二〇年と二一年に綿花で稼ぐことはまったく無理な話だった。ヨーロッパからの需要が激減すると、一ポンド当たり〔一ポンドは〇・五キログラム弱〕の価格が急落し、綿花農家は生産コストを回収することすらできなくなった。一九二一年の農家の所得はわずかに戦前のほぼ半分。これでは生きていけるはずもない。

それでもマッスル・ショールズ周辺の人たちはタフで、簡単にはくじけず、わずかな収入で暮らしていく術《すべ》を心得ていた。ダム建設の仕事が雲散霧消すると、農民たちはかつての生活に戻り、綿花で微々たる稼ぎを得つつ、家畜を自家用に消費し、自ら栽培したトウモロコシで作ったパンを食べ、服にはつぎはぎを当て、どうにかこうにか生き延びたのだ。町の住人たちも倹約に努め、助け合う道を探した。誰もがこうした苦境は経験済みだったのである。

自由落下状態にあった経済は政治にも影響した。アメリカは国際連盟構想を掲げたウィルソンの理想主義やおおげさなレトリックに背を向けた。人びとは戦争のことはもう忘れることにして、金を稼ぐことに目を向けつつあったのだ。だから有権者たちは、財政に責任を持つことを約束してくれて、外国とのしがらみがなく、私企業の支援に力を入れてくれそうな候補者たちに投票するようになっていった。こうして権力は民主党から共和党へ移り、一九一八年の連邦議会選挙では共和党が議会で多数派に返り咲いたのだった。

一九二〇年の大統領選挙が終わってみると、民主党に投票したのは南部だけだった。オハイオ州出身の共和党の保守派、ウォーレン・G・ハーディングが圧勝して大統領に就任した。銀髪でこじゃれた感じ、恰幅がよくて身なりも立派、朗らかで、企業の味方。どこから見てもまさに大統領にうってつけの、ただしこれといって際立つ特徴もない職業政治家だ。ハーディング政権期は正常に復する時代になると喧伝された。そんなハーディングには上下院ともに歴史的な多数派を形成していた共和党がバックについていた。南部の政治的影響力は消し飛んでしまったから、もはやマッスル・ショールズの事業を完成させる資金を得る見込みも消え去ったも同然だった。

ハーディング政権発足を境に、ダムの完成に向けても硝酸塩工場の再稼働に対しても、税金を引っ張ってくる試みはどれも保留、延期、あるいは否決された。逆に共和党が牛耳る議会は、戦時の建設事業に浪費や管理運営の不手際があったとの訴えを検証する一連の公聴会を開催。それは一年半も続き、民主党はもっぱら防戦を強いられた（結局のところ不手際の証拠は皆無だった）。

ただ、共和党主導の公聴会の結果、予算に関する数字が明らかになったことは確かだ。それは莫大な金額だった。二カ所の遊んでいるだけの工場と、結局は放棄された複数の住宅街、そして未完成のダム、これらを建設するのに連邦政府は一億六七一六万三二九六ドル（二〇二〇年の金額に換算すると約三〇億ドル〔三〇〇〇億円超〕）を費やしたというのだ。二つの硝酸塩工場はその時点で稼働していないだけでなく、もはや時代遅れの施設となったため、永久に稼働しない可能性が高かった。戦争が終わった今、フランス、イギリス、アメリカの視察員たちはついにドイツのハーバー＝ボッシュ法による硝酸塩工場に立ち入ることができた。そして驚愕した。ドイツの技術の効率性と先進性はあまりにも高度で、その生産性はウォッシュバーンのシアナミド法工場を含む旧来のあらゆる技術をまったく陳腐化するものだった。マッスル・ショールズの工場もがらくた同然だ。この超大型プロジェクトはひどく大きく、ひどく金がかかる、無用の長物に変貌しつつあった。

ハーディング政権は売却先を探し始めた。そう、たしかにマッスル・ショールズには莫大な公金が投入された。だが無駄遣いにさらに貴重な資金をかけるのは論外だ。たとえ政府が莫大な投資から微々たる回収しかできないとしても、国民はわずかでも金を取り戻せるほうがいい。

問題は買い手がつくかどうかだった。悪くても借り手。あるいは誰であれ、後を引き受けてくれればいい。肥料業界の関係者は金食い虫の硝酸塩工場は過去のものだと見ていた。なかでもハーバー＝ボッシュ法開発用の硝酸塩第一工場は、この先も永久に役に立つ見込みがなく、解体すべきだと考えていた。そしてシアナミド法の第二工場も、最新技術を導入できるほかの工場と競えるほどに技術的な改良を施そうとすれば、莫大な費用がかかるはずだった。ではダムはどうか？ テネシー川にかかるその巨体を完成させるにはさらに巨費が必要だろう。それにたとえ完成したとしても、膨大な電力をいったい誰が買ってくれるだろうか？ マッスル・ショールズの事業全体がまるで資金を捨てるための溝《どぶ》のようなものだった。

このプロジェクトはまだ陸軍省の管轄下にあったため、陸軍長官のジョン・W・ウィークスが政府の手から引き取ってくれる人を（手当たり次第に）探す任を負った。すぐに買い手はつかないと見ると、議会の一部の議員らは政府の事業としてマッスル・ショールズを運営する可能性をうんぬんし始めた。農民向けに安価な肥料を生産して少しでも投資を回収しようというわけだ。だがハーディングはまったく取り合わなかった。政府が肥料生産に乗り出さねばならない理由などないというのだ。肥料どころか、そもそも私企業と競合する事業は何であっても同様だった。民間の企業がやるべきことを政府が運営するなど、アメリカ的ではない、と。その道の先には社会主義が待ち受ける。最悪の場合は過激主義《ボルシェヴィズム》──ロシアが世界へ輸出したがっている、例の血なまぐさくてラジカルな共産主義だ。それがハーディングの考えだった。

こうして一九二〇年から二一年にかけて、マッスル・ショールズのプロジェクトはまるで政治というフィールドのフットボールよろしく、ある委員会の手から別の委員会の手へとたらい回しにされた。その間も工場群とダムは着実に荒廃していき、戦時の偉大なる努力は台無しになり、事業全体が議会の一連の果てしない言い争いの種にされてしまったのだ。ハーディング政権発足から数カ月の間、事業は袋小路に入り込んだままとなった。終戦から過ぎ去った無為な時間は二年からやがて三年間になろうとしていた。そんなとき、ついに買い手が現れたのだった。

第4章 毎秒ハドル

マウント・クレメンスでの屈辱的な裁判を乗り切り、自らの自動車会社を見事に戦後の不況を乗り切らせ、スペイン風邪のパンデミックが落ち着きを見せ、ウォーレン・ハーディング大統領がすっかりホワイトハウスの住人らしくなったころ、ヘンリー・フォードは征服すべき新たな世界を探し始めた。

時は一九二一年の春。ビジネスはふたたびアメリカらしさを取り戻し、ハーディング大統領は昔ながらのまともな商売を取り戻すとの約束を果たそうとしていた。経済も波に乗り始めた。何もかもが加速しつつあるようだった。夏を迎えるころには不景気の記憶も徐々に薄れ、パーティーが開かれ、ジョークが飛び交い、新しいジャズ・ミュージックの音色が流れた。アメリカ初の野球中継がラジオで放送され、スター選手らが活躍するスポーツの新時代が幕を開けた。世界初のファストフード店、ホワイト・キャッスルの一号店も開店。そして誰もが映画館に通った。

農場の若者たちはこの活気に加わろうと都市部をめざし、アメリカ史上初めて、都市部の人口が農村部を上回った。街路にも活気が戻ってきた。スリムなスタイルで、丈の短い大胆なスカートを身につけたショートカットの女性たち。厭世家を気取りながら気の利いた切り返しが得意な青年たちは、口元にタバコをだらしなくくわえている。スコット・フィッツジェラルド〔一八九六－一九四〇年。小説『華麗なるギャツビー』などで知られるアメリカの作家〕

が命名した「ジャズ・エイジ」。だが、この時代の雰囲気を表すキャッチフレーズとしてやがて定着したのは「狂騒の二〇年代」だ。

そしてフォードもその騒ぎに乗った。終戦直後の不況で何社ものライバル会社が姿を消していた。全米の自動車メーカーの半数ばかりが営業不振で廃業したのだ。だがフォードは絶好調だった。人員を整理し、在庫処分のためにT型フォード車の組み立て工場を六週間閉鎖し、短期融資を活用して債権者らをかわす。そして販売がふたたび上向いた途端、親族以外のすべての大株主の株を買収してしまった。景気が回復したころには、フォードはかつてないほど強力な存在になっていた。

一九二一年、フォードが五〇〇万台目の車を工場から出荷した時点で、地球上の自動車の半数はT型フォード車だった。ある推定によれば、フォード社が上げる利益は毎秒八ドル。フォード自身の財産もあまりの速さで膨らんでいたから、自分でも数字を言えなかった。だが間違いなく全米一の、ひょっとすると世界一の金持ちだった。フォードには多額の借金もなく、銀行家や投資家に対する負い目も皆無。何事につけ即決、即断、しかも自分一人で直接にだ。それがフォードの流儀だった。他人にとやかく言われたり、監視されることは我慢ならなかった。

世界的な巨大自動車会社の絶対的な支配者として君臨するのは無上の喜びだった。そんなフォード社のことを、近代的な企業というよりも個人崇拝の組織のようになってきたと、ある記者は指摘した。

フォードには無尽蔵のエネルギーがあった。一九二〇年前後の困難な時代を切り抜けるやいなや、すぐさま次の大いなるプロジェクトに着手したのだ——生家のあるディアボーンから十数キロメートルのリバー・ルージュ河畔に、世界最大の自動車工場をゼロから立ち上げようというのだ。

かつて一九一〇年、デトロイトのハイランドパークにT型フォード車の製造工場を初めて完成させた

フォード、製造第1号車と1000万台目と（1924年6月4日）
Courtesy Library of Congress

とき、フォードが導入した流れ作業式の「組み立てライン」が有名になった。この方式ならば、どんなライバル会社よりも速くかつ安価に自動車を次々と製造でき、従業員たちは目の前の作業に集中すること以外に気を取られないため、最大限の仕事を引き出すことができる。さらに、工具を探して振り向いたり、部品を取り上げるために腰をかがめることに至るまで、少しでも無駄な動作があれば分析し、最低限に抑えるようにした。

従業員一人ひとりに最大限の効率で仕事をさせることができれば、生産性が上がる。そうすればより少ない従業員でより多くの自動車を製造でき、従業員の給料を上げてやれることになる。戦前、フォードは工員らの平均賃金を前代未聞の日給五ドルに倍増させて、製造業界を驚嘆させた（二〇二〇年の物価に換算すると一日約一三〇ドル〔一万三〇〇〇円あまり〕）。おかげでフォードは従業員らに慕われると同時に、労働争議の芽を摘む効果もあった。フォード社の高賃金は従業員らに帰属意識を抱かせた。一度雇われれば、多くがそのまま働き続け、離職率はほぼゼロに近くなった。それはつまり、新たな従業員の雇用と訓練に金を使わずに済むということだ。フォードの工場は高賃金で、熟練した、そして全般的に仕事に満足している従業員たちで満ちていたのだ。

これにはマイナス面もあった。フォードのやり方は尊大だとも受け取られた。フォードは従業員の世話をする力強い父親といったところ。従業員らに労組は不要だった。フォードがいれば十分なのだ。フォードは従業員らの仕事の効率性ばかりを気にしていたわけではない。身体的および道徳的な健全さも気にかけ、それを確認するために社内に「社会研究課」を発足させた。フォード社の視察員らが従業員の家庭を訪れ、調子を尋ね、結婚、宗教、健康、趣味などについて聞き取り調査をした。移民の労働者には英語講座の受講が義務づけられた。飲酒、麻薬、金銭面などで問題があれば記録され、労働運動を煽動する者や共産主義者らは排除された。

フォードはすべてにわたり完璧を、すなわち人間の能力が及ぶ限りクリーンかつ効率的であることを求めた。それは自社の自動車価格を低く抑え、そこから得られる利益を誰もが享受できるようにするためだった。

決定的な鍵となるのは低価格だ。フォードは誰もが銀行でローンを組まずともT型フォード車を買えるようにしたかった。銀行嫌いのフォードである。銀行に払う利子は無駄金だと考えていた。もっと何かいいことに使える金だ、と。銀行から借金をした農家が、土地に投資すべき金を利子の支払いに取られて行き詰まる例を、フォードはあまりにもたくさん目にしてきたのだ。

低価格を維持できるかどうかは、すべて効率性にかかっていた。初めのころは、T型フォード車を一台組み立てるのに一二時間を要していた。それがハイランドパーク工場の組み立てライン方式によって、一時間半に短縮できた。組み立てラインの安定感はまた、部品の調達量を精密に調整して絞ることも可能にし、余分な購入を減らして無駄を排除できた。そして生産拡大は部品の供給元との交渉でフォード側を有利にした。一台あたりの製造コストを最低限に抑えられる取引をすることができ、おかげでさらにT型フォード車の価格を下げ、顧客を増やすことできたのである。

ハイランドパークの工場は目を見張るような成功を収めた。だが一九一〇年の産業界の奇跡も、一九二〇年には時代に追いつかれつつあった。また、ある意味でこの工場は自らの効率性の犠牲になっていた面もある。あまりにハイペースで自動車を出荷し続けるため、途切れることなく膨大な量の原料を組み立てラインに供給する必要があったのだ。貨物列車に満載の鋼鉄、何キロメートルもの長さに及ぶ電線、トン単位で仕入れる布地などのほか、ガラス、ゴム、塗料のラッカーに、部品類など何千もの物品を工場に送り込まねばならない。いつの時点をとってみても、ひと財産分の原料が輸送の途上にあった。それはつまり、鉄道員のストライキや石炭の不足、海上の悪天候など、何らかの原因で遅れが生じればフォード社の生産に大打撃となり、何百万ドルもの収益を失うことを意味した。そしてさらに、実に気に入らない状態にフォードを陥れた――部品の製造元や炭鉱主や鉄道王らに頼らざるを得ず、相手がそれに乗じる恐れもあったのだ。

フォードは次の一歩を踏み出すことにした。組み立てラインの初めから最後まで、自動車製造に必要な原料に至るまで自社で直接管理するのだ。フォードは炭鉱や森林を買収し始めた。自社の工場で発電をするための石炭を確保し、T型フォード車の車台《シャシー》や変速装置《トランスミッション》を作る木材や紙を自社生産するためだ。自ら製鉄所を建設すれば、製錬所や鉄鋼メーカーに高い金を払う必要などない。それに鉄鉱石だって鉄鉱山を買い上げ、輸送用の鉄道を自社で買ってしまえばよいではないか? 製造工程に関わるあらゆる部門を所有すれば、自社の運命を自分の手で操ることができる、フォードはそう考えたのだ。

新たなリバー・ルージュ工場がパズルの最後の一ピースになる予定だった。フォードは一九一五年にすでに工場用地の購入に着手していた。二〇〇〇エーカー〔約八平方キロメートル、二四五万坪〕まで買い進めた時点で土木工事を開始した。ルージュ川を浚渫《しゅんせつ》して港を造り、製材所を設置し、巨大な発電所を稼働させ、製鉄用には溶鉱炉やコークス炉を建設し、さらにはそこでできた鉄を部品にまで仕上げるための桁外れに大きな鋳造所も立ち上げた。完成した部品はそのままリバー・ルージュ工場に、あるいはハイランドパークの工場に供給し、二つの巨大工場を事実上一つのユニットに統合してT型フォード車を製造するというわけだ。フォードは鉄道路線も買い上げてリバー・ルージュ工場へ引き込んだ。そして部品輸送のために港湾作業と倉庫管理のシステムも完備したのだった。

建設工事を開始したのは一九一七年。そしてその後一〇年をかけて段階的に完成させていき、リバー・ルージュ工場はついには世界が見たこともない巨大工場になるという計画だ。長さ約一・六キロメートル、幅約二・五キロメートルの敷地に一〇〇棟近い建物が並び、一〇万人の労働者を雇用する複合施設。これはフォードのいわば「全部やる」工場だ。原料を加工してフォード車の部品を作るだけでなく、フォード配下のチームが開発したフォードソン・トラクターのような新しいものも製造する。これは小型で機動的な農業機械で、数年前ならば何日も何週間もかかった農作業を数時間で終わらせることができる。このフォードソン・トラクターはフォード流の農業と農民への一種の恩返しであり、フォード社にとっては格好の隙間商品《ニッチ》でもあった——一九二〇年代には毎年何十万台という単位で売れていたのだから。T型フォード車とフォードソン・トラクターのコンビのおかげで、アメリカ中西部の大農業地帯《ファーム・ベルト》ではフォードは英雄となった。

リバー・ルージュ工場は完成の暁にはフォードが生み出す新たな驚異となるだろう。だがフォードはまだ満足していなかった。

世界最大、リバー・ルージュ工場
Courtesy Library of Congress

フォードソン・
トラクター
Courtesy Library of Congress

フォードは途切れることのない自身に関する報道に、だいたいにおいては得をしてきた。だがシカゴ・トリビューン紙との戦いを通じてわかったことは、編集者や記者の手を経ずに情報を直接発信する必要があるということだ。そこでフォードは自ら発信するための仕組みを構築し、フォード社の偉業を書き立ててもらうために雇い上げのPR担当ライターも増員した。さらにアメリカ国民の飽くなき映画への欲求を満たしてやろうと、短編の情報映画を一定のペースで制作・配給するための映画部門を社内に設けた。どの作品も上出来で、娯楽性もあり、フォードに好感を抱かせるものだった。

続いてフォードが手を出したのが新聞業だ。地元のさえない週刊新聞だったディアボーン・インディペンデント紙を買収し、一流の全国紙に育てようというのである。ディアボーン・インディペンデント紙は毎号フォード自身の論説欄を載せ（たいていはフォード配下の宣伝チームのゴーストライターが執筆したが）、ほかの紙面は農業技術から外交政策に至るまで、フォードが興味を持った雑多な話題をあれこれと載せた。フォードは述べた――「私は誰にとっても実際に役立つに違いない具体的なアイディアや理想を持っており、誤って伝えられたり、歪曲されたり、間違った形で引用されたりすることなく、それらを世間に提供するつもりである。私は人びとが知るべきことを人びとに伝える。……誰が戦争を引き起こすのか、政治という腐ったゲームがどのようになされているのか。遊んでいる土地をどうやって活用すべきか、私は世間に伝えようと思うのだ」。

あるライバル紙はディアボーン・インディペンデント紙を「トラクター工場発としては最高の週刊新聞」と揶揄《やゆ》した。だがフォードはお構いなしに邁進し、同紙の部数を伸ばし続け、自社の車のディーラーや広告やダイレクトメールを通じて販売し、徐々に定期購読者層を固めていった。

ディアボーン・インディペンデント紙はこうして読者を確保していったものの、独自の主張を打ち出すのには少し時間を要した。当初は焦点の曖昧な、当たり障りのない一般的な関心事を報じる新聞としてスタートした。ところがフォードはやがて、ある大きなテーマを中心に、記事のねらいを定めるようになっていく。それはフォード自身の持論であり、一種の妄想でもあった。フォードの考えによれば、世界規模のユダヤ人の陰謀によって世界が乗っ取られようとしているというのである。

一九〇〇年代初頭のアメリカでは、ある程度の反ユダヤ主義は容認され、ありふれてもいた。ユダヤ人はアメリカ人一般とはどこか異なっており、排他的で、インチキな傾向があり、多くは左派であり、全般的に欲深い連中だと、社会の幅広い階層が単純にごく当たり前のことだと考えていたのだ。ユダヤ人は大学の入学選抜から会員制ゴルフ場の入会権に至るまで、多かれ少なかれ差別されていた。ただそれでもなお、アメリカは全般的にはユダヤ人に広範な昇進のチャンスを提供してもいた。とくに法曹、医療、金融、科学といった分野の職業がそうだった。大雑把に言うと、ヨーロッパの大部分の国々に比べ、アメリカはユダヤ人にとってまだしも暮らしやすかったのである。

ヘンリー・フォードは自身の週刊新聞を使い、アメリカに蔓延していたこの淡い偏見を取り上げ、焚きつけ、議論の焦点にし、新たな次元に引き上げた。一九二〇年、ディアボーン・インディペンデント紙は一面で長期の連載を組み、毎号毎号、アメリカが抱える問題のほとんどをユダヤ人のせいにした。ジャズや色っぽい映画の流行といった文化の堕落から、スポーツ賭博や政界の汚職といった腐敗に至るまで何でもだ。フォードの頭の中ではアメリカは衰退しつつあり、そのすべての裏に、そして底流に、半ば秘密の国際的陰謀団を構成するユダヤ人たちがいると考えていた。そのユダヤ人らがアメリカ国民の道徳および財政的な基盤を切り崩し、弱体化させていると考えていたのである。

投資家、銀行家、弁護士、それに左翼の労働運動幹部らは、ユダヤ人の比率が高かった。いずれもフォードが軽蔑した人たちだ。フォードの教育のない、屈折した見解によれば、そうしたユダヤ人は大都市の寄生虫《パラサイト》であり、勤勉なアメリカ人の正直な労働の成果である金銭を搾り取っているというのだった。フォードはやがて「国際ユダヤ人」なる連中が大々的な陰謀を企てていると確信するようになった。そんなフォードの考えの大部分は、ユダヤ人の組織的大虐殺《ポグロム》が行われたころ〔十九世紀後半から二十世紀初頭〕の帝政ロシアで最初に出版された偽造プロパガンダ文書、「シオン賢者の議定書」に基づいていた。この反ユダヤ主義の長たらしい文書は、世界の通貨を掌握して各国を乗っ取ろうというユダヤ人の国際的な陰謀の全貌を語るものだとされたのである。

「国際的な大口投資家たちがあらゆる戦争の黒幕なのです。彼らはいわゆる『国際ユダヤ人』と呼ばれる連中です。つまりドイツ系ユダヤ人、フランス系ユダヤ人、英国系ユダヤ人、アメリカ系ユダヤ人です。わが国を除くこれらすべての国々でユダヤ人資本家らが最大の権力を握っていると私は確信しています」と、フォードは一九二〇年にある記者に語った。それでもアメリカではまだユダヤ人は「脅威」であるにすぎないから、国を救う時間は残されているとフォードは述べた。そして手遅れになる前に国民の目を覚まさせるのが自分の責務である、と。

ディアボーン・インディペンデント紙のこのセンセーショナルな連載記事は、反移民主義的な、外国人嫌いというアメリカの気質にもうまく呼応した。こうした外国人に対する恐怖感は、世紀の変わり目前後に膨大な数の移民たちが流入したことで高まっていた。その時期、次々と船に満載されてやってくる何百万人という多くは東欧からの、大部分は貧しい人びとが、まずはアメリカ各地の大都市のスラムに定着していった。そしてその新参者たちが疾病、不衛生、異質な宗教、それに共産主義の煽動といったことを持ち込むのではないかと懸念された。移民に反発するこのような不安感が人種差別と反カトリック的な感情と融合し、第一次世界大戦直後にはクー・クラックス・クランの復活を煽ったのである。ほかにも要因はあった。ロシアを乗っ取ったボルシェヴィキに対して誰もが不安を抱いていた。さらには道徳観の変化、農村的な価値観の喪失、猛スピードで突き進む世界のあり方などが、伝統的な清教徒的精神《ピューリタン》を――フォードの考えではそれこそがアメリカをつくり上げたものだった――一掃しつつあることへの不安もあった。そしてすべての責任を押しつけるのに格好の対象がユダヤ人だったのである。

裕福で強大な力を持つ人びとの多くがそうであるように、フォードもまた、ある分野で成功すれば、あらゆる分野で権威を得られるものと思っているらしかった。自動車業界を征服して莫大な財産を築くうちに、フォードは例の「平和の船」やディアボーン・インディペンデント紙における国民精神に関する思索に至るまで、社会のより幅広い問題に目を向けるようになっていった。

そして全般的に、アメリカ社会の現状については不満だった。どこを見ても虚偽と欲得と非効率がはびこっているように思えた。農村地帯から都市部への大量移住によって、多くの家族が農地を捨て工場で職を得るようになっていたが、それはフォードが気に入らない類のアメリカを生んでいた。「われわれが今日患っているあらゆる社会的な病は、都市部こそが発生源であり、中心なのだ」とフォードは言った。大都市は犯罪、疾病、麻薬、そして死の温床だった。禁酒法支持者のフォードにとって、都市部はもぐりの酒場や密造酒を売る違法酒場で溢れていた。倹約家でもあったフォードにとっては、都市は人びとにひたすら金を使わせる場所だったのである。フォードは静かで、分別のある、田舎暮らしを信念としていた。それに対して都市では、あらゆることがインチキめいていて、過剰で、性欲を煽った。一九二〇年初頭、フォードは都市についてこう書いている――「労働と生活の諸条件があまりにも人工的で、時としてその不自然さに対して本能が反逆するのである」。

さらに悪いことに、都市部では個人の犯行から組織犯罪まで、あらゆる類の犯罪が増加の一途をたどっていた。アメリカを築き上げた旧来の道徳観は失われつつあり、その大きな原因は大都市の道徳の弛緩にあるとフォードは考えていた。

都市の命運は尽きていて救う方法はない、そうフォードは見ていたのだ。「現代の都市は放蕩的であった。そして今日それは破綻し、明日には存在しなくなるだろう」とフォードは書いている。そうした都市生活に対してフォードが提供できる代替案があるとすれば、それは一部は自身の若き日に、一部は消滅しつつある暮らしぶりに対するノスタルジーに根ざしていた。アメリカ建国当初のような、村での暮らしがアメリカ人にはいちばん合っているというのがフォードの考えだ。都会の集合住宅ではなく、農場や森林に囲まれた快適な自分の家での暮らしである。フォードはどうしてみんな自分と同じようにしないのか理解できなかった。懸命に働き、清らかに暮らし、成功する。フォード自身は成功をつかみ、幸せだった。そしてこう思った——誰だってそうできるはずではないか？

第5章 大統領とキャンプする男

今やマッスル・ショールズの問題は、卵型の頭にセイウチひげを生やした大柄な男、ジョン・W・ウィークス陸軍長官の手の中にあった。

世界大戦が終結した今、ウィークスはもっぱら軍備の縮小と戦時プロジェクトの閉鎖に時間を費やしていた。仕事の大部分はほぼ財政的なもので、契約を打ち切ったり投資を回収したりといったことだ。それはウィークスにとっては何でもなかった——銀行業で莫大な財産を築いていたから、兵法よりも金儲けにむしろ詳しかったのである。

ウィークスはだいたいにおいてハーディング大統領とうまくやっていた。だがマッスル・ショールズだけは別だ。ハーディングはこの問題をすっかり片づけてしまいたかった。マッスル・ショールズは無用な政治的な頭痛の種であり、事業を完成しようとすれば、使いたくもない金を使わされることになる。だから売るなり、廃止するなり、貸すなりしろとウィークスに告げた。どれにしたって構いやしない、とにかく始末しろ、と。だが銀行家魂を持ち合わせるウィークスとしては、政府がこれほど巨額の投資をした事業を二束三文で売り飛ばして清算してしまうことには抵抗があった。

それでも言われたことはやることにして、事業を売却する仕事を部下である工兵隊のトップ、ランシング・ビーチ少将に預けた。ハーディングのホワイトハウス着任からほどなくして、ビーチは買い手を探しにかかった。

だが誰も食いついてこなかった。肥料会社としては、より効率的な新工場を建設できるというのに、時代遅れの硝酸塩工場の再建に金をつぎ込みたくはなかった。電力会社は未完成のダムを完成させるための巨額投資を嫌った。興味を持ってくれる相手はいそうになかった。

ずるずると時間が経つうちに、ウィークス自身がマッスル・ショールズに関心を抱き始めた。ウィークスの見立てによれば、課題は二つに分けることができる。どうしてもと言うなら、硝酸塩工場はスクラップとして売り払ってもいい。どうせ時代遅れの技術だ。だがダムは話が別だった。これはアメリカの能力を示す偉大なる事例、あらゆるダムのなかでも巨大な宝石のようなものであって、見方によってはアメリカ建国以来の最も野心的な建設プロジェクトなのだ。完成すればこのダムの長さは一・六キロメートル、高さは一〇階建てのビルに相当し、上部は幹線道路を通せるほどの幅になる。世界最大のコンクリート製ダムになるはずで、宣伝パンフレットには熱狂的な言葉が躍っていた――「世界の歴史を二つの時代に画する偉大なる壁となるでしょう。壁の一方の側は暗黒時代、石器時代と鉄器時代。反対側は電気科学とその強大なあらゆる可能性の時代です。……人類にとってのその有用性は、世界のほかのいかなる建築物の有用性をもしのぐのです」。

ウィークス配下のエンジニアたちによれば、唯一の問題は、完成には最低でもさらに三〇〇〇万ドルかかることだった。

だが、この事業の意義は電力とアメリカのプライドにとどまらなかった。ダムが完成すれば、地域にとってほかにも利点が多々あることをウィークスは評価するようになっていった。水を湛えたダムの上流では河川交易が可能になり、ダムはさらにこの渓谷地帯を時に襲う洪水の対策としても役に立つ。そして事業全体は当然ながら南部経済を活性化させるだろう。だがいずれも公益である。民間企業が公益実現のために金を払ってくれるはずがあろうか？　こうしてウィークスは、ダムについてはそもそも事業を始めた政府が完成すべきだと確信するようになった。そして政府が金を出してダムを完成させてやれば、この事業に民間の買い手がつく可能性はぐっと高まるはずだ。そこでウィークスは、事業売却策の一部として、三〇〇〇万ドルの支出を議会に勧告する用意があることを発表した。

それでも手を挙げる者はいなかった。

ダムの建設要員を現地にとどめておくのにぎりぎりの当座しのぎの資金として、ジョン・W・ワージントンは一〇〇〇万ドルの政府支出を確保しようとした。だがその最後の試みも議会で否決。マッスル・ショールズにとっては大惨事となった。一時は活気に溢れたダム建設現場もゴーストタウンと化したのである。

どうやらいまだにフルタイムでマッスル・ショールズの事業に携わっているのはワージントンだけとなった。「戦うことはわれわれの持ち味なんかじゃない。われわれのすべてだ」と、ワージントンはマスコミに述べた。どれだけ長くかかろうとも、ダム完成のために戦うつもりだった。アラバマ州にとっても、友人たちにとっても、そして自身のキャリアにとっても、やめてしまうにはあまりにも大きな意味があったのだ。議会が当座の支出を否決すると、ワージントンは各省庁の長官らにねらいを移した。ホワイトハウスの向かい側に並ぶ商務省、陸軍省、財務省のオフィスなどに出入りしたが、そのなかにはウィークス陸軍長官がマッスル・ショールズの事業の売却担当に指名した男、工兵隊技師長のランシング・ビーチ将軍もいた。

二人は相談を始め、すぐに意気投合した。ビーチは何十年にもわたり工兵隊でダムを建設してきた男だ。二人ともエンジニアで、二人とも優秀だった。ビーチはウェストポイント陸軍士官学校を三番の成

ランシング・ビーチ
——米国政府の「ダム建設の第一人者」
Courtesy Library of Congress

績で卒業。ワージントンはマッスル・ショールズの地域に関して知るべきことのすべてを頭に叩き込んでいる生き字引である。二人とも、ダムというものは単に発電のためではないとの強い信念を抱いていた。経済開発のために河川を管理するものでもあるのだ。だから二人とも、ダムの完成を望んでいた。

ビーチとワージントンは熟考を重ね、事業を完成させる方策を探った。あらゆる可能性を検討した。そして議論の中で一つのアイディアが浮上した。ある記録によれば発案したのはワージントン。別の記録ではビーチの提案だったという。どちらでも大差はない。ポイントは、ともに時間を過ごすうちに、二人はマッスル・ショールズの事業売却案の入札に、ヘンリー・フォードを招くことを考え始めたことだった。

実のところ、フォードもすでに同じことを考えていた。マッスル・ショールズで安価に肥料を生産できる可能性について、農業関係の多くの友人たちから聞かされていたのだ。農場の人たちの助けになるというのに、巨大な硝酸塩工場を遊ばせておく手があるだろうか? フォードの力で何とかその工場を稼働させることはできないか?

ビーチ将軍はデトロイトのフォード社に探りを入れた。そして四月初旬、フォードの個人秘書からすばらしい返信が届く。フォードと会って直接相談してくれと招待されたのだ。ビーチは新たなる相棒のワージントンにもこの朗報を伝えた。そして二人して、フォードと大統領のどちらも興味を持ちそうな取引の概要を手早く描き出した。多忙なビーチはデトロイトに行く余裕はなかった。だが代わりにある男を行かせることをフォード側に提案した。「この件に関しては細部まで知り尽くし、この事業のあらゆる面に全米で最も精通した」人物、J・W・ワージントン。フォード側の答えはイエス、それならばいいでしょう、と。

こうしてワージントンは図表や写真や地図を鞄に詰めて列車に乗り、一九二一年六月六日、フォード・モーター社のヘンリー・フォードの執務室に案内されたのだった。ワージントンは念入りにも、ビーチ将軍だけでなく、アラバマ州選出上院議員のオスカー・アンダーウッドの紹介状も携えていた。アンダーウッドはフォードに宛ててこう書いていた――「ワージントン氏とは四半世紀以上にわたる旧知の間柄で、事実関係に関する彼の発言は完全に信頼できることを私が請け合いましょう。私が知る限り、この件全体を彼ほど熟知している人物は全米を探してもほかにいません」。

フォードは自社のエンジニアを何人か呼び寄せた。そして議論が始まった。ワージントンができる限り質問に答えていくと、詳細を検討するためにもう数日残ってくれと言われた。こうして彼らは何度も会議に集まった。ワージントンは、フォードが大がかりなことに興味を抱くことを知っていたから、このプロジェクトがいかに巨大なものになり得るかを思い描けるようにしてやった。テネシー川沿いでどんなことができるか、その壮大なスケールを具体的に語ったのだ。もちろん、肥料もその一部だ。それに河川交易も。だが核心は（これぞフォードに聞かせるべきことだったのだが）電力だ。電力を生産し、利用できる、とてつもない規模の目も眩《くら》むような、ほとんど際限のない可能性。ダムが完成すれば、ナイアガラの滝にほぼ匹敵する発電量になると、ワージントンはフォードに告げた。硝酸塩工場が使える量をはるかにしのぎ、無限の産業を支えられる電力だ。彼らは水の流量やダムの高さについて議論した。建設工事の見通しや地元の労働力についても。さらに気候、文化、それに周囲一六〇キロメートルの天然資源、あるいは金属鉱石や森林や水資源を入れれば三二〇キロメートルの資源についても話し合った。現地の交通事情は？　鉄道は？　道路は？　アラバマ州の宣伝マン、ワージントンは存分に力を発揮した。ワージントンのテネシー川改良協会はそれらすべてについて何年も前からデータを収集していたのだから当然だろう。そして南部特有のゆったりとした口調で、一つひとつの質問に率直かつ丁寧に、時にはユーモアを交えて答えていった。フォードはワージントンと話すたびに可能性の大きさに興奮を覚えるのだった。

フォードのある伝記作家によれば、ついに事業の検討を終えると、フォードはワージントンに言った。

「現地を見学してみたい。いつ行けるかね？」

「いつでも結構ですよ」とワージントン。

「では、明日行こう！」とフォードは答えた。

アラバマ州シェフィールドの駅に専用列車が入線したのは六月中旬のことだった。何ら派手な歓迎もなく、ヘンリー・フォード、ジョン・W・ワージントン、それにひと握りのエンジニアや職員たちが降り立った。一行はハイヤーに乗り込み、ダム建設現場へ。彼らの訪問を嗅ぎつけた地元の記者たちを避けながら、一日かけて見学をし、フォードらはあれこれと質問をした。そしてインタビューに応じることもせず、一行は列車に乗ってふたたび北方へ帰っていった。

巨大プロジェクトには慣れっこのフォードである。それでもこのプロジェクトを目にすると、そのスケールと可能性の巨大さには感嘆するばかりだった。そしてフォードは心を決めた。

デトロイトの本社へ戻って三週間後、フォードはウィークス陸軍長官に対し、マッスル・ショールズの事業の買い取りに関する簡潔かつ正式な入札書を提出した。それは規模においても文言においても、フォードと会う前にビーチ将軍とワージントンがまとめた短い素案にきわめて近いものだった。

それはだいたい次のようなものだった。フォードは硝酸塩製造プラントの全体を五〇〇万ドルで直ちに買い上げる。続いてシアナミド法の硝酸塩第二工場を稼働させるために必要な経費を負担し、必要な電力はもともとそのために戦時中に建造された巨大な火力発電所で賄う。生産される硝酸塩は、詳細は未定だが低価格で農家に販売され、金額いかんにかかわらずフォードは利益を八パーセントに抑える。もし戦争となれば、フォードは爆薬製造のためにプラントを政府に提供する。成果のなかったハーバー＝ボッシュ法による硝酸塩第一工場は、フォードが後日どうするかを決める。

続いてダムだ。こちらは政府が金を出して完成させる必要があるとされた。フォードのエンジニアたちはその費用を二八〇〇万ドルと見積もった。だが完成した暁には、フォードが一〇〇年間のリース契約でその金額分を支払う。提案では毎年六パーセントずつ政府に支払う計算で、政府は都合毎年約一七〇万ドルの歳入を一世紀にわたり得ることになる。

政府としては入札は歓迎だったが、戸惑いも覚えた。フォードは全体をわずか数段落にまとめていたから、これほど複雑かつ巨額のプロジェクトへの入札としては異例の簡潔さだった。その結果、ある歴史家が指摘したように「ディテールに関してある種の曖昧さ」が残り、具体的にいったいフォードが何を提案しているのか、延々と議論が続くことになる。提案は慌てて書き上げたかのようで、ディテールに欠け、穴や不正確さに満ち、無思慮とさえ言えそうなものだった。法的な面では、この提案はほとんどフォードを拘束しないようにも見えた。そしてまず硝酸塩プラントの売却に関してすぐに疑問の声が上がった。政府が八〇〇〇万ドル近くを費やして建てたものを五〇〇万ドルで売り払うというのだから。さらにダムについても、完成までにかかる二八〇〇万ドルという見積額にも不満が漏れた。これがフォードのリース契約の支払額となるわけだが、政府のエンジニアたちはもっとはるかに多額の経費がかかると考えていたのである。法的に問題がある可能性も否定できなかった。一〇〇年間というリース期間は、ダムのリースを最長五〇年と規定する連邦水力発電法に抵触する恐れがあったのだ。

それでもビーチ将軍としては入札者が現れたことだけでもありがたかった。ビーチは比較的肯定的な意見をウィークス陸軍長官に書き送り、この件は政府がすぐ手にできる金額にこだわることなく、長期的視野で見るべきことを強調した。フォードは一〇〇年間で総額二億ドル内外を国庫に支払うことになる。それに加えて政府は水運に開かれたテネシー川と、とてつもない規模の水力発電施設を手に入れられるのだ。これを受諾するよう、ビーチはウィークスに勧めた。

フォード応札のニュースに南部全域がわき返った。南部の人たちは誰もが「ヘンリーおじさん」に好意を持っているようだった。そしてフォードが桁外れの大富豪であること、製造業の巨大プロジェクトの経営手腕が並外れていること、それに資金が潤沢なことを誰もが知っていて、何事につけフォードの名前がつけば成功が保証されたも同然だった。支払額やこまごまとしたディテールをめぐる瑣末な議論などはどうでもいい。肝心なのはフォードが南部を救ってくれるということなのだ。新聞各紙はフォードの入札を大見出しで伝えた。編集者たちの目には、もう取引は成立したも同然だった。ダムは完成するだろう。工場も稼働するだろう。ふたたび働き口ができるのだ。

あっという間に、上院議員一一名と下院議員四六名がフォードの入札を支持し、すぐに農民組合、米国労働総同盟、農民共済組合、オクラホマとアラバマの州議会、それに全米の何十という商工組合が続いた。

フォード社の宣伝部門のスタッフらも世論の支持を煽り立てた。構想に関するポジティブな事実や数字を記者、ライター、編集者たちに着実に流し続けたのだ。その典型的な結果は、『青年の友』という雑誌に載ったマッスル・ショールズに関する記事に見て取れる。同誌はこう伝えた――「これは恐ろしい資金の浪費をそれなりに良質な投資に転換する、きわめて有望な機会である。巨額の政府資金がほとんど無駄になってしまう危険が大いにあったのだ。政府が化学肥料の生産や電力の販売事業に乗り出すべきだと考える人などいない。そもそも浪費、無能、それに腐敗によって資金を失わずに政府にそんなことができると考える人などいないのだ」。最善の答えは明らかだと同誌は述べた。このプロジェクトから政府を外し、あの正直者の実業家に、あれほど南部への信頼を表明してくれている北部の男、庶民の味方のヘンリー・フォードにマッスル・ショールズのプロジェクトを渡すべきだ、と。

フォードの入札は一九二一年夏、全米で注目の的になった。ある編集者によれば「ほかのどんな話題よりも、全米のマスコミはマッスル・ショールズに対するフォードのオファーを盛んに取り上げている」と指摘したほどだった。

フォードは即決を求めていた。フォードはビジネスマンであり、交渉が長引けば機会は失われ、利益を取り逃がすことをわかっていた。だから取引を進めるために全力を傾け、自らトップセールスに臨んだ。入札の二週間後、トーマス・エジソンとタイヤ業界の巨人、ハーヴェイ・ファイアストーンという二人の友人らと、マスコミにもしっかり宣伝した上でキャンプ旅行に出かけた。三人は何年も前からキャンプに出かける仲だったが、今回は新たな友人も誘っていた――ウォーレン・ハーディング大統領である。ハーディング大統領はフォードら三人と、それに大勢の記者、カメラマン、警備スタッフらを引き連れ、メリーランド州の森林で二日間テントに寝泊まりした。その間、彼らは昼寝をし、アイルランド風のシチューを堪能し、薪《まき》割りをし、訪問客らの話に耳を傾け、蚊を叩き、馬に乗り、それらが逐一報道された。おかげでフォードは着任間もない大統領と知り合う時間を持つことができた。いずれは誰をも差し置いてマッスル・ショールズの入札に対して決断を下すはずの人物だ。エジソンはハーディングにそれほど好印象を抱かなかったようだが、それでも四人は十分に仲良く過ごしたようである。彼らがマッスル・ショールズを話題にしたという報道はなかった。だが、おそらく話したと思われる。

ハーディングがワシントンへ戻ってからもキャンプ旅行は続いた。旅の残りの期間、フォードは盛んにマスコミに接触。マッスル・ショールズの事業が秘める「途方もない」可能性と、ダムと水力発電に対する国家的投資がもたらすであろう「繁栄の偉大なる波」について語った。そして、そうすれば「労働問題は自然と解消し、あらゆる産業部門で工場が次々と生まれ、アメリカはまるでバラが花開くかのような活気を呈するだろう」と述べたのだった。

フォードはハーディングが入札を支持してくれるだろうと見た。政府は硝酸塩工場に八〇〇〇万ドルを費やしてきたから、五〇〇〇万ドルで売るのはたしかに安すぎるかもしれない。しかし長期リースによってずっと多額の金額が政府に支払われるし、フォードがもたらす地域の開発も多額の税金を生むはずだ。いずれにしろ、廃屋同然の工場群に、錆びつつある機械類や骨組みだけのダム、それに放っておけばまったくの税金の無駄遣いでしかないマッスル・ショールズを大統領はほかにどうすることができるだろうか？

キャンプ旅行が終わると南部は楽観論にわいた。フォードのオファーはハーディングの支持のもと、ウィークス陸軍長官と各閣僚の承認を得て、すぐにも議会に送られ圧倒的な賛成多数で可決されるだろう、そして秋には工事再開を待つばかりとなるはずだ、と。今やワシントンではフォードの第一の同志となっていたワージントンも、毎日、それも終日かけて政府の承認を得るべく諸手続きを進め、南部の期待を現実にすべく奮闘していた。そしてすべてがうまくいきそうだった。

（左から）フォード、エジソン、ハーディング、ファイアストーン
――マスコミを賑わしたキャンプ旅行
Courtesy Library of Congress

だがそんなとき、反フォード勢の抵抗が始まった。最大の障害はウィークス陸軍長官だった。陸軍があれほど手間ひまをかけた硝酸塩工場に対するフォードのしみったれたオファーと、ダム完成に要する費用をフォードがひどく低く見積もっているという二点に懸念を抱き、ウィークス長官は取引の推進を渋り始めたのだ。ウィークスの部下らは、ダムを完成するにはフォードが主張する二八〇〇万ドルなどではなく、四〇〇〇万ドル近くはかかるだろうと報告していたのだった。

フォードの提案を精査すればするほど、金額的に見合わないことにウィークスは気づいた。銀行家あがりなだけに、ウィークスは融資やリースについては熟知していた。それに元銀行家としては、銀行家嫌いのフォードが東海岸の金融業界を長年にわたり侮辱し続けてきたことを決して快くは思っていなかった。ダムについては、事実上の貸し付けを一世紀かけて返済するというフォードの案も気に入らなかった。フォードが出したダム完成にかかる費用の見積もりも納得がいかない。そして何といっても性急に書き上げられたフォード案の曖昧さに不満だった。これほどの巨大プロジェクトにあれほど大雑把な提案をするとは、侮辱的ですらあるとウィークスは感じた。こうしてウィークスはフォード案に対する疑問を公言し始めた。そしてより詳細な審査報告を求めることで承認手続きを遅らせた。ウィークスはブレーキを踏みにかかったのだった。

反対派はウィークスだけではなかった。保守派もこぞってフォード案に反対し始めた。その筆頭はギフォード・ピンショー〔一八六五－一九四六年。農務省森林部統括を経て、一九〇五年に森林局初代長官に就任〕。自然保護論者《コンサーベイショニスト》の先駆者であり、セオドア・ローズヴェルト政権で米国森林局長官を務め、公的資源は公益のために維持管理すべきことを強く主張していた人物だ。そのピンショーは、大型河川には適切な公的管理が必要だという理念にフォードのオファーが逆行すると考えていた。民間企業が発電用のダムを建設するのはもちろん構わない。だがそれは政府による承認と慎重な監督を前提とし、リースするなら五〇年が上限だ。フォードが提案する一〇〇年間のダムのリースは連邦法に抵触し、しかも重要なアメリカの河川の管轄権を一世紀にわたって実質的に一人の男の手に譲り渡すことになる。その人物がいったい何をしでかすかわかったものではない。それがピンショーの見解だった。

ウィークス陸軍長官が承認手続きを遅らせるなか、北部のマスコミでも批判が高まりつつあった。フォードの旧来の天敵、かつてマウント・クレメンスの法廷でフォードを全米の笑い物にしたあのシカゴ・トリビューン紙も、ふたたびフォードを激しく攻撃。一九二一年七月二十六日に一面に爆弾記事を載せた。「ヘンリー・フォードの大がかりなロビー活動に光を当てる」と、大事件を予想させる大見出しを掲げ、「マッスル・ショールズのオファーを通すために裏で糸を操る人物たち。驚くべきスキームに大物らが関与」とぶち上げた。だが記事は期待外れだった。「ワシントンで仕組まれた史上かつてな

ウィークス陸軍長官（手前）vs フォード（奥）

い恐ろしく狡猾なロビー活動」との主張の詳細は報じられず、この長たらしい記事（および二本の続報）の内容は、結局は次のようなことにすぎなかった――フォードの攻勢の背後には謎めいた「天才的なディレクター」がおり、それはすでに何度も議会で否決されたスキームを発案した怪しげなテネシー川流域のプロモーターで、その人物は旧友らのコネを当てにし、関係者らに食事をおごり、フォードのオファーの承認に向けて戦略を指揮している。その天才的な策略家の名はJ・W・ワージントンである、と。

だが真のスキャンダルはワージントンのロビー活動ではなく、むしろシカゴ・トリビューン紙がネタを手に入れた方法にあった。記事掲載の数日前、デトロイトを訪れていたワージントンのホテルの部屋に、本人の不在中に何者かが押し入り、ブリーフケースの中を物色して私信を何通か盗み出した。そしてその盗まれた手紙は、数日後にはシカゴ・トリビューン紙の社屋にあったというわけだ。ワージントンは同紙が窃盗を仕組んだと見た。それに対して編集者らは、盗まれた資料は実際に強盗から同紙に持ち込まれたものだとしたが、その人物の名を明かすことは拒んだ。

こうして手紙の窃盗が暴露されると、ワージントンは謎めいた黒幕というより、被害者に見えた。手紙の内容も一般的なロビー活動の域を出ず、食事や会合にしてもロビイストの世界では基本中の基本だ。シカゴ・トリビューン紙の大々的な暴露記事は不発に終わった。それは少しばかり疑念を抱かせるようなワシントンでの動きにフォードの名前を結びつけたほかは、アメリカの北部と南部の反目を誘発したにすぎなかった。アラバマ州の新聞各社は、ワージントンを正直で礼儀正しく、上品かつ聡明な南部の英雄だと称賛して対抗した。そしてシカゴ・トリビューン紙を「盗品を受け取り、常に南部を中傷する」新聞だとして非難し、「大新聞社がホテルの部屋に押し入った強盗と密かな取引をするという不愉快な光景」を見せられたことに不満を表明したのだった。

ワージントンはたしかにワシントンでひどく忙しくしていた。ウィークス長官がぐずぐずしているなか、ワージントンはねらいを商務省に向けた。テネシー川改良協会の元メンバーで、当時はハーバート・フーヴァー商務長官の側近になっていた旧友を通じて、フォードの入札に対して商務省の支持を取りつけようとしていたのだ。ワージントンは財務省にも当たってみたが、壁にぶつかった。とてつもなく大金持ちの銀行家・実業家でハーディング政権の財務長官、アンドリュー・メロン〔一八五五－一九三七年。ハーディング、クーリッジ、フーヴァーの三代の大統領のもとで財務長官を務めた〕だ。メロンは数多い投資先の一つとして、アルミニウム生産に多額の資金を投下していた。アルミは当時、航空機や自動車の製造で利用が急増しつつあった軽量の金属だ。問題は、アルミは鉱石から完成品の金属に加工するまで莫大な電力を必要とすることだった。そしてマッスル・ショールズの近傍にはアルミ鉱石があり、ダムが完成すれば膨大な電力が得られる。つまりメロンの目には、フォードがアルミ生産に乗り出そうとしているように見えたのである。

メロンはアルミニウム・カンパニー・オブ・アメリカ（通称アルコア）に相当な金額を投資していた。フォードが業界に参入すれば、大いに損害を被る企業だ。盗み出されたワージントンの手紙のなかにもこの件に触れているものがあった。メロンに反対されないように、アルミの件には決して触れるな、とワージントンは友人らに助言していたのだ。それよりむしろ肥料を強調するように、と。誰もが肥料を欲しがっていたし、肥料を生産すればフォードは農業関係者らの支持を勝ち取れるだろう――そうワージントンは指摘していたのだ。

敵味方が次第にはっきりしつつあった。

第6章　政治と宣伝

フォードは一九二一年から二二年の冬に入る前に、マッスル・ショールズの事業に取りかかりたかった。政府の邪魔だてさえなければ、できない理由はない、とフォードは考えていたのだ。

ウィークス陸軍長官は相変わらず引き延ばしを図り、あれこれと瑣末なディテールをあげつらっていた。たとえば、フォードの入札にはダムの完成後に期待される発電量が明示され、六万馬力を保証するよう政府に求めていた〔発電機のエンジン出力を当時はキロワットではなく馬力で表していた〕。ところがウィークス配下のエンジニアたちの指摘によれば、テネシー川の流量は季節によって大きく変わり、春の初めには洪水並みの水位で、晩夏には小川のようなわずかな流量となるから、通年で一定の馬力を保証することなどできないというのだ。唯一の方法は上流に複数の貯水ダムを建造することであり、冬に人工湖に水を溜めておき、夏に水が必要なときに流量を管理しながら放流する。だがそのためには、いくつのダムを、どこに、いつまでに造る必要があるのかという、より大きな課題が問題となる。

承認手続きの遅れに対し、フォードは夏じゅう腹を立てっぱなしだった。だがマッスル・ショールズが巨大な事業に発展し得ることが見えてきていたため、このプロジェクトにこだわり続けた。フォードは現地に人を派遣し、使える石炭の有無を調査させ、さらに鉄鉱石、木材、それに、まさにアルミニウムの鉱石まで、資源利用の可能性を探らせた。マッスル・ショールズから上下流域へ全長一〇〇マイル〔約一六〇キロメートル〕の地域をフォードは視野に入れるようになっていた。フォードの自動車の設計と同じ発想である。全体を一つの統合されたユニットとしてとらえるのだ。だがこの場合は小さな州ほどもある巨大な製造センターだ。そこではフォードは原料から完成品までの全工程を運営できる。それは新たなリバー・ルージュ工場となるだろう――ただし何倍もの規模の。

鍵を握るのはダムだった。ダムさえ手中にすれば、フォードは一人の人間としては世界の誰よりも多くの電力を操れることになる。

電力というものは、三〇年ほど前に小さなことから出発した。エジソンの白熱電球を点灯させる小型の発電機だ。だが一九二一年にはあらゆるものが電化されようとしていた。ビジネス誌も科学雑誌も電力関係の記事が満載だった。エジソンの電球が発明されるまで、一般の人びとにはこの新しいエネルギーの使い道はほとんどなかった。だが発明から四〇年を経て、すでに電話も掃除機も電気式で、電気洗濯機に電気冷蔵庫も登場。そして市場に現れた話題沸騰の新たな電気製品は、家庭に音楽と娯楽をもたらす真空管式ラジオだった。

しかしフォードが見据えていた大いなる可能性、それは家電ではなく産業利用にあった。ニコラ・テスラとジョージ・ウェスティングハウスが交流電気を発明して普及促進に努めてくれたおかげで、エジソンの旧式の直流電気に比べ、より遠くへ、より高電圧のまま送電することが可能になっていた。送電線を長くできれば、中核的な施設――たとえば河川の巨大ダムなど――で発電した電気をこれまで以上に広範囲の人びととシェアできる。小型工場を動かすぐらいなら十分な電力を送ることができるのだ。従来の蒸気機関に取って代わられるほど強力な発動機を、すでに電気で動かすことができるようになっていたのである。

フォードはすでにダムや電気を試してみたことがあった。最初はミシガン州の自宅の敷地内に小さなダムやタービン発電機を導入し、その電力で自宅に電気を供給。続いて小型工場に近い川にダムを設置し、生産に電力を利用した。そして結果には満足していた。落下する水で電気を作る、つまり水力発電は、クリーンかつ静かだった。しかもダムさえ完成すれば、あとは自然が無料で水を提供してくれるのだから、たいして費用もかからない。利用されていない川の水を、完全に利用可能な電力に変換することができるのだ。さらにフォードにとってはもう一つ経済的な合理性があった——自前の電力を発電すれば、電線を保有する各地の電力会社の気まぐれに振り回されたり、取引をしたりせずに済む。フォードは自社の工場で使えるよう、自前の発電量をもっと増やしていくつもりだった。部品を製造するためにその原料から自社で採掘するのと同じこと。つまり生産工程全体を管理下に置くのだ。そしてそれこそがフォードが何よりも欲していたものだった——全権だ。

フォードが生産工程の全権を掌握しようとしたのは、社会を利するためだった。自分が金儲けをするためではない。記者らに何度も語ったとおり、自身はすでに生涯必要とする以上の財産を持っていた。これからやりたいのは、フォード社の清潔な工場で働く高賃金の工員たちからフォード車を買ってくれる顧客に至るまで、あらゆる人のためになるシステムを構築することだった。そして巨大な規模で電力を利用できれば、都市ほどの大きさの新たなタイプの産業センターを築くことができる。それはフォードからアメリカへの贈り物となるだろう。

さらに、産業だけにとどめておく理由はないのではないか？　マッスル・ショールズのプロジェクトは、未完成のダムを地元の工場群に電力を供給する新たな手段に変えるという発想から始まったものだ。だが今や、フォードはより大きなビジョンを抱き始めていた。自分がマッスル・ショールズで実現し得ることは、未来の社会全体のモデルになり得るのではないか、と。

フォードと（マッスル・ショールズにそっくりの）「チャンスの国」。富を独占しようとその鍵を手に握るウォール街の金満家と、庶民の味方として支持を集めるフォードが描かれている。
Courtesy of the Benson Ford Research Center

マッスル・ショールズに関するフォードのあらゆる夢想や計画は、フォード社きっての二人の部下に支えられていた。一人はチーフエンジニアのウィリアム・B・メイヨーで、同社の建設計画や生産体制のすべてを分析するのが役目。二人目はフォードの個人秘書、アーネスト・リーボルド。多くの点でメイヨー以上に重要だったと言える人物だ。

リーボルドは、自分はまったく無名のままで歴史を動かしてしまう、いわば「陰の実力者」といったタイプだった。誰でもフォードに接触しようとすれば、まずリーボルドを通す必要があった。フォードの執務室の前に立ちはだかる番人といったところだ。それもただの番人ではない。速やかかつ能率的に片づけるべき案件があるとき——とくに不愉快なものならばなおのこと——フォードが頼ったのはこの男だ。リーボルドは毎日ほかの誰よりも多くフォードと話をした。フォードは自身の望みをリーボルドに伝え、またリーボルドのアドバイスに耳を傾けた。一九二一年の時点で、フォードは完全にリーボルドの力に依存するようになっていた。

おかげでリーボルドは異例とも言うべき権力を持っていた。それはリーボルドが何年もかけて育て上げてきたものだった。きれいにひげを剃った丸顔に、縁なし眼鏡、薄くなりつつある頭髪という外見は温厚な帳簿係といったところ。だが一九二一年には、リーボルドはフォード社内ではフォードに次ぐキーマンだったと言える。そんなリーボルドが初めてフォードの目に留まったのは一九一一年ごろのことである。ちょうどフォード社が軌道に乗ろうかという時期だ。戦前に流布したエピソードがある。T型フォード車で莫大な収入を得ていたフォードはある日、コートのポケットの中から七万ドルの小切手を見つけた。そこに突っ込んだまま忘れていたというが、現在の金額に直せばほぼ二〇〇万ドルという大金である。フォード社のある同僚がこの件を聞きつけ、あれこれ面倒を見てくれる秘書を雇ってはどうかと、フォードにやんわりと提案したというわけである。

フォードに雇われたとき、リーボルドはまだ二十代の若者だった。銀行で多少の勤務経験があり、謹厳実直、見るからに非の打ちどころのない正直者で、計算機のような頭脳の持ち主。すぐにフォードの信頼を得た。経理関係をすっきり整理してもらったフォードは、リーボルドのことを「財務にかけては全米一の頭脳」と称賛した。そして年月を経るにつれ、リーボルドはますます多くのことを任されていった。何といってもフォードの金勘定が最重要任務だったが、すぐにそれ以外のことも担当するようになった。たとえば訪問希望者をチェックし、フォードの悪名高いスペリングのミスを正し、形式的な手紙にフォードの名で署名し、そしてフォードの法務上の代理人も務めた。

リーボルドの話し方は温和かつ正確だった。だが柔らかい口ぶりの背後には、妥協を許さない厳しい性格があり、その核心には堅固な野心があった。リーボルドはデトロイトのドイツ系アメリカ人社会に生まれ育ち（そのため第一次世界大戦中は、ドイツとの強いつながりを警戒した米軍諜報部にスパイ容疑で調査されたが、結論が出る前に終戦を迎えた）、ドイツ人に典型的な特徴も身につけていた――秩序、規律、勤勉と忠誠を信奉し、物事がすべてきっちりとあるべき状態にあることを求めた。つまりフォードの多様な活動を束ね、個人的な財産を監督するにはまさに最適な人物だったのである。

しかしリーボルドは違う側面も持ち合わせていた。同じことを二度尋ねられると怒りを爆発させることもあったのだ。同僚の役員たちはリーボルドをあの有名なドイツ人的なユーモアのなさも含めて、「プロシア風」だと不満げに評した。もの書きたちはのちに彼の「冷淡で容赦のない押しの強さ」について述べ、「野心的なうるさ方」と呼んだ。リーボルドは夕食時、子供たちに食卓の周りを行進させ、自分が命令するまで（しかもドイツ語で）座らせない、との噂も流布したことがある。

リーボルドがドイツ系アメリカ人だったことは間違いない。そしてフォードがドイツに対してますます尊敬の念を抱いていくのを助長したことも確かだ。フォードの反ユダヤ主義の背後には実際にリーボルドの影響があった、と指摘する歴史家たちもいる。フォード自身が発行人だったディアボーン・インディペンデント紙のある編集者はのちにこう語った――「フォード氏が証言台に立たされたら、いつ、どのようにユダヤ人に反感を抱くようになったか、きっと彼自身ははっきりと申し開きはできないだろう。リーボルドならばそれを語れると私は確信している」。

しかし何はともあれ、リーボルドは掛け値なしにフォードの忠実な部下であり、さまざまな鍵を握り、耳目の役目を果たし、一九二一年当時までに巨大な影響力を持つ地位にまで取り立てられていたということだ。彼はご主人様に一片の疑念も抱かずに全身全霊で忠誠を尽くしたのだ。そしてそれこそが、フォードが何よりも求めていたものだった。言ったとおりのことをやってくれる人物、それも即座に、能率よく、そして批判や疑問を差し挟むことなく。

誰かがフォードと電話で直接話すのは至難の技で、ローマ教皇にかけたほうがましなくらいだった。

そんなハードルを設けたのもリーボルドである。また、フォード自身が目にする前に、すべての郵便物をチェックして整理するのに多大な時間をかけた。一九二一年、フォードのもとには毎日、山のような郵便物が押し寄せていた。郵便物は「ピンからキリまでのアイディアの売り込み、あらゆる分野のプロモーター、社会的・政治的な野心を抱くあらゆる類の夢想家たち、ヘアピンや買い物かごや永久機関やフォード社の装備品の発明家たち」から舞い込んできた、とフォード社の元役員は書いている。そこには「何百万ドルもの儲けをもくろむ大物から、当月の家賃を払いたいだけの小物まで」いた。芸術家に偽芸術家、ジャーナリストに大学教授、実業家、主婦、それに連邦議会議員たちも。リーボルドは、フォードが直接目を通すべきだと思われたごく一部の郵便だけをボスに回し、残りは自分で処理したのだった。

人を解雇したり予算を削減する必要に迫られたとき、フォードは冷徹なメッセンジャー役としてリーボルドを派遣した。フォードが善人役でいられるようにしてくれる、憎まれ役である。フォードが世間的に好ましいイメージを保てたのも、リーボルドの手助けあってのことだった。それにリーボルドは絶えずフォードを称賛した。ある大手雑誌の記者の回想によれば、まずリーボルドからフォードがいかに偉大な人物かを一時間もじっくり聞かされた後で、やっとその偉人ご本人にインタビューができたそうである。

一九二一年、リーボルドはその権力の絶頂に上り詰めようとしていた。だからマッスル・ショールズの入札でもリーボルドが責任者に指名されたのも理解できるのではないだろうか。フォードはほかにもやることが山ほどあり、しかもこの入札には多くの不愉快な政治的駆け引きがからみ、愛嬌を振りまいたりごり押しをしたりと、フォードが嫌悪するあらゆる類の活動が必要だった。そこでフォードはリーボルドとJ・W・ワージントンを組ませ、二人に任せることにしたのだ。フォードがいかにリーボルドを気に入っていたかがわかる、典型的な事例である。フォード社のある営業主任は一九二一年を振り返り、リーボルドが「肩で風を切る勢いだった」と語っている。

ワージントンとリーボルドは一九二一年の夏から活発に手紙のやりとりを開始した。初めはびっしりと文字で埋まった八ページの大作をワージントンが送り、マッスル・ショールズの事業のこれまでの歩みと関係者について余さず概説した。

続いてワージントンはこの事業の最も手強い反対者を列挙した。たばこ業界の帝王ジェームス・デューク（デューク大学に一族の名をとどめている男）を筆頭に、アメリカの富豪と権力者のオールスター・キャスト。デュークはフォードが嫌悪していた東海岸のエリート層の代表格の一人でもある。また、その資産のなかにはかなりの数のアメリカン・サイアナミッド社の株式も含まれていた。同社はフランク・ウォッシュバーンが設立した肥料製造会社で、あのマッスル・ショールズの硝酸塩第二工場を建設した企業である。それをヘンリー・フォードが二束三文で買い取るというのがデュークの気に障ったらしい。ワージントンからリーボルドへの書簡によれば、フォードの入札を聞いたデュークは「われわれがマッスル・ショールズの発電所と硝酸塩工場を保有する機会は永久に失われるだろうし、もしフォード氏が現地の電力を手にしたならば、アメリカ南東部の電力事業を台無しにし、肥料産業にもとんでもないアイディアを持ち込んでめちゃくちゃにするだろう、と言い張った」。ワージントンはさらに、デュークが仕事仲間の有力者らを集めて会合を開いたとリーボルドに警告した。そのなかにはアラバマ電力の幹部たちや、金融財閥のモルガン家とユダヤ系投資銀行〔クーン・ローブ商会を指す〕の両者から融資を受けた複数の化学会社や肥料会社を含め、東海岸のビジネス界の錚々《そうそう》たるメンバーの名が挙がっていた。ワージントンによれば、この強力な利害関係者らの怪しげな一派は共謀してフォードの提案に対抗して入札しようと画策しており、フォードの提案が潰されるかもしれないというのだった。

ウォール街とその銀行業界の代名詞とも言うべきJ・P・モルガンの名と、多国籍投資銀行大手のクーン・ローブ商会〔ドイツ系ユダヤ人のアブラハム・クーンとソロモン・ローブが十九世紀後半に設立し、強大な金融財閥の中核となった〕の名をワージントンが挙げたのにはねらいがあった。手紙の相手に合わせたのだ。フォードがウォール街と投資銀行全般を毛嫌いしていることは以前から有名だった。そしてクーン・ローブ商会の創業者がユダヤ人であることをワージントンも知らないわけではなかったから、フォードの偏見に乗じることを躊躇しなかった。ワージントンは一九二一年八月のリーボルド宛の書簡にこう記している――「もしユダヤ人らが自分たちに有利な入札者にマッスル・ショールズの事業を与えるチャンスをつかむようなことがあれば、フォード氏にまったく勝ち目はないでしょう。しかし農民らはフォード氏を支持しており、何ともありがたいことに、この国にはユダヤ人よりも農民のほうが多いのです！　だからフォード氏には大いに勝算があると私は考えています」。さらに数週間後、ワージントンは「ニューヨークのユダヤ人商人ら」がフォード案に反対すべく結束しようとしているとリーボルドに警告した。そして「ウォール街が完全に『イスラエルの部族』一色というわけではないものの、非ユダヤ系の連中もかなりユダヤ的なのです」と指摘したのだった。

夏が過ぎて秋になっても、フォードのオファーは陸軍省でくすぶっていた。ウィークス陸軍長官はフォード案を精査すればするほど、気に入らなくなっていた。ウィークス配下のビーチ将軍さえも、ダム完成にかかる費用の実際を知るにしたがって当初の推進派から後退し始めた。銀行業界のウィークスの友人らは、ダム完成のために政府が投入する金額分をフォードが分割返済するという提案を批判していた。フォードは支払う金額の総額を示し、ダム建設費以上を払うのだと主張しているが、実際のところその大部分は事実上、一〇〇年間にまで引き延ばした政府の低利融資の利子にすぎないのだ、と。その一方で、発電所の電力から得られる収入はすべてフォードのものとなり、さらにもしも硝酸塩第二工場で肥料が製造されるとしたら、そこからも利益を上げられる。これはとんでもない取引であり、フォードは政府をカモにしようとしているのではないか、というのだ。そしてデュークとその大金持ちのお仲間たちがアメリカン・サイアナミッド社と組み、対抗案を練り上げようとしているとの噂も絶えなかった。

アラバマ電力も様子をうかがっていた。同社は従来アラバマ州の発電と送電をほぼ全面的に掌握し、政治的にも太いパイプがあった。もし同社が対抗案を出せば、フォードは厳しい競争を強いられることになる。さらにほかにも想定外の投資家らが参入するとの説もあった。予断を許さない状況になろうとしていたのである。

フォードは政治力と宣伝合戦で対抗しようとした。政界の支持固めと、有力者にフォード支持を公言してもらうよう工作する役目をワージントンが仰せつかった。すると上下院議員たちからフォードを熱烈に支持する公的な書簡が次々と届き始めた。フォードは地方の支持を駆り立てようと、安価な肥料提供を約束して農業関係の各種ロビー団体と関係を深めた。すると各地の農業州でもフォード支持の集会が開かれるようになっていった。なかには「マッスル・ショールズはフォードにゲットしてほしい」と記されたピンバッジを着ける人たちまでいた。

フォード自身は公的な場では目立たないように振る舞っていた。たいていは、自分自身としてはマッスル・ショールズの事業が必要なわけではない、ほかにやることはいくらでもあるから、あの事業はなくてもいいのだと述べて、真意を訴えるのは周囲の人間に任せていた。

それでも時には思わず熱くなることもあった。フォードは八月、ユナイテッド・プレス通信社に対し、マッスル・ショールズ近傍に自動車の内張り材料用の紡績工場に加え、金属の鋳造工場を建設することや、「その他のさらに大きな構想」について思案していると語った。フォードはさらに、人員を派遣して現地の天然資源の状況を調査させたとも述べ、活用可能な多様な原材料があるとの回答を得たことも明かした。

話すほどにフォードのアイディアは壮大になっていった。肥料生産工場はダムが生み出す電力の三分の一しか必要としない。残りの電力を使い、たとえば巨大な電気炉を造り、それで古い鉄道車両を溶解して新しいものを製造することもできる。フォードが開発中の新型の合金を活用すれば、旧型車両一台から、より軽量かつ頑丈な新しい車両三台を造ることができるというのだ。フォードはトーマス・エジソンとワシントンのポトマック川の川下りをした際に、石炭を満載した荷船を見たことも語った。そのときフォードは「そもそも石炭を燃やすなんてとんでもない！」とエジソンに言ったという。住宅も工場もダムによるクリーンな電気を供給すべきなのだ、と。さらに、マッスル・ショールズの巨大ダムが機能し始めれば、周囲に人口一〇〇万人の都市が生まれても不思議ではない、とフォードは記者に語った。

構想が膨らめば膨らむほど、報道も大きくなっていった。しかもフォードは自社の部下たちにそれを煽らせた。九月、フォードが所有するディアボーン・インディペンデント紙は「マッスル・ショールズは新産業時代の先駆け」と銘打った特集記事を載せた。イラストをふんだんに使ったその見開き二ページの記事は、「産業と経済の新たな時代の夜明け」が近いと述べていた。もはや不可能はない、と言わんばかりである。

一方、ウィークス陸軍長官も何らかの形で応答せざるを得なくなった。そこでワシントンに来てもらってとことん話し合おうとフォードに提案した。だがフォードは自身が行くことを辞退し、代わりにエンジニアのウィリアム・メイヨーを派遣した。これはあなたを評価していませんよ、という意思表示であり、計算ずくで陸軍長官殿をやんわりと侮辱したのだった。こうして九月半ば、メイヨーとワージントンがウィークス長官との会談に臨んだが、ほとんど成果もなく終わった。難点はダム完成に要する費用の見積額で、両者の隔たりは大きかった。フォード側は二八〇〇万ドルとの見込みを譲ろうとしなかったが、陸軍のエンジニアたちは今や四二〇〇万から五五〇〇万ドルほどが現実的だと考えていた。とても折り合える差ではなかったのである。

十月末、今度はウィークス陸軍長官自身がトップニュースに登場した。閣僚としては異例ながら、直々にマッスル・ショールズへ視察に赴いたのだ。鉄道駅では何千人もの熱狂する群衆の出迎えを受け、瀕死のプロジェクトの現場を視察し、地元の実業家らを前に演説。ダムと硝酸塩工場を実際に目にして「その可能性の大きさに驚嘆した」と、ある記者に述べた。

ワシントンへ戻ると、ウィークスはちょっとばかり話をしようとふたたびフォードを誘った。少なくとも今のところ、審議の対象はフォードのオファーだけであり、速やかな決定もあり得ることをウィークスはにおわせた。これに対し、フォードはできるだけ早くワシントンへ赴くと返答した。

すると今度はウィークスがやり返した。もはや主役はフォードだけではないことを明かしたのだ。ワシントンへ来ないかとフォードを誘った数日後、マッスル・ショールズの巨大な火力発電所（戦時中、ダム完成まで硝酸塩第二工場に電力を供給するために建設されたもの）を民間にリースすることに決まったと、突然発表したのである。南部における緊急事態、すなわち河川の異常な水位低下により、水力発電と一部の法人契約者への電力供給が危機的状況に陥ったのが理由だという。そしてさらなる発表があるまで、当面その火力発電所はフォードの潜在的な競合相手、アラバマ電力が運営するというのだった。

フォードは激怒したとまで言えないまでも、少なくとも腹を立てた。農民たちに約束した安価な肥料を生産するには発電所は不可欠だった。たしかにウィークスは、フォード案採用の場合はひと月以内にリース契約を破棄できるとの条項を設けてはいた。だがフォードにとってそんなことはどうでもよかった。問題は、発電所はフォード案の一部に組み込まれているということだった。それをウィークスはライバル社に運営させるというのか？　この間の経緯全体がフォードにはうさんくさく見えた。自分がワシントンに出向いて取引を決着させようという矢先に、これは何なのだ？　アラバマ電力は独自に入札するのに優位に立つのではないか？　少なくともこれは、見かけよりもフォード案採択の道のりは遠いという徴《しるし》に違いなかった。かつてアラバマ州知事を務めたある人物が指摘したとおり、このリース契約は「ヘンリー・フォードがマッスル・ショールズの事業を獲得するのを阻止するための新たな言い訳」に見えたのだった。

　フォードとウィークスの差しの勝負は一九二一年十一月十八日にクライマックスを迎えた。取引を決着させるため、ついにフォードが自らワシントンに姿を現したのだ。フォードは大々的に報道を活用した。ワシントンへ向かう列車の車中でインタビューに応じ、「私は南部の存在感を上げてみせる」と通信社の記者らに語った。さらにアルミや織物の生産についても初めて公言し、南部の綿花栽培地域《コットン・ベルト》全域の需要を満たせる規模の肥料生産について、そして建設中の巨大ダムに加え、テネシー川のほかの地点に十数カ所の水力発電用のダムを建設する構想についても語った。それほどのクリーンな電力があれば、一〇〇万人の雇用も創出できるとフォードは述べた。

　滔々《とうとう》と語るうちに、マッスル・ショールズの事業についてフォードがどれほど壮大な構想を抱いているかが見えてきた。つまり地域全域を電力で一変させようというのである。フォードが雇用する労働者らは、年に三〇日は自分たちの小さな農場で農作業に従事できる——フォード社のトラクターを使えば、種まきから収穫までこの日数で終えられるとフォードは見た。そして作物はフォード社のトラックに積んで「きれいに整備された道路を疾駆して」市場に運べばいい。フォード配下の各社は農作業に充てる日数分の休暇を従業員に与え、収穫後はふたたび快適な工場での作業に戻ってもらう。これは新たな生活様式、そして都市と田園地帯の新たな組み合わせになるという。過酷で孤独な旧式の農場の暮らしは、パートタイムの工場労働と、家電その他の電化製品、そして自動車、トラック、トラクターによって変革される。「農民の時代がまさに幕を開けようとしている」とフォードは熱く説いたのである。

フォードはウィークスに最大限のプレッシャーをかけることをねらっていた。これほど大規模で前向きな取引となれば承認せざるを得ないという状況に追い込もうとしたのだ。ハーディング政権による採用決定は間近だとの噂も飛び交った。「デトロイトの男のゴールは近い」と、アラバマ州バーミンガムのある新聞は希望的な大見出しを掲げた。

フォードと秘書のリーボルドを含む一行が首都ワシントンに到着すると、ワージントンは晩餐を供し、ブリーフィングを行った。その後、全員で現地の鉱物資源の地図を精査。すべては順調に見えた。だがまだ対局終了とはいかなかった。翌日、ウィークスが体調を崩して予定どおり会うことはできない、とフォードに言ってきたのだ。代わりにフーヴァー商務長官と会ってくれないかという。だがフォードの忍耐にも限りがあった。最終的な決断を下せない人物と会うためにワシントンまで出てきたのではないのだ。フォードは数カ月前に提出した案は依然としてそのまま有効であり、(万一いじるとしても)ほとんど変えるつもりはない、との意思を鮮明にした。続いてハーディング大統領を訪問。記者やカメラマンの一団を避けて、通用口からホワイトハウスへ入り、そのまま大統領と会って一五分間会談した。帰りもマスコミを避けるため、ホワイトハウスの電話交換室から狭い階段を下りて地下室を通り、シークレットサービスの控え室を抜け、通用口から敷地を通って門に到達。さらに駆け足で通りを渡って商務省をめざし、フーヴァー長官への表敬訪問を手短に済ませ、デトロイトへ帰るために専用列車に戻った。

フォードは憤激していた。ところが晩の九時ごろ、専用列車がまさに発車しようかという土壇場になって、ウィークス陸軍長官から電話が入った。自宅へ来てくれというのだ。体調不良ではあるが、やはり話がしたい、と。

フォードはリーボルドとエンジニアらとともに、車でウィークスが暮らす閑静な住宅地に向かい、自宅療養中でバスローブ姿の長官に会った。ウィークスはたしかに体調は悪いが、話をしそびれたらなおさら気分が悪くなるだろうと言った。そして本題に入り、ダム完成までの費用をめぐって論戦が交わされた。ウィークスはフォードに対し、自分は現地に足を運び、建設現場を目にして、フォードの言い値を上回る部下たちの見積額を支持すると述べた。これに対してフォードは、自分たちのチームも現地を見たのであり、ウィークスらよりも低い自分たちの見積額を支持すると述べた。両者とも一歩も譲らない構えだった。

二人は互いに信用していなかった。互いを好いてもいなかった。そしてこの晩はどんな取引もまとまりそうになかった。フォードは帰り支度を始めた。

するとウィークスはフォードが帰ってしまう前に最後の一手を試みた。「もしあなたがトーマス・エジソンと一緒にマッスル・ショールズを訪れ、あらためてダム完成の見積額をはじき出してくれれば、細かいことはほんの二分で片づくと思いますがね」と告げたのだ。ウィークスのエジソンに対する信頼のほどがうかがえるようだった。

フォードは考えた――エジソンだって？　それで万事解決といけるのか？　それほど悪い考えでもない、とフォードには思えた。全米が愛する発明家のお墨付きがあれば前向きの結論を出せると、ウィークスは事実上そう言っているのだ。そしてエジソンとフォードは旧友なのだ。

デトロイトへ戻る列車に乗り込むフォードに対し、提案は採用されそうかと記者が問いかけた。「当たり前じゃないか」と、フォードはぴしゃりと言った。
そしてフォードはエジソンに電報を打ったのだった。

第7章 二人の魔術師

トーマス・エジソンはヘンリー・フォードの憧れのヒーローだった。十九世紀の最後の数十年には多くの若い男女が同じ思いを抱いていた。電球、蓄音機、電力システム、映画の発明に、蓄電池、電報、電話の改良などなど……「メンロー・パークの魔術師」の異名をとったエジソン〔エジソンは一八七六年から約一〇年間、ニュージャージー州メンロー・パークの研究所で種々の研究や発明をした〕の一連の発明品は、全米の新世代の科学者、エンジニア、素人発明家らにインスピレーションを与えた。

フォードはT型フォード車で成功する前に、一度エジソンと会っていた。当時エジソンは名声の絶頂にあり、フォードはエジソンが所有する一企業で採用されたばかりの新人だった。デトロイトで機械工場を転々としたのち、フォードの最初の仕事の一つは、エジソンが運営する変電所の夜勤のエンジニアだった。そこでフォードは発電機の修理でメカニックとして天才的な能力を発揮した。おかげでフォードはエジソンのデトロイト照明会社の本部発電所で、あっという間にチーフエンジニアに昇進したのだった。

それからほどない一八九六年、エジソンはデトロイトのその子会社を視察した。ある大きな会議の席上、幹部の一人が部屋の向こうに座っている小柄でやせた青年を指さして言った――「あそこにいる若者はガス・エンジン〔ガソリンなどを使った気体燃料によるエンジン〕の自動車を造ったんですよ」。その青年こそフォードだった。エジソンが興味を持ったのも無理はない。エジソンも自動車開発に多少手を出しており、とくに改良型蓄電池を動力源にしようと考えていたのだ。

三十三歳のフォードにとっては憧れのスターである。五十歳を目前にしたエジソンはフォードにとっての理想像そのものだった。あらゆる人の暮らしを向上させる才能溢れる発明家で、実業界の巨人、それに大金持ちだ。二人は互いに紹介されて多少のあいさつを交わすと、すぐにガス・エンジンの話題になった。気づけばフォードは図面を走り書きしていた。二人は机の上に身を乗り出し、設計をめぐって意見を交わし、フォードの人生が一変したのだった。

フォードの回想によれば、「エジソン氏はとても我慢強く私の話を聞いてくれた。そして拳で机をがつんと叩いて言った、『君、まさにそれだ。君の自動車は完結している――ボイラーもなければ、重たい蓄電池も不要で、煙も蒸気もなしだ。その調子で続けなさい』とね」。

「どれほど興奮したかは想像できるでしょう」とフォードは語った。

当時のフォードは改良型のガス・エンジンのことで頭がいっぱいで、空き時間はもっぱらその検討に費やした。ガソリンを燃料とした「モーター車両」（そのころフランス人らはそれを「自動車」と呼んでいた）に搭載できるガス・エンジンを設計したかったのだ。エジソンの会社に職を求めたのも、工具の購入や実験の費用のために金を稼げるからでもあった。さらにチーフエンジニアに取り立てられたおかげで、デトロイト照明会社本社の作業場に出入りできるようになり、必要なあれこれの部品を試作することもできた。

ガス・エンジン自体は何も真新しいものではなかった。すでに何十年も前から小規模な用途に使われていた。自動車とてとくに珍しくはなかった。一八九〇年代にはすでに方々の工場で生産されていたのだから。たとえばドイツでは、カール・ベンツ〔一八四四-一九二九年〕という機械工学の専門家やゴットリープ・ダイムラー〔一八三四-一九〇〇年〕とヴィルヘルム・マイバッハ〔一八四六-一九二九年〕という二人のビジネス・パートナーなどが、一八八〇年代以来、ガソリン燃料のエンジンや車を製造していた。アメリカも一八八九年に業界に参入していた。

しかしこれらの初期のエンジンは手造りで複雑、かつ扱いに注意を要し、しかも高価だった。小さなチャンバーに最適な分量のガソリンを最適な方法で注入し、正確に点火し、発生する小規模の爆発を必要な範囲にとどめてコントロールし、車輪を回転させるために得られる動力を安定させる。これだけのことを行うのは容易ではない。しかもエンジン全体を常に冷却し、潤滑油を供給し続けなければならない。フォードはもっと安価な車を造りたかった。それも比較的シンプルで、さらに農家の人たちでも購入できる価格の自動車だ。フォードも初めは先人らのアイディアを利用したが、やがて改良を加え、エンジンをいっそう頑丈で信頼性の高いものに変えていった。最初の転機はエジソンに出会う直前に訪れた。一八九六年、最初の「四輪車《クオドリサイクル》」の実験に成功。四本の自転車の車輪にがらくたのような台車を取り付けたもので、フォードの小型エンジンを搭載していた。

デトロイト照明会社での稼ぎはよかった。だが仕事に身が入らなかった。エジソンに紹介されてから三年後、フォードは同社を退職してフルタイムで自動車開発に打ち込むことにした。それからT型フォード車第一号を製造して販売するまでにかけた年月は丸一〇年（一九〇八年）。それを世界的な大ヒット商品にするまでにもう一〇年かかった。

その二〇年間、フォードがスターの座に駆け上ったのに対し、エジソンは下り坂だった。エジソンの絶頂は無尽蔵とも思える発明の才能を発揮した一八七〇年代から八〇年代にかけて。だがフォードと出会ったころには、すでにビジネスのこまごまとした業務や訴訟、特許関連の問題などに埋もれ、発明のペースは停滞していた。そしてエジソンのビジネス帝国も衰退しつつあった。その大部分は特有の直流電流システムで大都市間に送電網を張り巡らすことを基盤としていたが、顧客が次第にジョージ・ウェスティングハウスの交流電流システムに流れていってしまったのだ。エジソンは発明家としては天下無双だったが、ビジネスマンとしては天下を失ったのだった。結局、エジソン帝国の中核であったエジソン・ゼネラル・エレクトリック会社の役員会と主要株主らはエジソンを解任。新たな経営陣を任命し、企業名からエジソンの名前も外してしまった。それがご存じ、ゼネラル・エレクトリック社というわけである。

エジソンはそれでも大きな新しい研究所を設立するだけの資金は確保し、そこでは思いつくままにいろいろな課題を探求することができた。だが絶頂期の成果に比肩するようなものは二度と生まれることはなかった。

フォードはそんなことは気にしなかった。エジソンに心酔していたのだ。フォード・モーター社を設立して間もないころ、フォードはエジソンに手紙を書き、サイン入りの写真を所望した。だがエジソンにはデトロイトでかつて話をしたという青年の記憶はなかった。だから歴史家のピーター・コリンズとデイヴィド・ホロウィッツが書いているように、エジソンはフォードの手紙を「毎日寄せられる何十通もの同様のリクエストと同じように」扱った。すなわち「手紙に『返信不要』と走り書きして、秘書に回して処分を任せた」のだった。

フォードがようやくこの偉人の関心を勝ち得たのは一九一二年、T型フォードの新車を手土産に直々に訪問した際のこと。フォードは自社の自動車のために、より優れた電気系統のシステムを設計してほしいとの要望と、エジソンを経済的苦境から救う一〇〇万ドルの融資のオファーを携えていた。それは美しい友情の始まりとなった。

二人には多くの共通点があった。ともに機械好きの農家の少年として育ち、どちらも革新的で、二人とも正式な教育を受けていないにもかかわらず、大成功を収めた。エジソンは大学に一度も通わずに数々の技術的成果を挙げただけに、自らを「変わり者」と評したことがある。そしてフォードと再会を果たした後には記者にこうも語っている――「フォードも同じく変わり者だ。アメリカは二度と彼のような人物を生むことはないだろう」。

二人は別の面でも似た者同士だった。それぞれの時期にビジネス界で傑出していたわりに、二人とも集団の中では居心地が悪かったのだ。社交上のおしゃべりよりも、実験室や作業場の孤独を好んだ。どちらも人間よりも機械を相手にするのが得意だった。

一九一四年にもフォードの訪問を受けたことをエジソンは回想している。エジソンのメンロー・パークの実験室が焼失した直後のことで、このときは無利子の融資として七五万ドルの小切手を持ってきたという。翌年、二人は連れ立ってサンフランシスコの万博（パナマ・太平洋万国博覧会）を訪れた。それ以来、二人はタイヤ業界のハーヴェイ・ファイアストーンらとサマー・キャンプに出かけることを恒例とし、自分たちを「放浪者たち」と呼んだ。

フォードにとってはまさに夢の実現だった。「エジソンの知見はほとんど万能だ。考えつく限りのどんなテーマにも関心を抱き、限界というものを知らない。あらゆることが可能だと確信しているのだ。しかも同時にちゃんと地に足がついている」とフォードは言っている。

これはそのままフォード自身にも当てはまりそうだった。

一九二一年十一月のウィークス邸での会談が不首尾に終わった後、フォードは旧友エジソンに連絡し、協力を求めた――一緒にアラバマ州へ行っていただけないものか。ついでにお互いに夫人も連れてささやかなバケーションを楽しみ、工学的に興味深い事業を見学する。きっと楽しいはずだし、フォードとしてはエジソンの力添えがどうしても必要なのだ、と。

エジソンはすぐに快諾し、二人は旅の計画を練り始めた。

フォードとエジソンがマッスル・ショールズを訪問するとの情報が伝わると、南部は熱狂した。地元紙の記事はこう論評している――「さすがのヘンリー・フォードもマッスル・ショールズで世界の七不思議に次ぐ第八のものを作るわけではない。だが古き七不思議の七〇倍の七倍もの価値があるものを築くだろう」。フォードの入札はまだ有効で、この訪問によって今度こそ政府との取引が決着するだろうというのだ。

フォードとエジソン一行は月末の感謝祭を終えてすぐに出発した。フォードは「フェア・レーン号」と名づけたプライベート車両をつないだ専用列車を用意した。それはさながら走る高級ホテルで、専属シェフ、優美なクリスタル・ガラスの食器、それにゲストには個室まで完備していた。エジソン夫妻に加え、フォードと妻クララは（フォード社を継ぐこと間違いなしの）息子エドセルとその妻エレナも同伴した。

列車には記者らを満載した車両もあった。フォードとエジソンは記者らが気軽に二人と接触し、長時間のインタビューもできるように取り計らったのだ。熱気を盛り上げるための算段だ。実際に二人の一言一句が全米各紙のヘッドラインを飾った。「フォード、自走式艀《はしけ》で『川の船団』を構築へ」「エジソン、水力発電による電力新時代を予測」「フォードは肥料の値段の半減とT型フォード車一台の販売につき一トンの寄贈を確約」「フォード、アラバマ州の全労働者をまるごと雇用へ」などなど。さらにこんな大見出しもあった――「フォード案採用は確実。フォードがマッスル・ショールズで驚異を起こす」。

アラバマ州までの途上、各地の市長や商工会議所がこぞってフォードとエジソンを招待し、食事や会合の予定は数え切れないほどだった。テネシー州ナッシュビルでは、列車は地元の実業界のリーダーや政治家たち二〇人を乗せるために停車した。そのなかには市長、元上院議員、州農業局長、それに州知事まで含まれていた。どの町でも主要都市でも、人びとが一行を待ち受け、通過する列車に向かって手を振り、歓声を上げた。「フォード氏はエジソン氏に『二人して政界に進出すべきですね』と言った」と、ある記者は書いた。

政界でなければ不動産業界だろう。フォードの事業開発に伴う経済発展を見込んで、すでに不動産価格が上昇しつつあった。マッスル・ショールズ近傍の「三つ子の都市《トライ・シティーズ》」〔フローレンス、シェフィールド、タスカンビア。第1章参照〕には新参の不動産業者らが押し寄せていた。フォードとエジソン到着前日の地元紙の報道によれば、不動産業者らは「オプション付きの契約ではなく、無条件でシェフィールドの土地を買い上げている」。二人の訪問で不動産市場はさらに過熱するに違いなかった。

趨勢はふたたびフォード優位に転じたように見えた。だがフォード案採択に不安要素は皆無だったのだろうか？ フォードはあることを懸念していた。「議会の承認を得るのに何か問題はありそうですか？」と記者から車中で問われたフォードは、「ある」と答えた。「独占的企業合同《トラスト》の連中と国際ユダヤ人らが私に敵対するだろう」と。

これだけの大騒ぎにもかかわらず、テネシー川北岸のフローレンス駅に到着したとき、意外にも人影はまばらだった。

実は一行を待ち受ける大群衆は違う駅にいた。川向こうのシェフィールド駅である。当時の記事によれば、人びとは「クリスマスの朝に感じるような、あの期待に満ちた高揚感」を抱きながら、何時間も前からシェフィールド駅にひしめいていた。それは二人の魔術師たちが東から到着すると考えていたからで、それならば列車は当然シェフィールド駅に入線するはずだったのだ。フォードとエジソンがまさに到着しようとしていたころ、ようやく群衆に一報が届いた。二人の巨人は北からの路線でフローレンス駅に来ると聞き、人びとは大慌てで橋を渡っていったのだった。

群衆は一時間足らずでフローレンス駅に再集合した。ついに列車が大勢の人びとに取り囲まれると、割れんばかりの歓声に迎えられてフォードが後部デッキに姿を現した。非の打ちどころのない大物の風貌だ。優美に仕立てられたダークスーツと黒い山高帽がフォードのすっきりとした体形を際立たせている。群衆の中の女性たちは惚れ惚れと感想を述べ合った。フォードは精気に溢れ、きびきびとして、活力に満ちていた。記者たちは「奇跡のような若々しさ」とか「あらゆるものに熱心に興味を示し、息をつく間もなく活動している」などと書き立てた。フォードが七十四歳になるエジソンを紹介すると（フォードに比べればどうしてもしわが多く、年輩に見えたものの）、ふたたび歓声が巻き起こった。さらに二人の魔術師の夫人たちが紹介され（三たび歓声）、最後にフォードの息子エドセルとその妻も紹介された（さらに歓呼）。

フォードらが群衆に向かってそれぞれ手短に感謝の言葉を述べると、一行はジョン・ワージントンが念入りに準備した現地見学ツアーに出発した。フォードらと夫人たちは迎えの車へと案内され、フローレンスの（初めて舗装されて間もない）広々とした道を進み、まずダムの視察へと向かった。道中、沿道を埋めた群衆が声援を送り続けた。ダムの建設区域では、軍服姿の陸軍のエンジニアたちが案内役として加わり、一行は鋼鉄製の視察用列車に乗り換えた。エジソンは疲労の色は見えるものの上機嫌で、戯れにエンジニアの兵に敬礼で応じた。

やがて小型の視察用列車がゴトリと動き出した。ダム建設現場に到着すると、川幅いっぱいの一マイル〔約一・六キロメートル〕に及ぶ未完のコンクリート壁がそびえ、その大きさと規模は驚嘆を禁じ得なかった。陸軍の案内役が巨大な岩石粉砕機を指さし、世界最大のものだと説明した。するとエジソンは列車を停止させ、降車するとその岩石粉砕機によじ登り、「こいつは時代遅れだ。私はあの貯水タンクぐらい大きな硬質の岩さえも粉砕できる機械を所有している」と宣言した。続いて一行は全体を一望できる小さな木製の展望デッキへと進み、全員が車両を降りて景色を見に行った。フォードとエジソンがそこに並んで立ち、何マイルものかなたへと流れる川を眺めている姿をニュース・カメラがとらえた。カメラマンは沈みゆく夕日が背景に入るようなアングルに二人を立たせて撮影した。気分上々のフォードはエジソンの難聴でないほうの耳元で大声で言った――「どうです、エジソンさん、われわれは映画の世界に戻ってきましたよ」。風で髪を乱されながらもエジソンは笑みを浮かべ、控えめにお辞儀をしてみせた。

次は硝酸塩工場の番だった。フォードとエジソンが安価な合成肥料を（おそらく）生産できるともくろむ製造施設である。すでにかなり遅い時間だったが、二人は日没前にひと目でも見ておきたかった。フォードは子供のように興奮し、始終ジョークを飛ばし、浮かれ、工場への数マイルのドライブの間もじっとしていなかった。結局、彼らは懐中電灯を使って見学を終えた。

列車に戻るとフォードは気が高ぶって居ても立ってもいられないほどだった。ふたたび列車を降りて駅舎で記者たちに取り巻かれ、ダムの建設コストを半減させる巨大な蒸気ショベルの導入について言及し、農家にもたらす恩恵についても、「私がやることはすべて彼らのためだと、農家の人たちに伝えてくれたまえ。私の事業提案は農民たちの事業提案なのだ」と語った。そして自身は窒素肥料についてまったくの素人であることを認めつつ、世界で最も偉大な化学者のエジソン氏を連れてきたのだから何の問題もないと言った。エジソンに「任せておけば大丈夫」だと。既存の石炭火力発電施設をほかへリースするというウィークス陸軍長官の計画について問われると、こう答えた――「私は石炭火力発電所など欲しくもない。私がこのアラバマ州へやってきたのは、水力発電とその開発をめざすためだ。私はデトロイトに火力発電施設を二基持っているが、両方とも廃止してしまおうと思っている。未来の産業開発の偉大なる手段、それは水力発電だ」。

どこへ行ってもフォードを崇め称える群衆の熱気に、フォードも気分が高揚していたようだ。これまで北部の大物資本家が南部進出を公言したことはなかったと指摘した記者に対しては、「私に限界というものはない。これまでもずっとそうだった。私が南部の人たちに言いたいことがあるとすれば、それはみんなあまりにも温かいということだけだ」とフォードは言った。

（左2人目から右へ）エジソン、フォード、
浮かれ気分で「地に足がつかない」J・W・ワージントン
（シェフィールド・スタンダード紙、1921年12月16日）

続くフォードの発言は全米でトップニュースとなった。マッスル・ショールズは単に一〇〇万人を雇用するとか、新産業を構築するといったことにとどまらないと、フォードは記者らに語った。そして真のねらいは戦争をなくすことだと明かしたのだ。「戦争を誘い、始め、戦うというのは、金銭《マネー》のための活発な市場をつくり出すためであって、それ以上でも以下でもない。要するに商取引だ」。すべての戦争の背後にある諸悪の根源、それは金《ゴールド》だ。

そしてマッスル・ショールズは解決策を提供してくれるとフォードは言うのだ。この巨大な建設計画の資金調達には通常の方法は使わない。銀行に融資を頼んだり、政府に債券発行を求めたりする代わりに、フォードは新しいタイプの通貨を創出するという。金《ゴールド》をベースにした米ドルは使わない。フォードはアメリカの金本位制の採用は間違いだと考えていた。フォードは言う——世界の金の総量はわずかしかなく、「その全供給量を管理下に置くことができてしまう。支配的地位にある単一の利害関係者または利害関係グループがすべて手に入れることが可能であり、したがって全世界の通貨と資本を管理下に置くことができるのだ」。さらに「まさにそのとおりのことが起きている。今日、世界の金供給量の大部分を支配している国際的な銀行家集団、つまりユダヤ人の銀行家たちがいる」。そこでフォードは強調しようと手を強く打ち合わせて言った。「その支配権を打ち崩すのだ。そうすれば戦争は阻止できる」

米ドルの代わりにフォードは独自の通貨でマッスル・ショールズの事業を完成させるつもりだった。金の裏づけではなく、ダムとそれが生み出すエネルギーが持つ莫大な価値に支えられた新たな種類のドルである。紙幣を刷り（それをフォードは「エネルギー・ドル」と呼んだ）、それを使って建設に必要なものを購入し、完成したら事業が生む収益で紙幣を買い戻すという仕組み。「ダムを完成する建設費をダムそのものの価値の裏づけで発行された紙幣で支払う。そんな私の提案を政府が認めてくれれば、この国の国民はこのすばらしいプロジェクトを完成させることができ、しかもその人たちは一セントも負担せずに済むのだ」とフォードは述べた。

代替案は政府が建設費を賄うために債券を発行することで、それはいずれ利息付きで償還となる。フォードもエジソンも銀行家を信頼せず、借金するのも大嫌いで、金銭を貸して利子を取る金融業にも反対だった。「エネルギー・ドル」の仕組みを使えば、利子という無駄な出費をなくせる。金本位制反対運動は長い歴史があり、とくにフォードやエジソンが生まれ育った農民層に人気があった。金本位制は「人類を黄金の十字架に架ける」ものだという、ウィリアム・ジェニングス・ブライアン〔一八六〇－一九二五年。一八九六年の民主党大会で金本位制がもたらすデフレと不況を批判する「金の十字架演説」を行った。三度にわたり大統領候補となり、下院議員、国務長官なども務めた〕の強烈な演説を支持した人たちだ。フォードもエジソンも経済学に造詣などなかったが、二人は自分たちの発案に高揚していた。資金調達を革命的に進歩させる方法を思いついたと考えていたのだ。「金《ゴールド》はユリウス・カエサルの遺物であり、利子は悪魔の発明品だ」とエジソンは言った。今やそんな金を捨て去るときであり、そして、とエジソンは付け加えた。「フォードのアイディアは完璧だ」

ところが二人のスキームは熟慮を欠き、わずか数週間後には経済学者や論説員らが二人の主張を叩きのめしてしまった。ニューヨーク・トリビューン紙の大見出しは「フォードのエネルギー・ドルは使いものにならず――財務省が見解」とあった。同紙が取材したすべての専門家がフォードの案は信頼性に欠けると述べたという。マッスル・ショールズの将来の収益を見込んで通貨を発行できるとすれば、誰だってあらゆる類の収益予測をもとに発行できることになってしまうだろう。「それならばわれら文明人は、宇宙の果ての星々までの距離ほどの天文学的な額にのぼる紙幣を刷ってもよいではないか？」と、ニューヨーク・タイムズ紙の社説は疑問を投げかけた。「それほどかの著名な発明家二人の発想は、人類の経験知からはるか遊離している」。「エネルギー・ドル」の価値は真の価値ではなく、推測を根拠としているにすぎないのだと。

さらに、融資で利子を稼ぐことへのフォードとエジソンの攻撃も的外れだと批判された。融資をする人または組織はその金額が返済されないかもしれないというリスクを負っている。融資の利子はそんなリスクを負ったことへの報酬である。ところが「エネルギー・ドル」という形の通貨を発行する案は、それを引き受ける側にリスクなどないことを前提としている。

では、何が起こってもフォードは必ず返済すると約束したとしたらどうか？　それならば「エネルギー・ドル」にリスクはない。しかしそうなった場合、「エネルギー・ドル」の発行を認めることは、単にその発行額分を政府がフォードに融資するのと同じことだ。しかもフォードはその金額を即座に使うことができて、将来返済すればいいのだ、それも無利子で。

経済学者らの意見は一致していた――「エネルギー・ドル」のスキームは眉唾ものだ、うまくいくはずはない。

しかしこうした批判がまとまった意見になるまでにはまだ数週間あった。フォードとエジソンがアラバマ州に滞在していた時点では、世間の大部分の人たちはすばらしいスキームだと感じていた。そしてこれもまたフォード案を支持すべき理由の一つであった。

この興奮に満ちた訪問初日、フォードは夕食が供されるまで記者たちにしゃべり続けた。夕食は地元の心酔者がフォードの専用客車に届けた「立派なウズラひと盛り」だったが、フォードは食べ終わってもまだ舞い上がっていた。エジソンは就寝したが、フォードはその土曜の晩をまず線路脇を行きつ戻りつして、支持者らと握手をしたり言葉を交わしたりし、続いて町中へ散歩に出かけて過ごした。地元紙によればフォードは「帽子もかぶらずたった一人で」、通りの店に立ち寄ってはおしゃべりをしたという。アメリカのその辺りの住人たちはいくらでもおしゃべりする時間があるらしく、誰もがフォードをべた褒めした。フォードはご満悦だった。

翌朝は冷え込んで風も強く、エジソン夫人はそんな天候を心配した。彼女としては高齢の夫にはこんな田舎を駆けずり回り、機械によじ登り、冷たいがらんどうの建物を巡るよりも、自宅の執務室でゆっくり読書でもしていてほしかったのである。

だがエジソンは見に来たものをしっかり見ていく決意だった。その日、エジソンとフォードはまず一時間半に及ぶ記者会見から始めた。地元の十歳の少年が一人招かれて、フォードとエジソンの間に座っていた。エジソンはマッスル・ショールズが秘める大きな可能性と、「エネルギー・ドル」がいかに巧みな構想かについて、ここでも熱弁を振るった。この日は日曜日で、一〇人あまりの町の著名人らが専用客車を訪れ、二人に教会へ行きたいかと聞きに来た。それに対してフォードは「いや。私は主が恵んでくださった自然を見て主を崇めることにする」と答えたのだった。

続いて一行は地元の有力者の一団と連れ立ってテネシー川の上流へ向かった。貯水用の第二のダム建設候補地である。みなオーバーコートに身を包み、小さな狭軌鉄道の車両に乗り込んだ。「ゲスト用にクルミの切り株で造った美しい素敵な客車があった。あれほどかわいらしいものはほとんど目にしたことがない」と、のちにホスト側のある人物は述べた。ガタゴトと揺られていく間、彼らは農業を話題にした。誰もが首を振りながら、農産物の値段が底割れしてしまっていること、そして安価な肥料があれば大助かりだということを語った。エジソンはパイプをくゆらせ、川を見つめていた。フローレンスへ戻って小休止をすると、今度はそろって昔ながらのスタイルのバーベキューに出かけた。場所はエド・オニールの別荘。有力な政治家一家の御曹司で州農業局トップという人物だ。着いたときには刺すような寒さだったが、オニールの別荘の前には栗の木の大きな炭火が燃え盛っており、ラム肉がジュージューと音を立てて焼けていた。地元の淑女と紳士らが一張羅でめかし込み、黒い上着姿のウェイターらが酒を提供して回る。賑やかなパーティーだった。ここでもフォードは少年のように溌剌《はつらつ》としていた。フォードは取材陣を喜ばそうと、エジソンと一緒に栗の木の薪を割ってみせた。続いてオニールの若き息子がフォードを連れて屋敷を巡り、ハムが吊るされた燻製小屋や、水を汲む泉などへと案内。フォードがとくに強く惹かれたのは、敷地内に点在する古びゆく懐かしいアメリカを象徴するもの――裏庭に残る昔ながらの鉄製の大きな洗濯用のたらいや、シーダー杉のバケツにひょうたんの柄杓《ひしゃく》など。昔、母親が水を運んで裏庭で洗濯をしていたことをフォードは思い返して語った。見物を終えると、フォードはホストのオニールに「あのたらいを売ってくれないか」と言った。さらに「あの柄杓も売ってほしい」と付け加えた。こうした土産品はフォードを乗せる車に積み込まれた。フォードは幸せいっぱいだった。あまりの嬉しさに「あのパーティーでは興奮しどおしでした」とオニールはのちに回想している。

一行がそろって車でフローレンスへ戻ると、フォードとエジソンはふたたび一時間もの記者会見に応じて一日を締めくくった。「二人とも子供のように純朴で、あれほど愛想のいい人たちは見たことがない」と、ある記者が印象を記している。今や二人はテネシー川沿いに一〇〇基のダムを建設するとして(のちにフォードはその数を一〇〇〇に引き上げた)、地域全体に電力の恩恵をもたらすと言い出した。フォードは自分のための金が欲しくてやっているのではない(もう使いきれないほど稼いでしまった)ということをふたたび明言した。この地域と世界の人びとに奉仕するために、そして金《ゴールド》のくびきを砕くために、さらに戦争をなくすためなのだと。

これまでどおり、エジソンはフォードよりもはるかに口数が少なかった。硝酸塩工場について問われたときも、巧みにディテールは避けた。「あの立派な硝酸塩プラントが秘める可能性には深い感銘を受けました。とても注意深く現場を点検しましたから」とか、「どの程度の可能性かは言えません。大き

1 CENT Pay No More

MONTGOMERY TIMES

VOLUME 38

MONTGOMERY, ALABAMA, TUESDAY, NOVEMBER 22, 1921.

TIMES BUILDING

FORD IS BACKED BY ELECTRIC WIZARD

AMERICAN FLAG WORKS FOR PEACE AS WELL AS WAR

METHODISTS IN CONFERENCE AT GREENVILLE

PADEREWSKI ENTERTAINS "THE KID"

SECRET SESSION BY "BIG NINE" IN CHINA CASE

THOMAS A. EDISON SEES GREAT FUTURE DEVELOPMENT IN SOUTH IN MUSCLE SHOALS WATER POWER

RANSOM EXACTED BY MEX. BANDITS FOR AMERICANS

アラバマ州ではフォードとエジソンの構想の話題が何年も新聞一面を飾った。
1921年11月22日付のこの記事の見出しには「電気の魔術師がフォードを支持」とある。

すぎますから」などと言葉を濁すばかりだ。

実のところ、エジソンは硝酸塩の製造とその可能性のことなど、まるでわからなかったのだ。化学が自らの最大の強みの一つだとは主張していたが、実際は本格的な研究者ではなく、熱意と才能を併せ持つアマチュアと言うほうが当たっている。一九二一年当時、化学はすでに真にマスターするには大学院レベルの研究を何年も要する成熟した科学の一分野となっていた。それなのにエジソンは大学の授業にすら出たことがない。エジソンが貴重な才能に恵まれていたことは間違いない——頭の回転が早く、執拗で我慢強かった。発明に欠かせない実験では、うまくいくまでさまざまな物質をいくつでも粘り強く試していった。ただし化学というものの仕組みについては、深い知識はなかった。産業規模で化学物質を合成した経験もほぼゼロ。そして硝酸塩や肥料の製造に関する経験は文字どおりゼロだ。声のこだまするがらんどうのマッスル・ショールズの硝酸塩工場をざっと歩き回っただけでも、それらの巨大施設がよく維持管理され、膨大な電力も使えるようになっており、これほど広い敷地と数々の機械は何らかの可能性を約束していることはエジソンにもわかった。だがその何らかというのが本当に安価な肥料なのかどうか、それを予測する能力はなかったのだ。それでもともかくエジソンは前向きに反応してみせたのである。

エジソンの役回りはむしろヘンリー・フォードの補佐役といったところだった。だから自身の発言は意図的に曖昧にしていた。たとえばある記者が硝酸塩の製造法を質問したときは、「肥料に使う硝酸塩というのは、電力その他の不揮発化の工程で固定された力であって、それを結晶の形に凝縮したものにすぎません」と述べた。これは科学的に聞こえるでたらめだった。エジソンは自分の無知をごまかそうとしていたのだ。

エジソンはいつもすぐに話題を変え、自らのキャリアについて長口舌を振るうか、フォードの疲れを知らない飽くなき活力について論評する。「彼はまさに驚異です。フォードは始めたことは必ずやり遂げる。どんな邪魔立ても許さない」などとフォードを評するのだ。あるときは本題から脱線し、息子のセオドアが第一次世界大戦中に発明したという新型兵器について話し始めた。高さ六フィート〔約一・八メートル〕、幅一〇インチ〔約二五センチ半〕の磨き上げた鋼鉄の車輪状のもので、爆薬を詰め込んである。エジソンによれば大戦中にフロリダ州のキーウェスト海軍航空基地で試したという。自動車のエンジンを使ってまずその車輪を高速回転させ、軸からリリースすると、後方に電線を伸ばしながら時速四〇〇マイル〔時速六四〇キロメートル強〕の猛スピードで弾みながら標的に向かっていく。そのまま一五〇フィート〔約四五メートル〕もの鉄条網を破壊して進むことも可能だという。そして目標地点に到達したら、電気信号を送って爆発させるのだ。かなり有望だったが、軍の承認を得る前に終戦を迎えてしまったそうだ。「セオドアの発明が実戦で使われていたら、ドイツ軍のへなちょこどもはぶったまげただろうに」と、鼻高々の父親は述べた。

マッスル・ショールズへの視察旅行中、エジソンは疲労のあまり、お話を語るくらいのことしかできなかったのかもしれない。ミナ夫人は夫をあまり無理させないでほしいとフォードに注意した。だが彼女の記憶では、フォードは聞く耳を持っていないようだった。例のバーベキュー・パーティーの後、ミナ夫人は寝室に戻り、溜め息をつきながら息子のセオドアに手紙をしたためた――「彼（エジソン）は疲れても認めようとしないのですと、私は指摘したのです。でもフォード氏は私よりもパパのことはよくわかっているといった態度なのです」。

最終日も慌ただしかった。まずフォードとエジソンはバーミンガムの町から著名人の使節団を迎えた。続いてふたたび車に乗り込んで硝酸塩第二工場の最後の視察へ。そこでは地元の熱狂的な群衆が待ち受けた。穏やかな気候になりつつあり、明るい南部の太陽にフォードはここでも意気軒昂だった。フローレンス駅への帰り道、地元の学校に立ち寄ると、車の周りに生徒たちが押し寄せた。子供たちは質問を発し、おしゃべりをしたり笑ったり、いつまでも偉人二人を放そうとせず、ついに二人は出発を遅らせたほどだった。ようやく駅へ着くと熱気溢れる群衆がお別れに詰めかけていた。人びとは拍手喝采し、支持の声を上げ、キスしてやってくれと赤ん坊を抱き上げた。列車が動き出そうというとき、群衆の一部の人たちが何度も呼びかけた。「ヘンリー、戻ってきてくれよ！」

「戻るとも」とフォードは叫び返し、後部デッキから帽子を振った。「政府が許してくれればだがね」

第8章　立ちはだかる壁

「南部はわれわれを支持している。この事業の可能性は当初考えていたよりはるかに大きい」と、フォードは帰路の車中で記者たちに話した。フォードによればテネシー川流域は「すばらしい繁栄の時代」を迎えようとしているという。それから何日もの間、全米各紙は視察旅行でフォードが見たことや、雇用や戦争の終焉、「エネルギー・ドル」や河川がもたらす経済復興などのフォードの発言を報じ続けた。どれもよいニュースばかり。個人秘書のアーネスト・リーボルドは「フォード氏は費用をかけてキャンペーンを打つよりも、新聞の一面に記事が載るほうがずっと価値があると感じたのでしょう」と当時を回想した。「彼の理屈では、フォードの名を世間に見せ続けるのは、ことさら何かを宣伝しようというよりも、むしろ自分の人気を維持する手段だったのです。これによって人びとが彼に好意を抱いてくれればというわけです」

政府との取引を決着させようと、今やフォードはマスコミに対するありたけの影響力を行使して、マッスル・ショールズ獲得の最後のひと押しに取りかかろうとしていた。エジソンと連れ立って視察に赴いたのは絶妙な手だった。世界で最も著名な二人がほとんど無名の地を訪れる、そんな重大な旅に同行できる絶好のチャンスとくれば、記者たちが飛びつかないはずはない。視察中、群衆が声援を送るたびに、フォードが子供と握手をするたびに、すべてが記事になった。

全米のおおかたの地域ではハーディング政権になって経済の復調が実感されるようになっていた。だがマッスル・ショールズ周辺では相変わらず厳しい状況だった。ダム建設の中断と、一九二〇年の農業不振の影響を脱しきれないという二重苦から、現地の経済はまだ回復していなかった。そんななかでフォードは救済者と見られた。そしてエジソンとの視察旅行後、現地の報道はともすると英雄崇拝に傾いた。当時の南部のある新聞には、穏やかにほほ笑むフォードの大きな肖像写真が第一面に載っている。そのキャプションにはこうある――「農民、哲学者、人道主義者、実業界の大物、大々的な物事の実行者、さらに慈愛深き庶民の味方」。別の新聞はフォードが「マッスル・ショールズの救世主《メシア》」と称賛されていると指摘している。

旅から戻るとエジソンは正式にフォード案支持を表明した。「私はマッスル・ショールズの事業に関するフォード氏のオファーを受け入れるよう、アメリカの国民と議会にお勧めします。政府が賢明であるならば、この未完のダムとそれに付随する各プラントに対するフォードの提案を受け入れるべきです。フォードのオファーは寛大です。あれほどの金額を出そうという人はほかにいないでしょう」

マッスル・ショールズへの旅は宣伝としては歴史的な偉業だった。そしてエジソンのお墨付きを得た今、ディールをまとめるときが来た。フォードはデトロイトへ戻ると、J・W・ワージントンとエンジニアのウィリアム・メイヨーをワシントンへ派遣。微修正を加えたオファーを提示させた（重大な変更はなし。ただフォードの計画がテネシー川の水運を改善することをいっそう強調しており、つまりはそのコストの一部を連邦政府が持つべきことを含意していた）。フォードが期待したのは、フォードに対する大々的な支持にウィークス陸軍長官が圧倒され、屈服し、修正版のオファーを受諾することだった。

だが、そうはならなかった。ウィークスはさまざまな理由から――フォードに対する個人的な嫌悪感や、資金調達への疑問にいまだにフォードが答えていないこと、その他の細かい点など——自動車王の手下たちと話し合う気分ではなかったのだ。エジソンをマッスル・ショールズに連れて行って意見を聞いてはどうかと自分で提案しておきながら、エジソンの支持表明にもウィークスは心を動かされなかったらしい。ウィークスはデトロイトからの客人二人を冷ややかに迎え、ダム完成に要する政府負担の見積額でも頑として譲ろうとはしなかった。フォードの副官たちをミシガン州へ手ぶらで帰らせたのである。

すっかり気を悪くしたフォードは、今度は自分は犠牲者だとのイメージを打ち出すことにした。「この事業の敵は多い。連中は強大で、とりわけ彼らは沈黙し、秘密主義で、威嚇的なのだ」と、フォードは記者らに明かした。さらに、「公の場で連中と戦うことはできない。彼らは出てこようとしないからだ。拳で戦うわけにもいかない。そうさせてはくれないからだ。議論で戦うこともできない。彼らは論争しようとしないからだ。だが頭脳を使って戦うことはできるし、いずれにしろ、それが真に戦う唯一の方法だ」とも述べた。フォードはかの宿敵たちをほのめかしていたのである。巨大資本家たち、デューク家にモルガン家にメロン家に、金融業者にウォール街のペテン師どもだ。

こうしてフォードは対決の構図を鮮明にした。一方にはフォード。国民（とくに南部）の幸福のために無私無欲に献身し、農民を救い、雇用を創出し、戦争を終焉させようとしている男。対するはフォードの怪しげな「敵勢」。「沈黙し、秘密主義で、威嚇的」と、あの「国際ユダヤ人」勢力をほのめかしてもいる。

マッスル・ショールズをめぐる戦いは終わっていなかった。まだほんの序の口だったのである。

フォードが世論の支持を煽ろうとしているのを見て、ウィークス長官は憤激した。マッスル・ショー

マッスル・ショールズの戦い――ウィークス陸軍長官とフォードの会見（1922年1月13日）
Courtesy Library of Congress

ルズが価値ある資産だとわかっていただけに、最初に手を挙げた者に二束三文で売り払うつもりはなかった。フォードとの交渉を遅らせたのも、ほかの入札者に扉を開いておくためだ。競合者が現れれば入札額が上がり、フォードももっとまじめに交渉せざるを得なくなるだろう。マッスル・ショールズの事業はどうせすでに二年も棚ざらしになったままだ。莫大な金額がかかっているのだし、もう少し待っても構わないと、ウィークスはそう感じていた。

一月半ば、フォードはふたたびウィークスとハーバート・フーヴァー商務長官と会うためにワシントンに赴かざるを得なかった。このときもフォードはオファーにマイナーチェンジを加えた。ただし資金調達に関するたいして意味のない微調整だ。一方、ウィークスも対案を示した。資金調達の方法についてはフォードの五〇〇〇万ドルから八五〇〇万ドルに引き上げたのだ。だが双方とも一歩も譲ろうとしなかった。ウィークスがいまだにフォードの入札を支持するつもりがないのを見て、フォードは席を立った。その後ウィークスと一対一で顔を合わせることは二度となかった。

こうしてフォードはふたたび政府に圧力をかけ始めた。この不毛な会談を退席したその足で、スタッフが陣取るウィラード・ホテルの部屋を訪れ、記者発表の準備に取りかからせたのだ。フォード社の資料室には一九二二年一月十四日付の草稿が残されており、フォードの心の内がうかがえる。「マッスル・ショールズ事業の遅延にフォードが憤慨」とのタイトルで、念入りに練り上げた主張をフォードの宣伝チームが代筆したものらしい。ゴーストライターたちはわざと庶民的なくだけた調子でフォードに語らせている。「実を言うと数週間前まで、われながらいったい何のためにマッスル・ショールズなんかに入札しているのだろう、と思うこともあった。われわれはこの事業を必要としたことなど一度もない。これまでもこの事業なしに、わが社はずっと順調にきた」。その上で、政府から入札するよう「うるさく」言われたから応じたにすぎないのだとした。そして精査してみると膨大な無駄を発見したという。「戦争が生み出した産業を屑鉄として売り払う、それだけのために国民が負担してきた何百万ドルもの浪費。そして未完で途絶したままマッスル・ショールズを放置している無駄」だった。そこで公共への奉仕として、政府に助け舟を出そうと応札したという。そこへまた今回の遅延である。「取引全般に対して引き延ばしと無関心という態度や方法をとる政府のおかげで、国民の負担のもとにさらに何百万ドルもが浪費されている。……すでに六カ月以上にもなるというのに、いまだに交渉は何の決着もみていない。政府の幹部や職員たちは、何カ月も前に片づいているべき初歩的な問題を今なおぐずぐずといじくり回しているのだ」

フォードは彼が「肥料トラスト」と新たに命名した連中への批判も書き加えた。フォード案反対の裏にいる、肥料メーカーらの強力な一団だという。より安価なフォードの肥料と競争したくないがため、フォードからすれば比較的単純な取引を彼らは政治的な泥沼にしようとしているのだ、とフォードは主張した。そしてその肥料については、まさに今エジソンが取り組んでいるところであり、アメリカ国民が見たこともないほどの低価格かつより優れた肥料を開発中だと述べた。

ワージントンも強力なロビー活動を開始した。アメリカ中西部の大農業地帯《ファーム・ベルト》の全域で、地方の支持者や農業関係のロビイストらを駆り立て、安価な肥料を求める声を上げさせたのである。今こそ声を大にすべきときだとのメッセージが伝えられていった。アラバマ州の一婦人は地元紙への手紙でこう提言した――「政府がマッスル・ショールズをヘンリー・フォードにリースして開発することを支持する二十一歳以上のすべての男女は、肌の色や貧富の違いを問わず、教育の有無にもかかわらず、ワシントンの代議士たちに要望を伝える手紙を送るべきです」。フォード案の支持を表明するよう、すべてのキリスト教徒に対する呼びかけを発表したメソジスト派の関係者もいた。

フォード支持の手紙がウィークス長官の執務室、ホワイトハウス、それに議会に押し寄せた。一九二二年初頭、ある雑誌の編集者は、「フォード案採用を支持する何千件もの決議、文字どおり何百万通もの手紙を農業従事者たちは書いた」と推測している。ジョージア州のある農場主は「一〇人中九人はヘンリー・フォードに全幅の信頼を寄せている」とハーディング大統領へ書き送った。南部全域の町や都市で大規模集会が開かれた。テネシー州女性クラブ連盟は一九二二年四月一日を「フォードの日」と定めた。そして州知事は、フォード案の反対者は同州では一切歓迎されないとまで述べた。

政治家たちも相変わらず続々とフォード支持に回っていった。その筆頭はアラバマ州選出の上院議員（そして将来的に民主党から大統領の座をねらっている）オスカー・アンダーウッド。フォードのマッスル・ショールズ視察直後にこの自動車王の提案に「無条件の支持」を表明した人物だ。ハーディング政権のヘンリー・ウォレス農務長官も支持に加わった。ミシシッピ州選出のある下院議員は同州の見解を代弁し、「私たちの地元ではフォード氏を大いに尊敬しているのだ。私たちは『ヘンリーおじさん』と呼んでいる。そして彼が、私たちが乗り回せる自動車を提供してくれたのと同様に、安価な肥料を提供してくれると確信している」と発言した。

「連邦議会ではいわば地滑り的なフォード案支持の流れが起きている。私が見る限り、当地はフォードの意のままだ」と、ワージントンは一月二十二日にフォードの秘書官リーボルドに書き送っている。数日後、フォード配下のトップ・エンジニアのウィリアム・メイヨーが最速の列車に飛び乗ってデトロイトを発ち、フォード案の最新版をワシントンに届けた。とはいっても、ほとんど変更はなかった。ダム建設費の返済計画の一部見直しと、肥料生産の部分に関して、その利益を監視する委員会を大統領が指名してはどうかという提案が加わったぐらいだ。フォードはご親切にも委員の構成まで提案した。フォード社から二名と、主要な農業関連組織（いずれもフォードを支持）が提供する候補者名簿から大統領が選任する七名。これですべて。これ以上の変更は認めないとした。

あとはウィークスが議会にどのような提言をするかだった。それは決定的に重要な報告となる。もしフォード案を受諾するなとウィークスが言えば、議会が承認する見込みはゼロに近い。反対にもしウィークスが強くフォード案を推せば、議会の承認は確実だった。

結局、どちらにもならなかった。ハーディング大統領と腹を割って話し合ったのち、ウィークスは是非いずれの提言もせず、中立的に事実のみを議会に送付した。ただしフォードの入札の欠陥を長々とリストアップして、自らの思いを鮮明にした。フォードは一〇〇年のリースを求めていた。それをウィークスは、国の水力発電政策に合わせて政府は期間を五〇年に抑えるべきだとした。フォードはダムを完成する費用は二八〇〇万ドルだと言う。しかしウィークスは四〇〇〇万から五〇〇〇万ドルと見積もった。フォードは五〇〇〇万ドルで硝酸塩工場を買い上げると提案する。だが政府が工場をスクラップとして売り払ったとしても、その倍額は得られるとウィークスは述べた。そしてウィークスは、法的に潜在的な問題があることを新たに強調した。それは硝酸塩工場を建設した各民間会社と政府とが戦時中に結んだ契約にあった。そこには工場を政府が使用しない場合、それらの民間企業が優先的に買い上げることができる、と読める条項がよくよく見れば細目の中にあるという。フォードと交渉する前に、まずこの点に対処すべきだとウィークスは指摘したのである。

ウィークスの報告書はフォード案を却下しろとまでは言っていない。だがほぼそれに近かった。だが心配することはない、とワージントンはすぐにデトロイトのフォードに書き送った。ワージントンが議会の審議委員会の票勘定をしてみたところ、今も過半数がフォード案を支持している。いずれにしろ、もうウィークスの意向は関係ない。今や扱いは議会の手に移ったのであり、上下両院の委員会で検討され、委員会の手を離れたら本会議での採決となる。そこまでいけば、フォードがマッスル・ショールズを手に入れられると確信していると、ワージントンは書いた。

だが連邦政府の動きは遅いものだ。ウィークスが報告書を提出した今、まず下院軍事委員会から議会の審議が始まった。最初に呼ばれた証人はウィークス陸軍長官。堂々とした風貌で、非の打ちどころのないダークスーツ姿。思慮深く、抑制された態度で、何時間にもわたって忍耐強く質問に答えていった。新たな懸念も指摘した。仮に利益が出なくとも安価な肥料を一定年数生産し続けるとフォードは言うが、それを文書にするのをフォードが拒んでいることだ。フォードはまた、肥料から得る利益を八パーセントに抑えると言うが、利益がそれを下回った場合はどうなるのか？　フォードは採算が取れないとして簡単に肥料工場を閉鎖してしまえるのか？　提案書にこの点は記されていない。ウィークスはフォードのバラ色の予測に疑問を投げかけ、「事業の結果がどうなるか、フォード氏自身がまだ暗中模索といったところではないかと私は考えます」と証言した。さらに今後一、二週間の間に、競合する入札者たちからさらなる提案が出される見込みだと、ウィークスは付け加えた。

次なる証人は筋としては当然フォードであり、証言するようデトロイトのフォードのもとへ招待状が送付されていた。ところがウィークスがまだ証言をしている間に、フォードから委員会に電報が届いた。残念ながらほかにもろもろの喫緊の案件があり、フォードは委員会の招聘に応じることができないというのだ。そして代わりにウィリアム・メイヨーを送りたいという。決定的に重大なこの時点で、なぜフォードが距離を取ることを選んだのか、正確に言うことは難しい。多忙だという以外に、フォードはいかなる理由も明言しなかった。だがいくつかの要因がからんでいた可能性が大きい。まずそもそも政府のお役人全般にフラストレーションを感じていたこと。また、マウント・クレメンスでのシカゴ・トリビューン紙との裁判〔第3章参照〕以来、批判者から詰問されることに嫌気が差していたこと。そして入札の細かい点でケチをつけられるリスクを避けたいということなど。ひょっとしてフォードはキャンプ仲間のハーディング大統領の全面的支持を期待していたのかもしれず、それが得られていないことを不安に思っていたのかもしれない。フォードは自分が主導権を握れないような立場に立たされることを好まなかった。ともかく理由はどうであれ、フォードは地元に引っ込んだままで、メイヨーが出席したが、あまり成果は挙がらなかった。審議はずるずると何週間も続いたのである。

決して順調ではなかった。だがなおワージントンは、上下両院は圧倒的にフォード案を支持していると自信を抱いていた。ワージントンはフォードの敵対者らを「狼の群れ」と呼び、彼らのねらいはマッスル・ショールズにとどまらないと見た。フォードの名誉を傷つけ、その名を汚そうとしているのだ。それでもワージントンは次のようにリーボルドに書き送った――「フォード案とその採用は単に法的なつまらない段取りの問題だと私は考えていますし、採用されることに疑念はありません。やるべきこと

フォード案を阻止しようとする「政治の手」の風刺漫画
（ナッシュビル・テネシアン紙、1921年7月29日）
タイトルには「合法的な交通を無理やり止めるのは田舎者の警官だけではない」とある。

をやり続けるだけです」。

入札を取り下げる気があるかと記者に問われたフォードは「勘違いしないでください。最後までやり遂げますよ」と答えた。「マッスル・ショールズの事業に対する私の提案の採否に何年かかったとしても、私は引き下がることなく、最後まで戦い続けますよ。私は決して諦めないのです」

これだからこそ、多くのアメリカ国民がフォードを尊敬するのだった。率直で簡潔な返答、忍耐力、そして確かな自信。政治家たちもそうあってほしいものだと、多くの有権者が望んでいた。マッスル・ショールズをめぐる対決が報道されればされるほど、フォードは、南部や中西部の忘れ去られた庶民、農家、そして十分な仕事に就けない人びとの目には英雄に映った。フォードは政治家や金満家どもと対決し、庶民のために戦ってくれる真っ正直な人間に見えたのだ。アメリカで最も称賛されている人物を問う人気投票が行われると、フォードは常にトップになったのである。
ひょっとして——と人びとは思案し始めた——フォードは大統領選に出馬すべきではないか……。

第9章　ヘンリー・フォード大統領

ヘンリー・フォードを大統領に、との発想は以前にもあった。すでに一九一六年の夏、心霊術家として人気を博していたバート・リース〔一八五一－一九二六年〕はマスコミに対し、「確実かつ明白に」いずれフォードがホワイトハウスの住人になると予言したのだ。リース自身の広告には「米西戦争終結の日付を予言し、その能力で著名な学術団体の数々を悩ませてきた男」との文言が躍っていた。そんなリースはウッドロウ・ウィルソン大統領の二期目〔一九一七－一九二一年〕の後はフォードだとして、「歴代のどの大統領よりも長くホワイトハウスにとどまるでしょう。歴代最高の大統領になりますよ」と言った。

リースは何年も前にこのことをすでにトーマス・エジソンに話したことがあり、「すばらしいよ、リース君！　すばらしい！」と、偉大なる発明家に褒められたと主張した。エジソンはリースの降霊術会に参加して以来ファンになり、強烈な感銘を受けたのがもとで、死者と通信できる「霊魂電話《スピリットホン》」の開発に乗り出したほどだった。

リースはやがて目立ちたがり屋のいかさま師だということが暴かれ、エジソンも幽霊と話す試みを諦めた。だがおおかたの人は気づいていないが、「ヘンリー・フォード大統領」に関する彼の予測は、あと一歩で的中するところだったのである。

フォードは政治にはほとんど食指が動かなかった。自分がどの政党を支持しているかも曖昧だった。ただし平和路線という共通点で、一九一二年の大統領選ではウィルソン率いる民主党派だった。フォードが厳格な禁酒主義者だったことから、一九一六年の大統領選では禁酒党が候補者にしようと打診したが、フォードは拒絶した。政治が嫌いだったし、演説もあまり得意ではない（声が甲高く、不機嫌そうに聞こえてしまうこともある）。それに延々と愛嬌を振りまいたり公約をしたりといった、政治家には欠かせないことも嫌いだった。

ところが一九一六年にはフォードの人気はすさまじく、一部の崇拝者たちが二つばかりの州で共和党の予備選の候補者リストにフォードの名を加え、「フォードを大統領に」と唱える複数の団体も旗揚げした。フォードはあえて止めようとはしなかったが、かといって選挙運動もしなかった。だからミシガン州の予備選を制し、ネブラスカでも善戦したのは驚きだった。だがフォードの反応は断固としていた。「私は政治とも公職とも一切関わり合いたくない。私の名が候補者名簿に載ったのは……ジョークだった」と述べたのだ。大統領選挙ではふたたびウィルソン支持を打ち出した。だが中西部でフォードを推すグループが自発的に出現したことは、民主・共和両党の政治家たちの注目を集めたのだった。

ウッドロウ・ウィルソンは政治的才能を見抜く眼力の持ち主だ。そして民主党はありたけの票をかき集める必要があった。このため一九一八年、上院議員選挙を前に、ウィルソンはミシガン州の民主党候補として出馬してくれるようフォードを誘ったのである。当時のミシガンは共和党の圧倒的優位。フォードがウィルソンの誘いについて旧友エジソンに話すと、エジソンはこう答えたそうだ――「いったい何を考えているんだ？　君は口下手だ。相手にひと言もしゃべらせてはもらえまい。沈黙させられるのがオチだ」。だが、おそらくかえって勝算がほとんどなかったからこそ、そして大統領の依頼は尊重すべきと感じたのだろう、フォードはウィルソンに出馬を伝えた。

こうしてフォードはアメリカ史上で最も奇妙な上院議員選挙運動に乗り出した。まずフォードは党の候補者を選ぶ予備選で共和党と民主党の両方に名が挙がっていた。しかし出馬を公式に表明したのち、フォードは演説も公的な声明も拒否し、広報にもまったく金を出さなかった。実のところ、いずれも必要なかったのである。ミシガン州の誰もがすでにフォードのことは知っていたのだから。結局フォードは民主党の予備選で圧勝。しかし共和党の候補者指名選挙では惜敗した。相手は世知に長けた金満家で元海軍長官のトルーマン・H・ニューベリー〔一八六四－一九四五年〕だった。

次に上院議員を選ぶ一般選挙となると、フォードと対決したニューベリーは広報に莫大な金額を投入し、フォードを弱腰の平和運動家であり反ユダヤ主義者だと非難し、息子のエドセルは兵役忌避者だと主張した（エドセルはフォード・モーター社で戦争に欠かせない重大な職務を遂行するためとして、兵役を免除されていた）。シカゴ・トリビューン紙もニューベリーを支持したが、それは驚くには当たらない。同紙は社説で「もし上院がヘンリー・フォードのような人間でいっぱいになれば、アメリカ国民ができることは、せいぜい救命ボートで海上に漕ぎだすことぐらいだろう」と、戦時の消極的姿勢を批判した。フォードは公の場では論争を避けていたが、プライベートの場では同紙の攻撃に怒りをぶちまけた。

最終的な得票数が確定してみると、勝負は紙一重だった。四〇万の総投票数に対し、どうやらフォードはわずか数千票の差で落選。それをフォードは自分が選挙運動をしなかったせいにすることを拒み、選挙不正があったと主張した。黒幕はおなじみの容疑者たちである。ウォール街の金融業者、銀行家、そして「隠然たる力を持つユダヤ人の一味」。さらに対立候補のニューベリーに選挙運動資金の不適切な使用があったと訴え、票の数え直しも要求し、ニューベリーのスキャンダルのネタをつかもうと私立探偵を雇うなど、大騒ぎをした。このため上院もすべてかたがつくまでニューベリーの当選を承認しなかった。フォードはニューベリーに対する訴えを延々と連邦最高裁まで持ち込んだが、連邦最高裁は法的な問題を根拠にニューベリーを無罪とした。こうして一九二二年一月十二日、選挙から三年を経てようやく上院はフォードの対立候補の当選を承認したのだった。

だがフォードは引き下がろうとしなかった。怒りの矛先をニューベリーに突きつけたまま、次の選挙で再度出馬してやるぞと脅しをかけた。そして結局のところ、フォードの頑なさが報われた。もう一度戦うよりはと、ニューベリーは次の選挙の前に辞任してしまったのである。代わりに議席を得たのはデトロイト市長だったジェイムズ・クーザンス〔一八七二―一九三六年。実業家、政治家。元フォード・モーター社副社長〕。早くからフォードの自動車製造業に投資し、かつてフォードの右腕だった人物である。

ニューベリーとの戦いでフォードの人気は下がるどころか上がるばかりだった。フォードの頑固さは長所と解釈されたのだ。相手がどれほど地位が高く強大であっても、政界のエリートの脅しに決して屈しない男といったイメージ。この男は、真実を語り、不公正と戦い、自ら正しいと信じることのための戦いを絶対に投げ出すことのない「異端児《アウトサイダー》」であったのだ。

しかし実のところ、フォードはいったい何を「正しい」と考えていたのだろうか？ フォードは公共の問題についてほとんど語らなかったから、その立ち位置を正確に判断することは難しい。だいたいにおいてビジネス界の味方で、反戦ではある。婦人参政権と水力発電推進に賛成。禁酒法も支持。効率化を促進するために鉄道の国有化を説き、同じ理由で電信電話サービスも国営にすべきだとした。「それ以外は彼の信念や意図は謎だった。そして政界に幻滅しているアメリカの有権者たちにとって、これはフォードの魅力の一部でもあった」と歴史家ジェフ・グインは書いている。あとは大衆が自分なりの願いや望みで自由に空白を埋めればよかったわけである。

おかげで多くの点でフォードは大統領にうってつけの候補となった。マッスル・ショールズをめぐっては、信じ難いほどフォードに肯定的な報道もあり、南部では救世主となるべき人物として、中西部では農家の味方として、そして全米では彼のアンチ銀行、アンチ・ウォール街、アンチ・ユダヤ、アンチ飲酒、アンチ既成勢力といった見解に共鳴する人たちにとって、魅力的な選択肢と見られたのである。

マッスル・ショールズがフォードの大統領選出馬の跳躍台となった。一九二二年の春、マッスル・ショールズをめぐる入札の審議が議会で徐々に進められている間、各地でフォードの入札を支持する市民集会が散発的に開かれていたが、それが大々的な運動に変化し始めた。アラバマ州モービルでは三月、五〇〇〇人のフォード支持者らが入札を支援するために集結。大農業地帯《ファーム・ベルト》全域にわたり、さらに何千人もの人びとが各地の町や都市で次々と集会に参加した。企業団体、労働団体、市民の後援組織、公務員、米国在郷軍人会などがフォード支持を訴える嘆願書や宣言を出した。「奴隷制の時代以来、これほど南部を熱狂させた人物はいない。メーソン・ディクソン線〔アメリカ北部と南部の象徴的境界線。アメリカの独立前に植民地の領域争いのために確定された境界線で、南北戦争以前に奴隷制の採否を分ける境界線ともなった〕以南でけんかを売ろうと思えば、ただ『フォード案は駄目だ』と言えばいい」と、大衆誌の『マクルアーズ・マガジン』は報じた。

一九二二年五月二十三日、フォードの故郷ディアボーンでは一三七人の男たちが「ウィー・ウォント・ヘンリー（おれたちはヘンリーを望む）」と書いた厚紙のバンドを帽子に付けて集まった。これはフォードを大統領に推すグループの発足会となった。同じようなグループが全米の町や諸都市でこの後、多数生まれることになる。南部と中西部では一種の「フォード熱」が巻き起こった。「フォードを大統領に」というムーブメントが盛り上がろうとしていたのである。

だがフォード自身はこの熱狂については沈黙を保った。大統領ほどの権力を握れるというのは、たしかにフォードとしても唆《そそ》られるものがないではなかった。種々の問題を手早く片づけてしまい、政府をもっと効率的にすることができるとフォードも考えていた。未来に向けてアメリカを正しい開発路線に導くこともできる。誰憚《はばか》ることもなく、金脈政治の腐敗も一部は根絶できるだろう。水力発電、ハイウェイ整備、適正な賃金、そして産業の新たなあり方などを推進することも可能だろう。ウォール街の敵たちとも戦いやすいし、庶民に権力を取り戻させてやることもできる。社会主義もボルシェヴィズムも抜きでアメリカを繁栄する国につくり替えられるに違いない。そこでは銀行家や大資本家のような連中の影響から解放された、潔癖で正直な民間企業が主役となる。それにもちろんマッスル・ショールズの問題だって解決できるはずだ。

一方、フォードにはそんなことをやっている時間がなかった。マッスル・ショールズも厄介だし、巨大なリバー・ルージュ工場の整備、そして一三年間休みなく生産し続け、さすがに古さも目立ってきた従来のT型フォード車に替えて新型車を製造すべきかどうかという問題など、フォードは手いっぱいだった。ほかにも何百という大小さまざまな喫緊の問題をフォードは抱えていたのである。

ハーヴェイ・ファイアストーンは前年夏のキャンプ旅行でキャンプファイアを囲んだときのことを覚えていた。「大統領に押しつけられる膨大な量の無用なこまごまとした業務」について、ハーディング大統領がぼやいた。毎日片づけるべき案件の数は殺人的で、多面的でひと筋縄ではいかないものばかりだという。

フォードはそういった込み入った仕事だけはやりたくなかった。大きな構想を練るリーダーでありたかったし、外へ出ていって現場の活気をこの目で見て、不愉快な事務処理はリーボルドのような男に任せておきたい。一日中ホワイトハウスの大きなデスクに座り、法案や難局や陳情やスタッフやうるさい政治家連中を相手にするなんて、まっぴらごめんだったのだ。それに選挙運動中は何かと政治工作も必要で、大嫌いな演説もせねばならず、本当なら手を汚したくはない際どい取引もさせられる。だから立候補の意思を記者から問われるようになっても、フォードは言葉を濁し、ほかに抱えているあれこれに言及するばかりで、出馬はジョークだとして取り合おうとしなかったのである。

その一方で、フォードを大統領に推す自発的な支援団体は広まるに任せ、ほかにも出馬に備えているかのような動きを見せた。ライターと協力して自画自賛の自叙伝『我が一生と事業――ヘンリー・フォード自叙伝』を出版すると、見る間に一九二二年のベストセラーとなった。ほかにも、フォードに好意的な本を書こうと望む友好的なライターたちにも、進んでインタビューに応じたのである。

そしてディアボーン・インディペンデント紙では、例の「国際的ユダヤ人」に関する一連の記事を載せるのをやめた。金本位制と戦い、通貨改革に全力を投じたい、という建前である。だがついにそれらにはほとんど着手せず、「エネルギー・ドル」のスキームの利点を主張する算段についてはエジソンに任せきりだった。

「フォードを大統領に」との政治キャンペーン用バッジ。政界のうねりを象徴した品も、今はオークションで高値がつくレア物。

反ユダヤ的な冗長な記事の連載を取りやめたのは、おそらく通貨改革などよりももっと政治的な理由からだろう。とくにユダヤ人社会から、それらの記事に対する苦情がますます増えていた。そして観測筋によれば、大統領選挙で必ず鍵を握るニューヨークとオハイオの両州を取るには、ユダヤ人票は重要だった。

フォードは本気で出馬を考えているように見えたのである。

ウォーレン・G・ハーディング大統領自身も、フォードに出馬を検討させる理由となっていた。愛想のよい、美男子の大統領がもっぱらしていたのは、何もしないことだった。ハーディング政権は明らかに大企業寄りで、企業の不祥事に目をつぶり、古き良き時代を取り戻すことばかりに身を入れていた。閣僚が立場を悪用して私腹を肥やしているとの噂も複数あった。ハーディング大統領自身についても、愛人がいるとか、大口献金者たちの言いなりだとか、しかもホワイトハウス内で性的非行に及んでいるともささやかれていた。

なかでもハーディング大統領がほとんど手をつけようとしていなかったのが、マッスル・ショールズだ。無視する理由もいくらでもあった。第一に、見込みのないひどい事業だった。しかもこれは南部の問題であり、ハーディングはあくまでも北部出身の大統領だった。それにフォードの入札は民主党が支援しているもので、ハーディングは共和党だったのである。

ハーディングもすでに次の大統領選挙が頭にあり、共和党が民主党に対してどのように戦うべきかを検討していた。そしてますます重要になっていたのが、ヘンリー・フォードという不確定要素にどう対処するかだ。フォードは上院議員選挙で民主党から出馬していたし、マッスル・ショールズへの思い入れと、地方や南部の有権者らの間での人気上昇とも合わせ、ふたたびいかにも民主党候補らしい印象になりつつあった。そしてフォードの大統領選挙出馬も噂されていた。一九二四年の大統領選にフォードが出馬を決意し、ハーディングと対決することになれば、ハーディングは本気で戦う必要がある。だからフォードを敵に回すわけにはいかないのだった。

かといって、マッスル・ショールズをくれてやるわけにもいかなかった。もしフォードがあの事業を手に入れれば、すでに急上昇中のフォードの人気は青天井になるだろう。マッスル・ショールズの事業着工となれば、南部の救世主、農家の友というフォードの地位があらためて証明されるだろう。南部も農民層も膨大な票田だが、フォードはそれをあっさり手に入れることになる。それはハーディングに対抗する選挙運動の狼煙《のろし》を上げるきっかけになるかもしれない。

こうしたわけでハーディング大統領は躊躇した。閣僚たちも中立を保ち（ウィークス陸軍長官が議会に対してフォード案の是非を述べなかったように）、暗黙の支持にとどめ（フーヴァー商務長官やウォレス農務長官など）、あるいはこの件を完全に避けたのである。どのみち慌てる必要もなかった。経済は一九二〇－二一年の不況から脱しつつあり、失業率は下がり、株価は上がり、アメリカの国民総生産も個人消費とともに伸びていたのだ。全米のおおかたの地域で（ただしアラバマ州を除いて）経済が活況を呈するなか、フォードの入札については何もしないのが最善の策だと踏んだのである。

こうした大統領の態度はマスコミでも報じられたが、地元紙に次のような滑稽な詩を送った匿名の詩人などからも指摘された。

ヘンリー・フォードがウォーレン・Gに言ったとさ。
「おいらのためにあのダムを仕上げておくれ、
テネシー川にかかるやつ、
そしたら御代《みよ》を富ませてみせますぜ」
「もちろんですよ」とウォーレン・G。
「できればすぐにもやりますよ、
やらねばならんと思ってます。
お国のために造りましょう」

「でもダム反対の連中の
おかげでここまで来たのです。
あの人たちが金蔓《かねづる》です。
だからぐずぐずしとるんです」
（ソフトな音楽とともに幕が下りる）

（フォード・アーカイブ所蔵資料より、匿名の詩）

ハーディングの煮え切らない態度もまた、フォードにとっては出馬の理由になり得るものだった。もしハーディングとその共和党の仲間たちがフォードのオファーの承認に向けて何もしないのであれば――というより、実際はむしろあらゆる手で遅らせようとしていたのだから――民主党候補として出馬すればある種の復讐になるはずだ。もっとも、フォードとしても復讐第一だったわけではない。ニューベリーとの上院議員選挙とはわけが違う。ただハーディングが無視を決め込んでいるのがともかく気に食わなかったのだ。何もかも時間がかかりすぎだった。いつ果てるとも知れぬ議会の遅々とした審議ぶりは、わざと何も決まらないような仕組みになっているのではないかとさえ思えた。本来は単純なビジネス・マターなのだ。ビジネスというものの通例どおり、即決されるべき問題だ。ハーディングはやればできるはずだ。なのにやらなかったのである。

第2部

繁栄の町

第10章 湿地とウイスキーと

ワシントンの議会はさながら仮死状態だったが、マッスル・ショールズ近辺は息を吹き返しつつあった。

一九二二年、「ついにフローレンスとマッスル・ショールズの名が世間に知れ渡った。しかも大々的に」と、フローレンス・タイムズ紙は報じた。ここ数年の停滞が嘘のようだ。今やマッスル・ショールズをめざして全米から人が押し寄せていた。それもフォードの言葉と不動産業者の魅惑的な宣伝だけに惹かれてだ。

フォードがやってくることを疑う者はほとんどおらず、それは不動産価格がやがて急騰することを意味した。ニューヨーク、デトロイト、シカゴなどの不動産業者から派遣されたバイヤーたちは、硝酸塩工場の近くであれば手当たり次第に大規模な土地を先を争って買い上げた。空き地、古い農場、綿花畑……とにかく建設用に区割りできそうな土地ならばどこでもだ。

好景気の日々が帰ってきた。議会で審議が続く間も、すでに三つ子の都市《トライ・シティーズ》には新たな不動産業者が次々と出現し、その気のありそうな顧客たちを乗せた貸し切り列車がニューヨークとマッスル・ショールズの間を行き来した。三つ子の都市《トライ・シティーズ》の一つ、シェフィールドのある女性は「フォードの入札でどんな熱気が生まれているかご想像できると思います」と、友人に書き送った。「マッスル・ショールズ地域は興奮状態の人間で溢れています。山師や投機家でごった返し、土地は人の手から手へと転売されて、時間単位で値上がりしているほどです」

開発業者らは新たな住宅地の図面を作成し、舗装道路、歩道、街灯などを描き込んでいった。「硝酸塩《ナイトレート》シティ」といった名前のついた新しい町がまるごと計画された。

三つ子の都市《トライ・シティーズ》も伸びていた。ある政治風刺新聞は「試練《トライビュレーション》の中にあるシティーズ」と銘打った風刺漫画を載せたが、いかにも町の大通りらしい街路に看板が林立する様子が描かれていた。「フライド・フィッシュと不動産あります」「ソフトドリンクと不動産販売中」「クリーニングと不動産」といった具合。売り出し中の区画を宣伝するためにゾウまで通りを歩かされている。不動産業者らは全米各地でも「アメリカ一有望な土地、マッスル・ショールズ」「不動産購入の最大のチャンス」などと謳う看板を立て、マッスル・ショールズ近辺の「当社取り扱いのすばらしい土地」の地図などもあった。

「シェフィールドの知人の男二人が、いくらかの湿地とウイスキーを二ケース買ってニューヨークへ向かったんです」と、ある住人の回想を伝える記事もある。「騙されやすい北部の人間にその湿地を売りつけようというわけです。でも道中に酒を飲みながら売却計画を話し合えば合うほど、その土地はもっと価値があるように思えてきたらしいのです。だからニューヨークに着くころには、売るにはもったいなすぎるという結論になって、そのまま帰りの列車で戻ってきたって言うんですよ」

ニューヨークには「マッスル・ショールズ情報局」なる企業が登場し、「経済的自立のまたとないチャンス」との宣伝文句を掲げた。「みなさんはフォード氏の過去の成功に関わることはかないません。でも彼の未来の活動から利益を得て儲けることはできるのです」として、関心がある人は返信用紙を送ってくれれば最新情報をお届けするという。返信した人はメーリング・リストに登録され、ニュー

幻に終わったメトロポリス——「マッスル・ショールズの俯瞰図」と題し、
「当社が取り扱うすばらしい土地」の立地を示す、大手不動産会社の宣伝ポスター。

ヨークの不動産業者、ハウエル・アンド・グレイヴス社から広告が送られてくる仕組みだった。

ハウエル・アンド・グレイヴスこそ一九二〇年代初期の土地投機熱を体現した事例だ。マンハッタンのミッドタウン地区に瀟洒なオフィスを開設し、富を約束する宣伝広告でショーウィンドーを埋めつくし、これでもかというほどマッスル・ショールズの広告を出し続けた。ショールームに立ち寄った客はまず、あの敬愛すべきフォードとエジソンの大きな肖像写真と対面することになる。その下には「私はマッスル・ショールズに総延長七五マイルの町を建設する——ヘンリー・フォード」「今、二四二八棟の商工業施設が働き手を待ち受けています」、そして「早期投資ならば莫大な利益確実」などと記されている。やがて同社の何十人もの身なりのいい販売員の一人が話しかけてくるだろう。

ベター・ビジネス・ビューロー〔企業の調査・評価を行う非営利組織。一九一二年設立。「商事改善協会」とも〕によれば、ハウエル・アンド・グレイヴスは二万四〇〇〇ドル相当のアラバマ州の安価な土地を買収し、短期間のうちに六〇万ドルで転売した。ある評者は「ハウエル氏とグレイヴス氏は最大手の土地投機家、ディベロッパー、いかさま師、盗っ人、相場師であり、その他どう呼んでもいいが、おそらくどれも当てはまるだろう」と述べた。ある顧客がのちに法廷で証言したところによれば、アラバマの土地を買うようハウエル・アンド・グレイヴスのセールスマンに説き伏せられたとき、酔っ払っていたのだという。その土地はまさに硝酸塩工場の目の前で、玄関のポーチに立って石を投げれば、政府が一・一億ドルかけて開発した土地に届くほどだ、とセールスマンは言ったそうだ。その顧客は貯金の大部分を充てるつもりで土地購入契約を結んだ。そして翌日、酒が抜けてから思い直して契約解除を申し出たところ、ハウエル氏が直々に応対し、解約は不可能だと言われたという。

フォードとエジソンも肖像写真の濫用に不満だった。二人の名前や評判に乗じて、質《たち》の悪い不動産業者のような連中が儲けるのは気に入らなかった。フォードは秘書のリーボルドに何とかしろと命じた。すると間もなくフォード社の社員らが関心のある顧客のふりをしてハウエル・アンド・グレイヴスに出入りし、販売のやり口について報告を上げてきた。そしてフォードとエジソンはそのような販売手法の停止通告を送付。やがて同社は虚偽広告の罪で法廷に引っ張り出されたのである。

ハウエル・アンド・グレイヴスはフォードとエジソンの肖像写真を取り外し、代わりにショールームの一画を占める大きさのマッスル・ショールズの立体模型を設置した。土地の模型としては上出来で、ダム、硝酸塩工場、そして同社の開発予定地区などが明示されている。そしてその背後には、想像上の町の絵が掲げられ、フォード社のあるマネジャーからリーボルドへの報告によれば、それは「壁面を天井からほぼ床まで埋めており、馬鹿げたリアリズム絵画としては実に見事な作例」だった。その町では「大企業や美しい住宅群がぼんやりとした霞《かすみ》のかなたまで続き……ここで展示され、描かれたマッスル・ショールズは、ハウエル・アンド・グレイヴスがセールスの網でからめ取ろうとしているカモの群《ショ》れ《ール》には、絶好の場所に見える」というのだ。

カモにできる顧客を探していたのはこの会社だけではない。あるシカゴの不動産会社も硝酸塩第二工場の近くに広大な区画を一エーカー当たり約二五〇ドル〔一坪当たり約二〇セント〕で買収し、小さな区画に分け、何倍もの価格で売った。購入者たちは一、二年待って売れば夢のような利益を得られると言われたが、そんな顧客のなかに全財産を投資したデトロイトの中年姉妹がいた。一九二二年の秋、姉妹の一人、エレン・ジョンソンはこの不動産業者が用意したマッスル・ショールズへの「周遊列車」に乗り、事前に土地を見に行っていた。

南部へ向かうこの専用列車はまさに押し売り用の密室。購入を検討中の顧客らは座席に着くと、あとはシカゴからマッスル・ショールズに到着するまで、洗練された販売員たちからそれぞれ延々と甘い言葉を浴びせられるのだ。心配ご無用、わが社はフォードとは密接な関係があり、当社の社長と自動車王とは気軽にファースト・ネームで呼び合う「つうと言えばかあと答える仲」ですから、などと聞かされる。資金が潤沢でない投資家は土地を一度に購入する必要はない。頭金が少なくて済む購入方法もあり、一定の手数料と決まった月額を支払うだけでいいというオプションもあるという。煩わしい手続きは同社に任せきりでよく、同社が後日その土地をより高い価格で売却し、誰もが莫大な利益を得られるというのだ。だから工場に至近の最良の区画があるうちに、さあ、今すぐ決断しましょう……ほら、通路の向かい側の人たちはもう契約書にサインしていますよ、という具合だ。エレンによれば、一行がアラバマに到着するまでに二万五〇〇〇ドル相当もの土地が車中で成約に至ったという。噂によれば、一年の間にこのシカゴの企業一社で一〇〇万ドル分の土地を売ったと、エレン・ジョンソンは聞いたそうだ。

ジョンソン姉妹は区画を即金で買った。ところが自分たちで売却したり、少なくとも担保にしてローンを組んだりできるようにと、土地譲渡証書を入手しようとすると、問題にぶつかった。当初の土地調査や図面に誤りがあったようだと聞かされたのだ。政府と何やら訴訟沙汰になっているらしい、と。こうして土地譲渡証書は一向に交付されなかった。

エレンは長年ビジネス界で働いた経験があり、簡単にカモにされる顧客ではなかった。自らマッスル・ショールズを再訪し、シェフィールドで弁護士を雇い、購入した土地を調査してもらった。そしてシカゴへ戻ると、姉妹そろって不動産業者のオフィスに怒鳴り込んだのだ。社長に直接抗議すること四時間、社長は最後に「ご婦人がた、私はとても驚いていますが、こうしたことを知らせてくださり、同時に感謝もしています」と述べた。その上で一切の責任を他人に押しつけて言い逃れをした。姉妹がオフィスを後にしてから、社長は彼女たちのために何もせず、二人は購入代金を取り戻すことはできなかった。

こうして姉妹は弁護士費用の支払いに困り、買ったはずの土地を売ることもできなかった。手詰まりとなったエレンはヘンリー・フォード本人に手紙を書いて助けを求めた。まず手紙を読んだのはリーボルドである。普通ならこんな小さなことでボスを煩わすことはしない。だが姉妹の苦境には、どこか心を動かされるものがあった。自分の名前と土地投機家たちのいかがわしいビジネス手法とが結びつけられるのを、フォードはひどく嫌悪していた。それはリーボルドももちろん先刻承知である（一部の遠方の天然資源の埋蔵地を除けば、フォード自身がアラバマで土地売買に関与した証拠は見当たらない）。そこでリーボルドはエレンの手紙をフォードに回した。

フォードは一読すると、調査の上でできれば助けてやれとリーボルドに伝え、リーボルドはワージントンの手に委ねた。すると例のシカゴの会社は販売している土地の明確な所有権を持っていないことが判明。同社は政府との間で土地の差し押さえをめぐって訴訟沙汰になっていたのである。この企業は

「盗っ人の群れ」だと、ワージントンはリーボルドに書き送った。「この二人の女性は犯罪的な扱いを受けており、もし当該物件を取り戻すのに必要な経費を負担していただければ、私がマッスル・ショールズ一の弁護士を雇ってこの一件を片づけましょう」とワージントンは提案した。フォードとリーボルドは姉妹を助けることにした。

それでもフォード・モーター社の強大な力をもってしても、ジョンソン姉妹が土地を取り戻すにはさらに数カ月と大きな圧力を要した。だが何とか土地は取り戻せた。そしてどうやら、姉妹は最終的には多少の利益も出せたようである。

第11章 たった一人の戦い

ヘンリー・フォードにとって、マッスル・ショールズは相変わらず最優先事項だった。フォードの提案がようやくジョン・ウィークス陸軍長官という「壁」を乗り越え、世論の支持が最高潮に達した今、立ちはだかるのは唯一、議会だった。必要な票は確保できていると、J・W・ワージントンはフォードと秘書のアーネスト・リーボルドに請け合った。あとは委員会の審議を通すだけでいい——下院の委員会と、続いて上院で——そうすれば本会議での採決となり、勝利は間違いなしだと。

しかしウィークス陸軍長官は大きな爪痕を残していった。フォード案に関する彼の「中立な」報告書には山ほど批判点が含まれており、以後の一切の審議を遅らせることになった。下院軍事委員会の公聴会は長大な証言者のリストを消化していくのに何カ月も要した。ダムのエンジニア、電力の専門家、アラバマ州の支援者、肥料メーカー、農業関連の活動家など。委員会はテネシー川の水流から資金計画まで、さらに硝酸塩生産の最新の技術的進展から送電に至るまで、あらゆる事項を精査した。一つ未解決だったのが、肥料生産に必要なわずかな電力を除き、手中にすることになる膨大な電力をフォードはいったい何に使うつもりか、ということだった。余剰の電力は自動車部品の生産に使う、とフォード配下のトップ・エンジニア、ウィリアム・メイヨーが証言して物議を醸した。それはつまり地域と共有するのではなく、フォードが莫大な電力を独り占めするということだったからだ。こんな具合で、審議がようやく終了するのは一九二二年二月のことになる。

一方の上院では、どの委員会でフォードのオファーを審議すべきか、誰も確信が持てなかった。歳出委員会だと言う者もいれば、商業委員会や司法委員会の名も挙がった。そしてやや意外なことに、最終的に選ばれたのは農林委員会である。肥料生産が関わるのだから筋は通っており、影響力のある委員会でもあった。国民にとっての農業の重要性と、有権者の半数は農村に住んでいるという事実からすれば当然だろう。だがそれを除けば奇妙な選択に見えた。

実は農林委員会が審議に当たることに決まった裏には、オスカー・アンダーウッドからの圧力があったようだ。あの大柄でハンサムな、弁の立つアラバマ州選出の上院議員で、フォード案の全面的な支持者である。アンダーウッドは南部で人気の有力議員だったが、全米最強の農業関連の圧力団体である議会の農林族にも受けがよかった。その農林族も全面的にフォード支持だ。だから族議員の有力者たちとしては、農林委員会を説得して望ましい結果を得るのに、たいして時間はかからないと踏んだのかもしれない。

だが審議をこの委員会に持っていったのは、歴史的な大失敗であったことがやがて判明する。理由は簡単だ。誰の言いなりにもならない人物が委員長だったのだ。その上院議員の名はジョージ・ノリス。そしてノリスこそ、フォードにとって誰よりも苛烈で手強い敵になっていくのである。

フォードやエジソンと同じく、ジョージ・ノリスもアメリカ中西部の農場の子として育った。両親はオハイオ州の森と岩だらけの土地を二〇年かけて開拓し、子だくさんの家族を支えるだけの収穫を得られる農地にするのに苦労した。母親は一二人の子供を産み、そのうちの七人が無事に育って成人した。

一八六一年生まれのジョージは一一番目の子。一家は開拓者特有の過酷な日々を送った――木を伐採し、切り株を掘り出して取り除き、大きな石をてこで動かし、家や納屋や塀を自分たちで造る。土地を耕し、作物を植え、収穫し、地味を回復させる。そしてその繰り返し。こうした暮らしに必要なもの、それは勤勉と不屈の精神、そして希望だった。

ノリスはそのすべてを体現しながら育った。幼いころに肺炎で父を亡くし、一家で唯一の男になった（父親が亡くなるわずか数カ月前に、兄が南北戦争で戦死している）。このためノリスは母親と姉妹たちの面倒を見るのに全力を注ぎながら成長していった。学校の成績はよかった。決して秀才ではなかったが、長時間粘り強く勉強することを苦にせず、もっぱら勉強によって成功をつかんだと言える。一方、登校前と下校後の空き時間、そして夏休みも農作業に費やした。こうした忍耐力のおかげで、やがて法科大学院まで進み、ノリスは田舎町の弁護士になる計画を立てた。

ノリスにとっては法律こそが両親のような庶民を助ける手段となるものだった。悪徳資本家や、南北戦争後の「金ぴかの好況時代」に成り上がった投機家や盗っ人企業が農民を搾取し、莫大な利益を得ている非道に対し、多くの農民同様、ノリスも憤っていた。ほかにも貨物輸送に法外な料金を課す鉄道会社、担保の農地を差し押さえる銀行、権力のない貧困層を苦しめるような法律を作る政治家たちに対しても同様だ。「少年時代、私は民主的な社会の苦闘をこの目で見たのです」とノリスは書いている。ノリスにとっての民主主義とは、政府がエリート層ではなく庶民のために働くことだった。このためノリスは人民主義《ポピュリズム》に惹かれた。これは一八八〇年代から九〇年代にかけて大草原地帯周辺の各州を席巻したゆるやかな政治運動で、少数者の富よりも、大衆にとっての社会的・経済的公正の実現を主張するものだった。

法律の学位を取ると、母親が安心して暮らせるぐらいの資産を置いてノリスは西部へ移る。法律家となり、一時は地方裁判所の判事も務めたのち、ネブラスカ州マックックに落ち着いた。そこで彼はぶれない思考と率直なもの言いで尊敬を集めた。やがて政治に関与するようになり、下院議員に当選。一〇年後、ネブラスカ州の有権者らがノリスを上院に送り込んだというわけである。

これが一九一二年のことだ。そのころにはポピュリズムと農民層の改革主義は、より大きな政治運動に吸収されていた。セオドア・ローズヴェルトが支持していた進歩主義である。進歩主義は大草原地帯のポピュリストたちに始まり、やがて反トラスト運動や消費者保護の主張、天然資源の保全の重視といった主張を加えていった。当初は共和党の進歩主義者たちが成果を挙げ、国立公園を設置し、汚職を非難し、巨大企業を抑制し、ワシントンの腐敗を一掃した。そしてノリスもこれらの熱心な推進者であった。ところがセオドア・ローズヴェルト大統領が二期目を終えると共和党は変貌。それまでに比べて企業寄りの財政保守主義〔課税の抑制や小さな政府を主張する〕へと移り、進歩主義の古株たちは窓際に追いやられたのである。

一九二一年にはノリスはすでに過去の遺物のように見えた。議会議事堂《キャピトル》から歩ける距離の質素な寄宿舎に住み、古風な黒いスーツに蝶ネクタイと金の鎖の付いた重たい懐中時計といういで立ち。大きな黒い葉巻を吸い、「しだれ柳」風に両端の垂れ下がった口ひげを生やしていた。大弁舌家でもなければ、縁の下の力持ちでもない。しばしば疲れた悲しげな様子をしていたが、へとへとになるまで働く質《たち》で、うつ病に悩まされることもあった。それでも少年時代に学校でしていたのと同じように、上院でも着実に成果を挙げていった。つまり集中して打ち込み、誰よりもよく働き、当面する諸問題を誰よりも深く研究し、そして自身の評判の高まりを高潔な道義的な影響力として生かし、人を説得するのである。そんなノリスをネブラスカ州の有権者たちは上院議員に選出し続けたのだった。

ヘンリー・フォードが自動車を造るために生まれてきたのだとすれば、ジョージ・ノリスは法律を作

ジョージ・ノリス上院議員
Courtesy Library of Congress

るために生まれてきたと言うべきだ。ある歴史家の言葉によれば、ノリスは「議会工作の達人」で、ソロン〔古代ギリシャのアテネの立法家。七賢人の一人〕の政治的本能（すなわち交渉にかけての天賦の才）と、農民の忍耐力と不屈の精神を併せ持っていた。ノリスはじっくりと我慢強く議会を説得し、党派を超えて同志を得て、効果的な委員会を構築し、妥協すべきときは妥協し、押すか引くかをよくわきまえていたのである。友人の連邦最高裁判所判事のヒューゴ・ブラックが言ったとおり、ノリスは「結果を気にすることなく良心に従って投票した」が、「原理原則にこだわりながらも、小さな部分では妥協することで、原理原則の具体化をめざす」という側面も持っていた。いわば実際主義的な理想主義者。頭の中は天高くを飛翔しながら、しっかりと地に足がついていた。

　ノリスは明らかな負け試合を勝利に変えたこともある。たとえば下院では、当時最大の権力者と言われた政治家に対して反乱分子を糾合した。皇帝《ツァーリ》顔負けの強大な権力を握っていたジョセフ・

キャノン議長〔一八三六－一九二六年。一九〇三－一一年に議長として、各種委員会の委員や委員長の任命権などを独占した〕から、特権を剝奪して議会を復権させたのだ。ノリスはまた、共和党内の進歩主義的な分派とも手を結んだ。ウィスコンシン州選出で、「ファイティング・ボブ」の異名をとったロバート・ラフォレット〔一八五五－一九二五年。上下両院議員、州知事などを歴任した共和党の進歩主義者〕をリーダーと仰ぐ一団である。彼らはのちに「野生の雄ロバの息子たち《サンズ・オブ・ワイルド・ジャックアス》」と呼ばれ、何件かの汚職を暴露し、関連法案の成立につなげることになる。

しかし状況は厳しくなりつつあった。共和党はハーディング政権になってから完全に企業寄りになってしまった。「一九二〇年代初期という時代は、アメリカ国民を跪《ひざまず》かせ、財界という神殿で礼拝させたのだ」とノリスは言う。「それはすばらしいことだとされ、民間企業が間違ったことをするはずがないのだと、何百万人ものアメリカ国民が認めていたのだ」。このためノリスは共和党主流派とははるかな隔たりを感じ、むしろ民主党員だと言いたいくらいだった。とはいえ、ノリスとしてはどちらでも構わなかった。一匹狼だったのだ。党が何を望もうとも、ノリスは自分で考え、自分自身の結論に達し、自ら正しいと思うように投票したのだ。富裕層の特権に対抗し、庶民の権利のためならまったく労を厭わなかった。たった一人の党だったのである。

上院でノリスの農林委員会がフォードの入札を審議している間、下院ではカリフォルニア州選出のジュリアス・カーン委員長〔一八六一－一九二四年。有力なユダヤ系共和党員として長年活躍〕が率いる軍事委員会が審議に当たっていたが、瑣末な事項にとらわれて身動きできなくなっていた。マッスル・ショールズの案件を精査すればするほど、山積する問題に押し潰されそうだった。競合する主張や、会計上や契約上の細目、工学的な論争、ひっきりなしのロビー活動、それに執拗なマスコミの取材。委員たちもフォード案の扱いをめぐって完全に分裂状態となっていた。すべてを片づけるには何年もかかりそうだった。

そんななかで新たな争点となったのが、戦時中に建設された大型の石炭火力発電所だ。ダム完成まで、暫定的に硝酸塩工場に電力を供給するのが目的だった。フォードはゴーガス・プラントと名づけられたこの発電所を、自身の提案の一部として取引に含まれると主張していた。ところがこれを戦時中に建設したのはアラバマ電力で、建設契約を根拠に、買収の優先権は同社にあると言って譲らない。そして同社の主張は合法的なようだった。そこでカーン委員長はこの部分を削除するよう、フォードを説得しようとした。

だがフォードは拒絶した。フォードのオファーを他人にどうこう言われる筋合いはなく、大幅な変更はあり得ないというのだ。アラバマ電力も一歩も引かず、容易な解決策はなそうだった。カーンは五月下旬まで審議を続け、何か妙案が出ることを期待した。だが、ついにお手上げとなった。ほかのあれやこれやにゴーガス・プラントの手詰まりもあり、委員会は結局、フォード案はそのままでは受け入れられないとの結論に達した。そこで委員会は代わりに本会議での採決用に独自の案をまとめた。それはフォード案にかなり近かったが、ゴーガス・プラントを外し、肥料生産の保証もより具体的に書かれていた。カーンはフォード社のメイヨーとワージントン、それにアラバマ電力の社長を呼んで自身の結論を説明。誰もが不満を抱えて帰路についた――ただし、おそらくカーン議員を除いて。彼としては無事に一切合切を本会議に押しつけることができたのだ。

並行して、フォードの支援者らはフォードの原案をそのまま含んだ法案を下院に提出。下院議長と多数党（共和党）の院内総務がハーディング大統領と会談し、競合する二案の扱いを相談すると、大統領はフォード案の採択を認めなかった。フォード案の承認に反対だと明言したとの報道もある。こうして下院の幹部たちはひと夏を費やして論争を続けることになる。

共和党の議員たちとしては、ノリスを上院農林委員会の委員長という要職に就けてしまえば、以前のように問題を起こすことはできまいと思ったのだろう。

だが間違っていた。

ノリスはネブラスカ州で洪水や旱魃《かんばつ》に苦しめられる農民たちを見てきた。そして解決策は河川の公的管理であり、土地とその住人を守るための事業に国家予算を投入すべきだと確信していた。ノリスの考えでは、こうした公的な改良事業は民間企業に任せるべきではないのだ。なぜなら民間企業は当然の傾向として、できるだけ金儲けをしようとするからだ。民間企業はそのためにこそ存在する。それも必ずしも悪いことではない——株主たちには投資に見合う利益を得る権利がある。だがそれは必ずしも公益とは合致しない。国民も国内の豊かな公的な土地や河川から利益を得て当然であり、それも最低限の値段で最大限の物資を手にすべきなのだ。

ノリスは開発反対論者だったわけではない。ただ、国民の資源の開発は、企業にではなく国民に利益をもたらすべきだと考えていたのだ。ノリスはかつて新鮮な水をサンフランシスコの住民に供給するため、カリフォルニア州のヨセミテ国立公園にあるヘッチ・ヘッチー貯水池の公的管理を主張して、企業の思惑に反対したことがあった（この事業はヨセミテ屈指の美しい渓谷をダム湖に水没させたのだが）。ネブラスカ州では電力事業の公営化を支持。そしてマッスル・ショールズの巨大ダムも政府が建設かつ管理すべきだと主張した。アメリカの河川は「国民共有の遺産」だと確信していたのである。

ノリスはまた、フォード案の審議が農林委員会の頭痛の種になるのはおかしい、軍事委員会で行うべきだ、と考えていた。農林委員会での審議が決まった後で、「私は望みもしない責任に直面させられたのです」とノリスは書いている。だが仕方がない。そこでノリスはいつもどおり、綿密かつ忍耐強く、非の打ちどころのない集中力で臨むことにした。ダム、河川の航行、肥料、発電について手に入る資料を片っ端から読んだ。ウィークス陸軍長官のフォード案への論評も読んだ。そして読めば読むほど、フォードの提案が気に入らなくなった。

一九二二年二月十六日、農林委員会がこの件の審議を開始したとき、ノリスはのっけから派手にやった。フォード案だけでなく、もう一件、ノリス自身が練り上げた案も同時に検討すると宣言したのだ。それはマッスル・ショールズの事業の国営化を提案するもので、農林委員会では両者を並べて逐一比較検討するのだという。賢明な動きだった。こうすればフォードの案のどの項目も、一つひとつ公的な措置という選択肢と天秤にかけることができるのだ。

次に、ノリスはこの審議が確実に長引くようにした。それは、新たな入札があるはずだとウィークス陸軍長官が繰り返しほのめかしていたからで、ノリスはそれまでフォード案の審議を遅らせるつもりだったからである。結局ノリスは審議を四カ月もの長きにわたって継続し、何時間もかけて会議に次ぐ会議を行い、フォード案を詮索し、分析していった。委員たちはエンジニア、軍当局者、肥料の専門家、電力会社の代表者、投資銀行家、それに農業団体関係者など、いつ果てるとも知れない証言者たちに疑問をぶつけ続けた。さらには図表やグラフ、写真、肥料生産の目算、収穫高、発電コスト、契約書の細かい文言に至るまで、すべてを精査した。

ノリス委員長はアンダーウッド上院議員の証言も求めた。すると独特の深い、聞く人に安心感を与えるようなアラバマ州訛《なま》りの調子で、マッスル・ショールズの開発は現地の人びとが一〇〇年前からずっと待ち望んでいたものだと、アンダーウッドは委員たちに語った。「人びとの長年の夢なのです」とアンダーウッドは述べた。フォードの案を採択することこそ、その夢を実現する方法なのだ、と。彼自身としても、農民に安価な肥料を提供するために政府に金を払おうという、フォードの「偉大なる愛国的行為」を喜んで支持する、と証言したのだった。

ノリスはワージントンも召喚し、容赦なく問い詰めた。一〇〇年というリース期間について、一〇〇年後までフォードが生きて約束を守れると思うか、と委員たちはワージントンに尋ねた。もし生きられなければ（そうなることがほぼ確実だったが）、誰が事業運営を指揮するのか？　この取引はフォードが相手であって、どうしてほかの人間に責任を求められるだろうか？　さらに公共の水路の運営管理についても、既存の連邦法との関連で疑問が指摘された。これほど不確かな見込みしかないというのに、政府は水力発電のリース期間を五〇年とする規制を撤廃するというのか？　ノリスは肥料に関するフォードの確約も信用していなかった。フォードの案は、老朽化しつつある硝酸塩工場の改造のために、フォードに一銭たりとも投資を義務づけていないのではないか？　また、ダムを完成するのに手っ取り早く政府に金を出させておいて、あとは発電される電力を政府の監督を受けることもなく、フォードが誰なりへとも、好きな価格で、いかなる目的のためにも自由に販売できることになる。その是非をめぐっても揉めた。そしてこの事業の管理監督にはフォードと政府のどちらがふさわしく、それはどのような契約上の規制のもとで行われるべきかも、議論の的となったのだった。

二日間の証言は、双方とも一歩も譲らないまま終わった。ワージントンは気持ちを率直に吐露した――「私はアメリカの電力開発について一九一〇年以来ずっと議論してきたのだ。議論はもういい加減終わりにしたい。そろそろ具体的なことをすべきときだ」。

しかし何かがすぐに具体化する見通しはますます薄れていった。

ノリスの委員たちが専門家に質問を重ねるほどに、どの問題もますますこじれた。フォードの部下たちはフォードの経営手腕が実証済みであることや、農家が肥料を必要していること、政府が民間のビジネスに割り込むことの害悪について、単純でしばしば曖昧な議論を繰り返すばかり。一方、技術者たちからは穏やかならぬ証言が相次いだ。時代遅れの硝酸塩工場でフォードが安価な肥料を生産できる可能性に対する異論。資金計画に対する疑問。それにフォードのエンジニアたちは自動車のエキスパートかもしれないが、ダムや化学プラントについては未熟だと断じられたのである。

批判者のなかにはチャールズ・パーソンズもいた。戦時中にヨーロッパの硝酸塩工場の弾丸視察ツアーに派遣された男だ〔第2章参照〕。化学産業を知り尽くしていたパーソンズは、フォードの提案に対してまったく冷淡だった。肥料の問題はカムフラージュにすぎず、「単なる宣伝文句だ……電力が目的の連中、とくに不動産投機家たちは、農民層のために美しい蜃気楼を描いてみせているが、それはよくよく見れば雲散霧消してしまうのだ」とパーソンズは言った。フォードが肥料を挙げているのは、経済的な合理性があるからではなく、政治的に利用価値があるからで、フォード案に農民層の支持を取りつけるためではないか。騙されてはいけない、とパーソンズは釘を刺した。フォードの真のねらいはあの莫大な電力を手に入れることなのだ、と。

続いてパーソンズは独自の提案もした。政府のお荷物になっている実験用の硝酸塩第一工場を六〇万ドルで自分に払い下げてくれれば、古い装置を取っ払って、使えるシステムを導入したいというのだ。この提案は体よく無視された。

民間からほかの応札もちらほら見られるようになった。パーソンズのような、個人の実業家や中小企業からのものはあっさり却下された。今回のプロジェクトは規模が違うのだ。しかし一件だけ、本格的で強力な競合案もあった。アラバマ電力のものだ。同社は資金力も有力なコネクションもあり、その内容は魅力的だった。ダムのリース期間を五〇年とする法規制を遵守し、しかも政府にはフォード案を上回る金額が入ってきそうだった。こちらのほうが得策に見えた。それにアラバマ電力は押しの強さで勝負するビジネス手法はお手のもの。火力発電所のゴーガス・プラントに対する動きからも、どんな手を使ってでもフォード案を潰そうとの姿勢が見て取れたのである。

フォードは二方面で戦うことを余儀なくされた。アラバマ電力案とノリスの国有化案である。フォードは、アラバマ電力があのデューク家を中心としたトラストや金融家らの陰謀団の一部であると主張した。フォードがくじこうとしている例の東海岸のエリート層だ。そうしたイメージを打ち出すことは難しくはなかった。アラバマ電力は間違いなくほかの電力会社と密接なつながりがあり、フォードが「電力トラスト」と「農業トラスト」を結びつけて語り、さらにウォール街と、アンドリュー・メロン財務長官のアルミニウム産業への資産投資〔第5章参照〕へと話を広げていくのは容易だった。フォードからすれば、こうした連中が寄ってたかってフォードを潰そうとしているというわけだ。「命を賭してでも、ウォール街にはマッスル・ショールズに指一本触れさせるものか。そのために持てる限りの資源と影響力を駆使するつもりだ」とフォードは述べている。

支援者にとっては頼もしい発言だ。しかしこのころ、フォードがマッスル・ショールズ周辺の怪しげな土地投機と関係があるとの噂が立った。同地域の不動産ブームやそれにからむ詐欺まがいの手法についてマスコミが報じるようになると、議会でもフォード案は旗色が悪くなった。とくにノリス委員長は、天然資源の大規模な開発を民間のディベロッパーに委ねると、この種のあからさまなぼったくりが生じがちだと考えていた。つまり政府の監督管理がやはり必要だという彼の主張を裏づけるものだった。

今や反フォードの姿勢を鮮明にしたノリスは、さらなる変化球を投じた。陸軍の莫大な歳出予算案に、七五〇〇万ドルというささやかな金額を目立たないところにそっと計上したのだ。それはマッスル・ショールズのダムの建設費用に充てられる予算だった。予算案は承認され、思い出したかのようにダム建設に政府の資金が供給され始めた。大きな金額ではない。一九二二年の夏いっぱいの建設費をかろうじてカバーできるかという程度だ。だがこれによって、政府もやればできるということをマッスル・ショールズ周辺の住民にアピールできる。ヘンリー・フォードが唯一の選択肢ではないのだ、と。

一九二二年五月二十日、ノリス率いる農林委員会の上院公聴会の部屋に、人気スターが証言者としてゆっくりした足取りで入ってきた。弁護士の代わりに助手を伴っている。難聴のため、聞こえるほうの耳元で質問を逐一大声で繰り返すのが役目だ。トーマス・エジソン、七十五歳。旧友フォードの入札を支援するために証言することが目的のはずだ。だがエジソンの証言はあまり援護射撃のようには聞こえなかった。

エジソンは着席し、歓迎のあいさつを受けると、さっそくマッスル・ショールズの電源開発について所見を求められた。するとエジソンは答えた。「それは私の専門外ですね。それについては何も知りません。もう何年も電力関係のビジネスから離れていますから」。まったく想定外の返答だ。エジソンは続いて、フォードの入札の大枠に関する質問はこれ以上はご遠慮願いたいと言った。フォードが自分をアラバマ州へ伴ったのは、もっぱら「限られた専門的見地」から視察するためだったというのだ。

要するに肥料である。フォードは安価な肥料生産の「秘密の」方法があると示唆していたし、エジソンがそれに取り組んでいると何度も述べていた。窒素肥料製造の新たな、より優れた方法を知っているか、と委員の上院議員が尋ねると、エジソンはきっぱり答えた――「いいえ、知りません。どんな新手法にも取り組んだことはありません」。フォードからは、マッスル・ショールズ周辺で入手できる資源を使い、「本格的な肥料」が作れるか検討してほしいと言われたと、エジソンは説明した。それは硝酸塩工場で生産する硝酸塩だけでなく、カリウムやリンを含めてだ。そして現地の地質学者らとともに、周囲一〇〇マイル〔約一六〇キロメートル〕の鉱物資源の状況を査定した。その結果、エジソンが言うには必要な物質を得るために使える資源は発見した。だがそれを精製する手法はまだ商業ベースになっておらず、ちょっと高くつく。そこでエジソンはより優れた方法を研究中だというのだ。具体的にどのような手法を使う予定かと問われると、エジソンはぐらかしてこう言った。「いや、ご説明は遠慮しときます。失敗するかもしれませんから。これまで一度もそんな屈辱は味わったことがありませんし――私の発明品はすべてうまくいきました――今さら恥をかくのはごめんです。実験が終わるまで待ってください」。エジソンが少なくとも確信を持っていそうだったのは、安価な肥料が重要になるという点だった。アラバマへの視察でエジソンは綿花畑を見学した。そして「一連の滝の近くの哀れな貧困地帯では本当にひどい光景を目にしました。土地は問題ありません。必要なのは肥料、それも思い切り安くなければなりません」と述べた。肥料に関するエジソンの証言はこれだけだった。

議員たちはエジソンとフォードが推奨する「エネルギー・ドル」という案についても掘り下げようとした。たしかに研究中だ、とエジソンは認めた。そしてこう証言した――「フォード氏が私に言うんです。『われわれの資金をマッスル・ショールズに投資して、それを裏づけに通貨を発行するのはどうだろう？　確実な担保ですよ』と。一見、問題なさそうでした。たいていのものは、表面上はそう見えますからね。そこで大丈夫かどうか私は検討してみたのです。それで、もろもろのほかの案件に加え、取り組み中です」。

マッスル・ショールズから戻ると、エジソンは経済学者、銀行家、金融の専門家などにアンケートを送ってこの案を検討してもらい、回答を集計した。だがエジソンは経済学者にはほど遠く、質問項目からも素人であることが一目瞭然だったため、回答はあまりぱっとしなかった（実際、ウィスコンシン大学のある教授はエジソンのアンケートを見て回答を拒み、「あなたのご年齢で、想像されるあなたの知性の現状を鑑みると、あなたを教育しようと試みても無駄でしょう」と書き送ってきたほどである）。

そしてついにエジソンは「エネルギー・ドル」の構想を台無しにしてしまった。「何とかうまくいく方法はないかと試みています。でも駄目です。この通貨は十分な担保がありますが、うまくいかないでしょう。とても残念なのですが」と証言したのだ。委員会のメンバーたちはぶったまげた。エジソンは公の場でフォードの資金調達計画の有効性を否定してしまったのである。

いったい全体どうなっているのか。エジソンは旧友フォードを支持するどころか、傷つけていた。委員のなかでフォードの最大の支持者の一人、アラバマ州選出上院議員の「綿花のトム」ことジェイムズ・トーマス・ヘフリンは、何とか軌道の修復を試みた。ヘフリンはエジソンに質問した――「あなたはフォード氏のオファーの詳細をご存じないでしょうし、もちろんほかの入札についてもご存じないですね？」

エジソン　知りません。彼のビジネスには関わっていません。

ヘフリン　フォード氏がマッスル・ショールズの事業を手に入れたがっていることはご存じですよね？

エジソン　はい。どうやら欲しいようですね。なぜだかわかりませんが。ただでさえ忙しいのに。手に入れるなんて馬鹿げています。ご夫人もそうお考えですよ。

老齢の大発明家の証言はこの後、工場の自動化、電気自動車、そして議会における立法の改善といった自説の披露へと流れていった。

四五分後、委員会はエジソンにお引き取り願った。

何があったのか？　エジソンの名前を利用して入札の支持を得ようとの旧友フォードのやり方に、エジソンがうんざりしてしまった、という可能性はある。いろいろな人が肥料についてしつこく聞いてきたが、エジソンはほとんど知らないも同然だった。ミナ夫人はフォードが夫を無理やりいろいろなことに巻き込むのが嫌だった。フォードのクララ夫人も、夫がアラバマの壮大な夢想に貴重な時間を浪費しているのが気に入らない。そして「エネルギー・ドル」のスキームも何ともみっともない形で崩れ去ってしまった。マッスル・ショールズはエジソンの時間を浪費し、評判を落としただけだったのである。エジソンはこうした馬鹿げた騒ぎに加わるには歳をとりすぎていた。特有の素朴かつ率直な姿勢で、エジソンは身を引こうとしていたのである。

フォード案の有力な支援者としてのエジソンはここまでだった。ノリスの委員会の会場を後にして以降、エジソンは肥料や代替通貨構想や、フォードの夢の町についてほとんど発言することはなかった。温暖な気候のフロリダ州で過ごすことが多くなったが、その家はフォードが冬に過ごす別荘の隣にあった。エジソンはそこでなら、人工ゴムの開発に使う予定の種々の亜熱帯植物でいっぱいの庭の世話をして過ごせるのだった。

ワージントンは不安を募らせていた。ワシントンを取り仕切るフォードの側近として、ワージントンはフォードの提案は速やかに議会で承認されるだろうと、一貫して請け合ってきた。それなのに今、フォードがウィークス陸軍長官に初めて提案を送ってからすでに丸一年、ゴールはまだまだ遠いように思えてきたのである。

下院軍事委員会は停滞し、上院農林委員会は今にもフォード案を否決しようかという情勢のなか、ワージントンは賭けに出た。米国農業連合会〔一九一九年設立の全米最大の農業関連団体〕のメンバーで、農業関係の大物ロビイスト、グレイ・シルバーと相談し、ノースダコタ州選出のエドウィン・ラッド上院議員に談判しに行ったのだ。ラッドは農業界の強力な支援者で、ノリスの農林委員会のメンバーでもある。そのラッドに、ノリスに対抗するため、フォード案を原案どおり採択するという法案を議会に提出してもらおうというのである。だがラッドは当初、フォード案を承認するとしても、農林委員会のおおかたのメンバーは少なくとも何らかの修正をするつもりだと主張。阻止しようとしても無駄だと突っぱねた。このためワージントンはラッドを丸め込むのに苦労したことをのちに回想している。ワージントンとシルバーは、フォードはいかなる修正にも応じないだろうから、原案どおり採択か否決かのどちらかだ、と主張した。その上で、もしラッドがフォード支持の戦いでリーダーシップを発揮すれば、きっと「個人的な利益と威信」を得られるだろうと、それとなく付け足したのである。アメリカで最も裕福な実業家の代理人と、アメリカで最も重要な政治勢力の一つである農業界の代表者の言葉だ。その含意するところは容易に理解できた。こうしてラッドはわずか数日のうちに、フォード案を変更なしに承認すべきとの法案を上院に提出したのである。

するとノリスは何カ月にも及んだ審議を即刻終了させ、七月半ば、委員会の結論を発表した。結果は九対七でフォード案否決。ノリスは長文の多数派報告書でフォードを痛烈に批判した。マッスル・ショールズを強奪しようとのフォードの試みを「海賊まがい」だとし、その提案を受け入れるとしたら、「アダムとイブがエデンの園を追われて以来、これほどお見事な不動産投機の事例はない」と記した。続いてノリスはフォードの提案の主要な点を列挙し、逐一粉砕していった。フォードは安価な肥料の生産を保証しているか——実際はノーだ。ダムを一〇〇年間リースするとの案は水力発電法を反故にするか——イエス。フォード案は現地の住民に無限の電力を確実に提供するか——ノー。巨大ダムは納税者の血税で建設されているが、それがもたらす政府の助成を得た低コストの電力を、フォードは自社の事業に利用するのか——イエス。要するに、フォードは微々たる金額を一世紀もかけて政府に支払うと提案しているのであるが、その見返りに、マッスル・ショールズに対する戦時中の莫大な政府の投資や今後の開発から得られるはずの利益を、一民間企業が国民から奪うことを許すことになるのだ。「この提案のあまりの理不尽さ、あまりのぼろ儲けに、目まいがしそうだ」とノリスは述べた。「フォード氏のオファーを承認すれば、人類の進歩という時計の針を巻き戻し、天然資源を企業や独占事業体が抑止も規制も節度もなく利用することに、大きく道を開くことになるだろう」

一方、農林委員会はノリス委員長自身の国営事業化案も支持しなかった（それどころか少数派の反対意見書は、ノリスの案をうわべだけを取り繕った事実上の社会主義だとして、酷評した）。だがノリスは焦ってはいなかった。まず重要なのはフォード案を阻止することだったのである。

ノリスがフォードに集中攻撃を浴びせて間もなく、ラッド上院議員はスイスのジュネーブで開催される列国議会同盟〔一八八九年設立の国際組織。当初は国際裁判制度の確立と普及をめざした。現在は平和、民主主義などを掲げる〕の会合へアメリカ代表として派遣された。ヨーロッパへの長期の出張によって、フォード案を支持する独自の法案をラッドが本会議で売り込むことは、事実上不可能となる。ラッドが音頭を取れないとあって、法案は棚上げとなった。

マッスル・ショールズを手に入れようとのフォードの大々的な企ては、前年の一九二一年十二月、エジソンを伴った輝かしい現地視察旅行で幕を開けた。そして翌二二年の春の間も、世論の支持を固めるために集中的なキャンペーンを展開。フォードは気候が温暖なうちに建設工事に着手したいと、夏の休会に入る前に議会の承認を取りつけたいところだった。

ところがどうしたわけか、名もなき州のネブラスカ選出の古老然とした一議員、すでに主流を外れた大草原地帯の進歩主義者のジョージ・ノリスによって、フォードは窮地に追い込まれることになってしまったのだった。

第12章 全長七五マイルの都市

フォードの次の手は、国民に直接訴えかけることだった。フォードはいつも世間の注目を味方につけてきた。今それをてこにして、マッスル・ショールズの事業へのフォードの提案を議会に認めさせようというのである。ポイントは、フォードの入札が断るにはあまりにももったいないと思わせることだった。入札額を引き上げて政府に余計な金を払うつもりはない。それよりもフォード案がもたらす利点を膨らませて潤色する。目いっぱい美しい外装で売り込んで、採択せざるを得ないように議会に圧力をかけるのだ。

フォードを支持する多数の記事をあらためて大手新聞や人気雑誌に載せるべく、フォードは全力を傾けた。それはフォードのオファーに対する世論の支持を焚きつけると同時に、ともかくフォードが各紙の一面に載り続けるという副次的な効果もあった。フォードは国民の利益を擁護する勢力に見えるだろう。そしてさらには（おそらくは意図的だが）大統領にふさわしい人物のようにも。テネシー川のユートピアで、実際フォードは何をしようとしていたのか。報道を総合すると、私たちが知り得る最も包括的なイメージが浮かび上がる。

フォードは産業の電力源に水力発電を使うという構想に魅了されていた。小さな規模ではすでに長年温めてきたアイディアで、リバー・ルージュの屋敷に小型のダムまで造って電力源にしていたほどだ。何といってもクリーンだという点が気に入っていたし、きわめて自給自足的であることも魅力だった。煙を吐き出す石炭火力発電所は不要になり、石炭会社の横暴からも解放されるのだ。

当初フォードは小規模ダムの信奉者で、小さな川に小さなダムを建設し、小さな地域の小さな事業への電力供給を考えていた。しかしマッスル・ショールズの大型ダムがフォードの視野を広げた。大量の電力があれば、より広大な地域でもっとずっと大きなことができる。

ダム、電力、そして送電線がフォードの思い描く絵の半分を占めていた。もう半分は自動車だ。自動車を利用できれば、労働者たちは職場の徒歩圏に住む必要はない。工場周辺に密集する住宅にぎゅう詰めで暮らさなくてもよくなるのだ。分散して暮らし、車で通勤すればいい。

あらゆるものを分散することができるとフォードは考えていた。大都市に住む代わりに（フォードは大都市を嫌悪していた）、人びとは電化された小規模工場がある小さな町や村に暮らすことができる。その村や町は快適な近代的な幹線道路と電話網と送電線で結ばれる。そこで浮かび上がってきたのは、川沿いに村々を並べてリボン状に結びつける構想だ。労働者たちはその緑豊かな地域一帯に分散して暮らし、職場へ通勤する。都市プランナーたちの間では、すでに何年も前から「田園都市《ガーデン・シティ》」の創出や、暮らしに農村型のモデルを導入する話はあった。だがフォードほどのスケールの構想はいまだかつてなかった。実現させるのに必要な発明――電力、大型ダム、安価な自動車――がなかったからだ。それは新たなテクノロジーが可能にする新たな生活様式だった。

一九二二年一月のAP通信社とのインタビューで、フォードは構想をさらにスケールアップさせた。その記事は全米各紙の一面で報じられた。ある新聞は「マッスル・ショールズがフォードのユートピア建設の地に選ばれる」と見出しを掲げ、続いて「フォード氏のマッスル・ショールズの計画はアメリカ産業界の史上最も偉大な事業構想だ」とした。フォードは全長七五マイル〔約一二〇キロメートル〕（当時のニューヨーク市の二倍）の都市をつくり出すことを提案していた。それは三つ子の都市《トライ・シティーズ》からはるばる上流の都市ハンツビルまで延びることになる。記事によれば、これは「フォードの見解に合致する。労働者とその家族は、田園の暮らし（またはそれに近い暮らし）の利点が完全には失われてしまわないような、小さなコミュニティに住むべきだというものだ」。

すでに何週間もの間、労を惜しまずにマッスル・ショールズの計画にほぼ専念してきたのだと、フォードはインタビューで付け加えた。社内のエンジニアたちと話し合い、具体的なプランをまとめてきたのだという。ある社員はこの件についてたびたび会議があったことを覚えており、テーブルは地図や設計図で埋まっていたと証言する（実際に詳細な計画が存在したのだとしても――フォードの働き方からすれば、おそらくあったと私は考えているが――公開されてはいない。地図、設計図、マッスル・ショールズの計画に関するフォードの詳細な描写など、私はヘンリー・フォード・アーカイブで資料を探してみたが、ほとんど出てこなかった。フォードの死後に失われたか、同社の非公開の重要資料としてしまい込まれているのだろう）。

南部の若き新聞記者で熱烈なフォード賛美者のリッテル・マックラングは、心を揺さぶるマッスル・ショールズの計画にすっかり夢中になり、心血を注いで記事にした。一九二二年四月、イラストレイテッド・ワールド誌に「ヘンリー・フォードはマッスル・ショールズで何ができるか」と題した長文の特集記事を執筆。生まれながらの後援者とでも言うべき並々ならぬ熱意が溢れている。「人類の頭脳が構想したものとしては、かつてなく巨大で、革命的で、広範な意義をもつ事業である。アレキサンドロスもカエサルもナポレオンでさえ思い描かなかったような勝利……唯一無二の着想に基づく野心的な夢であり、目的は人道的、そして圧倒的な規模である」とマックラングは書いている。記事はさらに続く。「ヘンリー・フォードは人類の運命における新たな偉大なる影響力《フォース》である。彼のような者は過去にも存在しなかったし、今もほかにいない。……フォードが実現しないことなどあり得るだろうか？　フォードに実現できないことなどあり得るだろうか？」

　マックラングは一九二二年九月、ちょうど議会再開に間に合うタイミングで続編を書いた。今度はもう少し落ち着いた論調のサイエンティフィック・アメリカン誌の特集記事だ。タイトルも「七五マイルの都市」と簡潔で、編集者らもマックラングの熱の入りすぎた文章を冷静なものに抑えている。今度はナポレオンも奇跡もなく、その代わりディテールを実に豊富に提示している。ポイントはフォードの壮大な工場群ではない。社会の構築に関する革命的に新しい発想だ。端的に言えば、「フォード氏は工場と農場の活動を一つに融合する」と記事は説明している。

　記事では、ビル・ジョーンズなる架空の人物に仮託してフォードのアイディアを具体的に描写した。ビルは若い家族と暮らす典型的な工場労働者で、大都市のアパートから苦労して工場まで通勤するのに嫌気が差している。そんなビルはフォードが開発したマッスル・ショールズに引っ越し、ダムから二マイルばかり上流に、ローンを組んで四〇エーカーの農地を一エーカー五〇ドルで手に入れた〔一エーカーは一二〇〇坪強〕。ビルはフォードの新設工場で職を得る。だがそれでもビル夫妻は自分たちの新しい農地の世話をする時間もあるのだ。小麦の種まきの季節になると、ビルは工場から二週間の無給休暇を与えられ、「必要に応じて休暇は延ばすこともできる」。そしてその期間中、訓練された別の労働者がビルの機械を操作する。こうしてビルは種まきへ」。ビルは農作業には詳しくない。でも大丈夫、「経験豊富な農業指導員がいつでも助けてくれる。トラクターや鋤《すき》、石の粉砕器、まぐわ、播種機は工場からのレンタルである」。借金をして農機具を買っても、一年の大半は不要になる。だがレンタルならば必要な間だけ使用することができ、余計な借金はしなくて済むわけである。「ビルが作物の栽培に投資する時間はまず二週間、天気次第だが多くても三週間。さらに収穫期に数日、それだけだ」と記事は解説する。種まきを終えると、ビルはレンタルした農機具を返却し、工場の仕事に戻るのである。

フォード社の週休二日、一日八時間労働という規定のおかげで、晩や週末には農作業や家のことをする時間がたっぷりとある。小麦が育つと、ビルはふたたび必要な農機具をレンタルし、(「農業指導員がぴたりと寄り添い」、最も効率的な方法で、最短時間で)収穫する。そしてそれを荷船かトラクターで最寄りの大型穀物倉庫へ運び、農機具のレンタル代を差し引いた適正な値段で買い取ってもらうのである。

マックラングは書いている――「賢明な計画のもとで、系統的に行われるこのような農作業のおかげで、ビル・ジョーンズは驚くほど低コストで作物を栽培し、すばらしい利益を得た。馬やラバを購入して一年中餌をやる必要もなかった。農機具購入のための借金もない。……そして無料で教えてくれる農業指導員のおかげで、ビルは素人くさい、あるいは余計な出費が発生するような、間違いを犯さずに済んだのである」。

これでもほんの序の口だ。やがてビル・ジョーンズ一家は農地を改良し、果樹やブドウを植え、フォード社の安価な肥料を使って土壌を肥やして、どんどん収入が上がる。そのうちビルは物を運べるように船と自動車を購入する。ビルの奥さんにも利点は多い。「女性の家庭指導員がいるから、冬に備えて果物を缶詰にして保存する方法を教えてくれる」とマックラングは請け合った。それにどの農家にも無限の安価な電気が供給されるため、労力を省ける家電、さらに電気コンロや電気ヒーターも使える。ジョーンズ一家はクリーンでグリーンな田舎暮らしを楽しみ、都市の悪弊とは一切無縁で、二度と石炭を買う必要もない。

退職する年齢になると、ビル・ジョーンズにはフォード社の年金がある。だがもっと重要なのは、自分の土地と持ち家があることだ。子供たちも農業をしながら暮らす利点を熟知しているだろう。ジョーンズ一家は「従来の産業制度のもとで一般的な生活を送るより、およそ四倍豊かで、満足度は六倍」だという。

そして地域全体が栄えるだろう。

ほかにも確約されている利点があった。フォード社が資金を出す農業・工業学校では、地元の少年たちには機械、木工技術、農業の実践的スキルを教え、少女たちには料理、裁縫、食物の保存方法などを指導してくれる。安価なアルミニウムと木綿と肥料も手に入る。そして何といっても、一エーカー当たりの作物の収量を数単位増やすことで、長期的には莫大な経済的利益を得ることができる（地域全体を合わせれば、この生産性の向上は「常人にはとても理解できないほどの富の増大」を創造する）というのである。

この注目すべき褒めの記事には、実は大きな意義がある。フォードが長年思案してきた力強い構想の概要を示し、かつ詳細を明らかにしたのである。過去の貴重な価値観を継承するために、現代のテクノロジーで今日的に変容させる——フォードの構想はそんな新しい未来像を提示していた。「工場と農地が近接し、しかも連携する。何万人もの有能で志ある労働者に、満足できる永続的な機会を提供すること、それがフォード氏の目的であり、計画である」とマックラングは述べている。

壮大な計画だった。息をのむほどのスケール。高潔な目的。フォードは一九二〇年代の多くの人たちと同様に、アメリカの社会のほころびを懸念していた。労組の勃興、過激主義《ボルシェヴィズム》の脅威、どこまでも巨大化していく都市の悪徳と腐敗、そして農村の古き良き価値観の喪失。フォードの構想は、ばらばらになったアメリカを彼なりのやり方でふたたび一つにつくり直そうとするものだった。マッスル・ショールズは大々的なテストケースになる。それが成功すれば、フォードはミシシッピ川流域を手始めに、同じシステムを全米に広げていくつもりだった。T型フォード車の大量生産体制を設計したように、未来を設計するのだ。すなわち効率的かつ効果的に、そしてあらゆる人の幸福をめざして。
マッスル・ショールズは新しいアメリカの形、「フォード式のアメリカ」のモデルとなるものだった。

フォードの構想の根底には、理想的なアメリカの町に対するフォードなりの見方があった。フォードが想像していたのは一八〇〇年代初頭のニューイングランド地方の牧歌的な村のイメージだ。広場を中心に村が広がり、その一方の端には白漆喰《しっくい》のプロテスタントの教会があり、反対側はささやかな大通りが延びる。両側には、れんが造りの店舗数軒と、学校、宿屋、それにたくさんの木々が並び、池の辺りには水車を使った製粉小屋がある。これはエマソンやソローやホイットマンらのアメリカである〔エマソン（一八〇三‐八二年）はロマン主義・神秘主義的な傾向の「超絶主義」で知られる思想家・詩人。ソロー（一八一七‐六二年）は『ウォールデン――森の生活』が有名な随筆家・詩人。ホイットマン（一八一九‐九二年）は詩人・ジャーナリストで、代表作は『草の葉』。いずれも十九世紀アメリカを代表する文人〕。フォードはそれを労働者たちに提供しようと思ったのだ。

マッスル・ショールズではそんな古き良き村々が未来と出会うことになる。どの村も互いに結ばれて一つの都市を構成し、昔の村のこぢんまりとした家々はスケールアップして小規模農家になる。水車は大型ダムに、製粉小屋は電化された工場に変わる。これらすべてを実現するのは機械だが、産業の黎明期のような暗黒の時代とは異なり、旧式で重たい金属製の蒸気機関とは違う。新しい時代の機械とは、ガソリン・エンジンを搭載した自家用車と電気機器なのである。

鍵を握るのは電力だ。一九二二年には、エジソンやウェスティングハウスの多大な努力にもかかわらず、おおかたのアメリカの家庭には電気がなかった。照明に使える程度の電気が通じているのもわずかに五軒に一軒。暖房や大型家電には電圧が足りなかったのである。都市から離れるほど普及率は低下した。だがマッスル・ショールズでは労働者の全家庭に安価な電力を届ける計画で、しかも単なる利便性の問題ではなかった。自宅の作業場で、台所で、納屋で、まったく新しい物事のやり方を意味した。食物の冷蔵保存も可能になる。薪を割ったり炭を運んだりといった労力も省ける。労働者の各家庭に電話、蓄音機、ラジオがあるのが当たり前となり、コミュニケーションの拡充と、より豊かな文化的生活へと扉を開くことになるのだ。

フォードの思惑としては、このスキームは賃貸住宅に暮らす労働者らを持ち家の家主に変えるという利点もあった。大都市のおおかたの労働者らは借家暮らしで、賃貸住宅の住人は持ち家がある人たちほどコミュニティに投資しない。持ち家であれば自宅の維持管理や改善を行うモチベーションになる。地元の政治、教育、医療にも利害関係を持つことになる。そしてここでもまた、新技術の数々がさらに多くのことを可能にしてくれるという。昔の農場の家屋はやたらとだだっ広く、台所も大きく、使用人の居住スペースなどもあった。それに対してフォードが提案するような、電化され、機械化された小規模農場ならば、もっとずっと小さな家屋で十分である。具体的には小型平家住宅《バンガロー》だ。これならばぐっと安く建てることができ、ささやかな所得の労働者でも、より多くの人にとって手が届く住宅だ。これでさらに多くの労働者が、黒人の労働者らも含め、持ち家を所有できるだろう。フォード・モーター社はデトロイトで何百人もの黒人労働者を雇用していた。主として単純作業だが、熟練工もいた。マッスル・ショールズでフォードが新たに創出する雇用は、すべての人の生活水準を向上させることをめざしていた——白人も黒人も同様に。

フォード（そしてエジソン）はもちろんアメリカ初のユートピア主義者ではない。アメリカには完璧な社会の創造を試みてきた豊かな歴史がある。社会主義者からプロテスタントのシェーカー教徒まで、政治的なものもあれば、宗教的なものも多い。作家エドワード・ベラミー〔一八五〇－九八年。社会主義思想で知られる〕の一八八八年のユートピア小説『かえりみれば』は大ベストセラーとなり、理想的な人生はどうあるべきかを考えることを、多くの読者に促した。さらに大都市の人びとを小さな村々へ移住させようと考えたのも、フォードが初めてではない。まさにその実現をめざす田園都市《ガーデン・シティ》運動は数十年にわたって取り沙汰されていた。だがその曖昧なコンセプトを、初めて具体的かつ大規模な産業的・技術的な構想に読み替えた一人がフォードだった。フォードは新たな工場の設計思想や生活条件などに合わせ、ふさわしい電力源やライフスタイルの変革までも提示したのである。

自動車が持つ可能性に対するフォードの洞察と、電力が社会で果たすことができる役割に対するエジソンの深い知識の組み合わせ。まったく新しい技術がもたらす理想郷《テクノ・ユートピア》を夢想するには、二人は理想的なペアだった。そして拝金主義や共産主義、はびこる悪徳とモラル崩壊などが懸念された第一次世界大戦後の空気の中、二人が提案するような解決策はまさにタイムリーだったわけである。

全長七五マイルの都市という構想は長期的な影響を残した。若き博識家ルイス・マンフォード〔一八九五－一九九〇年。都市論などで知られる文明批評家〕は、一般論としてはベラミーの、具体的にはフォードのユートピア思想に触発された。マンフォードは都市設計に関する重要な著述の多くで新技術の効用を中心に据えた。マンフォードにとっては都市と田園地帯との乖離を修復するというだけでなく、「居場所」の感覚を大切にし、地域文化に新たな息吹をもたらし、環境を保全することも見据えていた。一九二〇年代には、急速に進展するテクノロジーを生身の人間の生活を豊かにする形で統合することをめざす思想家たちがいた。マンフォードもそんなゆるやかなつながりのあるグループの一員だった。

マンフォードとフォードはどちらもフランク・ロイド・ライトにインスピレーションを与えた。若き建築家のライトは地方分散型のアメリカのあり方を唱え、村の産業や田園地域の繁栄、自然と調和した人びとの暮らしなどを重視した。フォードについては次のように述べている──「彼は良識の人だ。わが国に真に大きく貢献した人。役立つアイディアも豊富である。マッスル・ショールズについての彼の提案ほど優れたものを私は聞いたことがない」。

そしてライトは自らの建築設計にしばしばフォードと共通するテーマを反映させている。「近代的な交通手段は都市を分散してくれ、都会にスペースを作り出して余裕を生み、緑化し美化してくれるだろう」とライトは書いている。それによって「都会はより優れた類の人間にふさわしい場所になる」という。あるときライトは都会と田園における未来の暮らしのモデル案を設計し、ブロードエーカー・シティと呼んだ。それは一エーカーの農場の集まりで、高速道路と小規模な商業センターなどで結びつけられている。不動産業者が描いたフォードのマッスル・ショールズの宣伝画と実によく似ているではないか。

フォードは優れた自動車の造り方を理解していただけではない。自動車がアメリカにとってどのような意味を持つかもわかっていたのだ。初めは農民の暮らしを楽にすることがねらいだった。だがマッスル・ショールズの事業に入札するころには、自家用車がすべてのアメリカ人の生活様式を変え得ることを見抜いていた。自家用車と整備された幹線道路があれば、長距離通勤も可能になってくる。そして通勤距離が長いということは、人口を分散できるということだ。さらに、人口の分散は、より多くの緑地を設けることや、住人が土地を持てることを意味する。自動車は社会のあり方を変えるのだ。

フォードの新たなユートピアは宗教的でも政治的でもない。それは科学的で、技術的なものになる。これからは機械が変化の原動力となるというのである。

フォードはマッスル・ショールズの事業で、そんな未来へ向けて大きな一歩を踏み出そうとしていた。だがもう一方の足はまだ過去をしっかりと踏みしめていた。フォードが切望していた社会とは、新しいテクノロジーにフィットし、その恩恵を受けられるだけでなく、同時にそのテクノロジーで古き良き価値観を強化するような社会だった。フォードは一八二〇年代の緑豊かな村を取り戻したかったが、そこに一九二〇年代の機械で動力を提供したいと考えていたのである。もしそんな芸当をやってのけることができたなら、フォードは今後一〇〇年間のアメリカをつくり替えることができそうだった。

フォードのリボン状の都市の構想には、第二次世界大戦後に普及した、どこまでも広がって景観を埋めるあのアメリカ式の郊外住宅地の要素がすでに見られることは明らかだ。芝生の宅地に立つ小規模住宅、自動車と幹線道路、通勤、電気の通った家屋など。歴史家たちはそんな郊外のルーツを一九四〇年代後半か五〇年代に求めたり、都市の富裕層が周辺地域へと引っ越すことを可能にした電動トロリーに求める向きもある。しかし少数ながら、アメリカの郊外住宅地の知られざる父を再評価する動きもある。その父こそ、ヘンリー・フォードなのだ。

第13章 政界という汚らしい溝《どぶ》

一九二二年の秋に議会が再開されたとき、マッスル・ショールズは未決案件のトップにあった。実際、フォード案と関連する法案やその他の入札者からのオファーは議題の半数近くを占めていた。なかなか厄介な問題だったのだ。

夏の間にフォードはさらに地歩を固めたようだった。フォードを大統領に推す支援団体も、南部と中西部全域の町や都市で引き続き結成が相次いでいた。「フォードを大統領に」との熱気はむしろ高まりつつあった。一方、フォードも「マッスル・ショールズのプロジェクトをやり抜くつもりだ。戦いはまだ始まったばかりだ」と、支援者たちに繰り返し保証した。テネシー川沿いの産業計画を拡張することも検討中だと公表した。トラクターや新しい合金の製造、フォード・モーター社のハイランドパーク工場をしのぐ巨大工場を設置して、革命的な新型車を生産することなどだ。フォードを批判する電力やアルミニウム産業などの大物金満家連中は「まったくの大嘘つきにすぎない」と、フォードはマスコミに対して述べた。

議会としては、紛糾するマッスル・ショールズの問題は十一月の中間選挙が終わるまでどうすることもできなかった。だが開票の結果、フォード勝利の可能性がかつてなく高まったように見えた。フォードの最大の味方である農林族が議席を伸ばしたのだ。着任は一月になる。そのときこそ、自分のオファーを支持する法案がようやく通るはずだとフォードは期待した。そうすればついに仕事ができるだろう、と。

ところがフォードの反対者たちも立場を強化していた。環境問題の先駆者たちが水力発電法を守る活動団体を結成したが、ダムのリース期間を五〇年に制限する現行法が維持されれば、一〇〇年のリースを必要とするフォードの提案には大きな打撃となる。アラバマ電力も自社の提案への支持を求めてロビー活動を継続しており、フォードに批判的な報道も以前よりも増えていた。九月、ワージントンはフォードの秘書官のリーボルドに対し、「フォード氏がマッスル・ショールズの事業を手に入れることに反対する種々の利害関係者が組み合わさり、わが国では前例のない強力な敵対勢力になっています」と書き送っていた。だがワージントンはまだ勝利を確信していた。農業界が支持してくれる限り、フォードは勝つはずだというのだ。「相手は一個人に敵対して結束した史上最強の利害関係者たちですが、打倒できると私は今も確信しています。とっくの昔にこれはマッスル・ショールズをめぐる戦いではなくなっています。もっぱらヘンリー・フォードその人に対する戦いになっているのです」とワージントンは書いている。

それは必ずしも正しくはなかった。議会におけるフォードの最大の敵はジョージ・ノリス上院議員であり、ノリスはフォード個人にそれほど敵意があったわけではない。ノリスはマッスル・ショールズの事業への入札者としてのフォードに反対していただけである。ノリスは夏の間もこの件の調査を続け、一九二二年九月には、唯一の望ましい結論は国営化だとの確信をますます強めていた。

ノリスから見れば、フォードは自分の工場に電力を供給するためにダムを造ろうとしていた。だがノリスが検討してみたところ、ダムにはもっと大きな意味があることがわかった。ダムは航行用水路の水深を深くし、上下流域を結ぶ通商を活性化する手段でもあった。乾期には農地の灌漑《かんがい》にも役立つ。そして、おそらく最も重要なのは、雨量が多いときに川の水を堰《せ》き止め、洪水を抑制する手段になることだった。テネシー川はかなりの暴れ川で、一〇年に一度ほどの頻度で破壊的な洪水を引き起こしていた。家屋や住民を押し流し、農地の表土を流出させ、農場を破壊し、都市に損害を与えるのだ。近くは一八四七年、一八六七年、一九〇二年に記録的な大洪水が発生していた。孫の代まで語り継がれるような災害である。

しかもテネシー川の洪水は短期間で急激に発生することがあった。一八六七年には、チャタヌーガ〔マッスル・ショールズの東方、約二七〇キロメートル上流〕周辺で雨が四日間降り続くと、水位が一時間ごとに一フット〔約三〇センチメートル〕のスピードで上昇し、あっという間にチャタヌーガの市街地は人間の背丈ほどの深さの急流に襲われた。この洪水は同市最大の橋を押し流し、電信電話網を破壊し、何日間にもわたる略奪も誘発。通りを死骸が流れていった。そんなことが二度と起きないようにするために、ノリスは計画的にダムを設置したかった。商業、洪水防止、灌漑のすべての営みに必要なこと、それは一連のダムを配置して、これらの利点を最大化するために連携させることだった。ノリスはその必要性をよく理解していたのである。

ノリスはフォードよりも広い視野を持っていた。そしてフォードとアラバマ電力がマスコミを使って舌戦を繰り広げている隙に、ノリスは賛同者を増やしていった。一月の新しい議会の招集に合わせて、ノリスはフォードを排除して政府に管轄権を与える新たな法案を提出するつもりだった。

今やウォール・ストリート・ジャーナル紙はこれを「数十年に一度の戦い」と呼んでいた。そしてその決着のときが近づいていた。

ワージントンは前向きな発言を続けていたが、フォードの勢いが失われつつあるのを感じていた。ノリス上院議員が指摘したフォード案の欠点に対して、あまりに多くの人があまりに多くの批判をぶつけてきた。しかもフォードは頑としてオファーの修正には応じようとしない。中間選挙を終えて議会が再開したとき、農林族は勢力を伸ばしていたものの、フォード陣営に弾みがつくことはなかった。それどころか上院でも下院でも、ノリスの批判に納得した議員たちが徐々にフォードから離れていった。アラバマ電力のロビー活動も続いており、硝酸塩工場の可能性に関しては、肥料メーカーらが説得力のある議論でフォードの主張をずたずたに引き裂いていた。

だがフォードは構わず突き進んだ。諦めるには惜しすぎる。フォードは今やこのプロジェクトを壮大な、統合された、地域全域を巻き込む産業帝国として考えていた。金属鉱石や意欲的な労働者で溢れ、安価な電力が無限に使え、鉄道と船が北のフォード社の工場群と南のメキシコ湾とを結ぶのだ。まさに小さな州ほどのサイズの一大工場である。まるでミシガン州からアラバマ州まで続く製造ラインのようなもので、鉄、アルミニウム、木材、木綿、化学薬品などをのみ込み、それらを自動車の部品や布地に変え、さらに組み合わせて次世代型の自動車やトラクターとして大量に送り出していくのだ。全長七五マイルのリボン型都市に連なる各工場は、中継地点のようなものだ。こうしたいわば産業の交響楽を書き上げ、個々の構成要素を設計し、配置を調整し、連携をスムーズにし、全体を効率的に機能させる。それができればフォード・モーター社は競合他社をはるかに引き離し、永久に追いつかれることはないと思われた。

同時に、フォードはパズルのほかのピースにも投資を怠らなかった。鉄道、炭鉱、森林、鉄鉱山、汽船会社、製鉄所、ガラス工場などなど。マッスル・ショールズはそのすべての中心となる。

このように見てくると、肥料生産や労働者が小規模農場で暮らすことを可能にするといった話は、すべて単なるうわべだけのものに思える。フォードの真のねらいは、大規模な水力発電を可能にする「南部のナイアガラ」を手に入れ、「南部のデトロイト」をつくり出すことにあったのだ。ワージントンは議会が支持してくれる可能性は大きいと言い続けていた。それにもう少し粘ってみても、たいして金がかかるわけでもない。ワージントンと宣伝チームに多少の給料を払い、フォードのオファーの宣伝用パンフレットを増刷するぐらいで済む。あとは喝を入れるような発言をときどきマスコミに流す程度だ。フォードほどの大富豪にとっては、これは低コストのギャンブルだったのである。

　フォードはほかの方面からも援護射撃を受けた。フォードは物議を醸していたマッスル・ショールズ周辺の土地投機と自分の名前が関連づけられるのを嫌ったが、一九二三年の春に公表されたある都市計画については不満を述べなかった。それは「マッスル・ショールズ鉄道および都市開発会社」なる企業が発表したもので、同社はテネシー川沿岸に三平方マイル〔約七・七平方キロメートル、二三五万坪〕もの農地を買収していた。計画によれば、その農地を完全な小都市に変容させ、五本の大通りと四〇エーカー〔約五万坪〕の中央広場、ゴルフコースとテニスコート付きの大型ホテル、ボート・クラブ、さらには一万八〇〇〇軒分の住宅用地で構成されるという。企業がつけた名は「フォード・シティ」だ。

　フォードは中西部の大農業地帯から南部にかけて、引き続き有権者の強力な支持を誇っていた。同地域で次々と生まれた「フォード・クラブ」も、当初はマッスル・ショールズの入札に支持を表明するためだったが、相変わらず「フォードを大統領に」と訴える自主的な支援団体に衣替えしていっていた。それにマスコミを使った宣伝活動の成果も加わった。一九二二年と二三年のわずか二年間に、フォードを賛美する伝記が少なくとも七冊も出版されたのである。そして大統領選出馬をめぐるフォードの政治的思惑も憶測を生み、フォードの名は常に新聞各紙に登場していた。

　もし出馬すれば、フォードと現職のウォーレン・G・ハーディング大統領の対決になる可能性が高かった。そしてタイミング的にはうってつけだった。経済は好調だったものの、ハーディング政権は中間選挙で政治的な面では支持を失っていたのだ。その一因は政権上層部の腐敗や汚職の噂だった（その一部はやがてティーポット・ドーム事件〔海軍が所有する油田の民間への賃貸をめぐり、内務長官が収賄罪で逮捕されるなどした事件〕に発展する）。マッスル・ショールズをめぐっては、ハーディングは決してフォードの友とは言えず、むしろウォール街や銀行家らと結びついており、フォードから見れば自分に徹底的に敵対している共和党の保守派そのものだった。

一九二三年の春になって、ニューヨーク・タイムズ紙は「フォード、今や政界にそびえ立つ強力な人材」と書いた。それによれば、フォードは農村の有権者らに人気があったが、南部の有権者全般、ミシガン州の労働者層、全米の反ハーディング派の有権者にも人気があった。フォードはアメリカで最も裕福かつ著名な人物で、最も尊敬されている一人でもあった。ロックフェラーよりも短期間で財産を築いたが、決して「悪徳資本家」の汚名を着せられることはなかった。工場ではオープンショップ制〔労組に加入するかを労働者が任意に選べる制度〕を採用していたにもかかわらず、気前よく給料を払い、労働組合も首を突っ込もうとはしない。フォードはもっぱら庶民の味方なのだ。そして多くのアメリカ人は、フォードがどんな問題でも解決でき、常に答えをひねり出す魔法使いだと思っているかのようだった。

大統領選への出馬を求める手紙が目に見えて増えていた。フォードの控えめな側近、リーボルドもそれには気づいていた。ある時点では一日二〇〇通にものぼったことがある。リーボルドは何通かをフォードに回送した。そのなかでヘンリー・フォード・アーカイブに残された一通からは、当時の人びとの思いが伝わってくる。オレゴン州ペンドルトンのある女性の手紙――「拝啓、大統領選に出馬してください。農家はどこも破産寸前で、私もそのなかの一人です。私たちにはあなたが必要です、あなたは貧しい人びとの友だからです。私は一五〇〇エーカー〔約六平方キロメートル〕の農地を一人で抱えています、九年前に夫を亡くしたもので。少しお金をいただけないでしょうか。本当に助けが必要なんです。きっとあなたに感謝します」。

支持の声が高まっているにもかかわらず、フォードは無関心を装った。出馬についてリーボルドと会話を交わしたとき、フォードは「私がそんなことに巻き込まれないよう、君はあらゆる手を尽くしてくれたまえ。私は一切関わり合いたくないのだ」と答えたという。

ここでは、自分が潜在的な候補者であることをフォードが必ずしも否定しなかった点に注目したい。フォードはただ、人前に出てそれらしく振る舞うことが嫌だったのだ。フォードは自らの政治上の未来について、憶測が徐々に広まるままに任せた。

その理由は、フォードの大統領選への出馬は政界にとって脅威であり、フォードもそれをマッスル・ショールズの交渉で切り札として使えると知っていたからではないだろうか。フォードは実は人も羨むような立場にいた。ニューヨーク・ヘラルド紙は一九二三年の春、「大衆の間で『フォードを大統領に』との思いが驚くべき勢いで伸びており、民主党には深い懸念を、共和党には不安をもたらしている」と報じた。民主党の側では、ハーディングの対抗馬の座をうかがう潜在的な候補者たちが、すでに感触を探り始めていた。だがフォードがどう出るか、また誰を支持するかがわからないままでは、見通しを立てるのが困難だった。一方、共和党のハーディング陣営では、フォードが多くの票を集めてハーディングから二期目の四年間を奪ってしまうのではないかと心配していた。この結果、フォードは両党のどちらに対しても政治的影響力を持っており、マッスル・ショールズのオファーを議会で採択させるのにそれを使えるかもしれなかったのである。

リーボルドは六月、大統領選の候補者にとのオファーをフォードが検討する意向であり、支援の動きに反対しない、と発表。一斉に報道された。しかしかつて上院議員選に出たときと同じく、フォードは積極的な選挙活動を避け、人前に出ていって演説や握手をしようとせず、当選したいと直接明言すらしなかった。人びとが憶測を巡らし、噂し合い、新聞が売れるに任せたのである。

フォード人気は夏にピークに達した。政界の情報通らは、フォードが仮にアメリカ北東部各州の工業地帯と西海岸で敗れても、アメリカ中部と南部で大勝すると予測。一般投票の獲得票数で負けたとしても、選挙人団の獲得数で勝利するだろうと述べた。だがフォードは一般投票でも勝つ可能性が大いにあった。歴史家のレイノルド・ウィルクスによれば、「もし一九二三年七月にアメリカ大統領を選ぶ国民投票が行われていれば、フォードが勝者であったことを示す有力な証拠がある」という。ウィルクスは同年七月に総合雑誌のコリアーズ誌が行った模擬投票の結果を論拠の一部にしている。その模擬投票ではフォードが大差をつけてハーディングに勝っていたのである。

もちろん、誰もがフォード支持派だったわけではない。エジソンも反対派に一枚加わり、フォードはビジネスに専念していたほうが身のためだと思う、との短い発言を残した。かつてフォードのビジネス・パートナーだったジェイムズ・クーザンス上院議員は、一九一八年にフォードが獲得し損なった議席を前職の辞職で引き継いでいたが、フォードの出馬についてこう書いている――「六十歳を超え、自動車用モーターを造ること以外に何もしたことがない男が、何の訓練もなく、何の経験もないというのに、どうして大統領などになることを熱望したりできるのか? まったく馬鹿げている。……そのキャリア始まって以来の大いなる恥辱から私はフォードを救ってやりたいし、フォードを大統領と仰ぐという大いなる恥辱からアメリカ政府を救ってやりたい」。クーザンスとフォードはビジネス上の協力関係を不幸な形で解消した過去があったから、それもクーザンスがこのようにあからさまに罵倒した理由の一端かもしれない。だが発言の大部分は率直なものだった。フォードのことを熟知していたからこそ、大統領にふさわしくないと判断できたのだ。

おそらくフォードの出馬への最大の抵抗勢力はクララ夫人だっただろう。政治家なんかになろうとせずとも、ほかにやるべきことはいくらでもあると彼女は考えていたのである。「すさまじい選挙活動を耐え抜くことなど、してほしくないのです」と彼女は言った。一説によれば、クララ夫人はリーボルドを呼びつけてこう言った。「あなたが夫を巻き込んだのですから、さっさとあなたがやめさせてください。フォードの名前が政界という汚らしい溝《どぶ》に引きずり込まれると思うと嫌でたまりません！」

コリアーズ誌は模擬投票の続報として、フォードにインタビューを申し込み、記事に「もし私が大統領だったら」とのタイトルをつけることに同意を求めた。意外にも、フォードは応じた。フォードはこの企画を自社の広報部に任せ、そのスタッフはディアボーン・インディペンデント紙に載ったフォードのコラムから発言を切り貼りし、コリアーズ誌のライターとのインタビュー記録からもフォードの言葉を慎重に抜き出して補足して記事をまとめた。これと並行して、フォード・モーター社の映画部門はフォードを礼賛する特別映像作品の仕上げにかかっていた。「フォード時代」と題され、フォードの人生と成功をまとめたものである。

フォードは実は正式に出馬するとまでは言わなかった。だが大衆の人気が膨らむのに乗せられて、正式な出馬表明は近いように見えた。

そんななか、コリアーズ誌の特集記事があと数日で出るというときに、すべてが変わってしまったのである。

第14章 最後の会談

ウォーレン・G・ハーディングは健康人ではなかった。この大統領は肥満で、タバコを吸いすぎ、酒も飲みすぎで、ときおり胸の痛みの発作が起きた。政治面でも不安だらけだった。ハーディング政権の内外では汚職と腐敗の噂が絶えなかったのだ。悪評の一因となっていたのが、ティーポット・ドームと呼ばれる政府管轄の油田をめぐる取引で、取り巻き連中が私腹を肥やしているとの噂があった。もう一つのマイナス要素は、ハーディングの性的な不品行の噂で、そこには不倫をしているとか（本当にしていた）、隠し子の娘がいるとか（本当にいた）、そしてホワイトハウスのクローゼットでセックスをした（かもしれない）などがあった。ハーディング夫人はご不満だっただろう。

有権者も同様だった。経済的にはいいニュースが続いていたものの、有権者らはハーディングの政策に背を向け、中間選挙では政権寄りの保守派候補たちを落選させていた。

一九二三年の暑く、べとつくような夏、ハーディングは首都ワシントンを逃げ出し、西部諸州へ長期の表敬訪問旅行に出かけることにした。北はアラスカ準州のジュノーから南はカリフォルニア州サンディエゴまでの諸都市を訪れ、続いて海軍艦でパナマ運河を抜け、八月に首都に戻る予定だ。スキャンダルから逃れ、地元当局の歓迎と喝采する群衆で、広報活動としては安易なポイントを稼げるというわけである。

出だしは好調だった。現職大統領として初めてカナダを訪問し、アラスカも同様。だがスタッフは演説やレセプションがびっしり詰まった過酷な日程を組み、空き時間はほとんどなかった。太平洋岸北西部を歴訪中、カニが原因の食中毒と思われる症状に襲われた。見るからに調子が悪そうなハーディングはシアトルで演説を終えると、拍手を待たずに舞台を降りた。医師たちも原因を突き止めることができなかった。翌日、ハーディングは何とかサンフランシスコ行きの列車に乗ったものの、到着してからは駅からホテルまでのわずか数ブロックを歩くのもやっとだった。そして部屋にたどり着くやいなや倒れたのである。

医師たちは心臓に問題があると診断し、肺炎でそれが悪化していると見た。予定をキャンセルして、少なくとも数日は安静が必要だった。だがハーディングはついにホテルの部屋を出ることはなかった。一九二三年八月二日、激しい脳梗塞に見舞われ（当時、脳卒中と呼ばれていた）、数分のうちに絶命した。周囲は大騒ぎになった。カルビン・クーリッジ副大統領はバーモント州に両親を訪ねていたが、公証人をしていた父親を証人に、急いで大統領就任の宣誓を終え、ワシントンに取って返した。アメリカ国民は次の大統領選挙を一年後に控えていた。今やクーリッジが新大統領かつ共和党の次期大統領候補となったのである。保守的で超がつくほど潔癖なクーリッジは、実は多くの点でハーディングよりも有力な候補者だった。

民主党は突然の政治的動揺に乗じようと色めき立った。だが、どのように？　大統領選への立候補に意欲を示す有力政治家は三、四人いた。だが誰もが同じ疑問を抱いていた――ヘンリー・フォードはどうするつもりだろうか？

答えは……キャンプだ。ハーディングが西部諸州を歴訪しているころ、フォード、エジソン、ファイアストーンは恒例の「放浪者たち」のキャンプ旅行を計画中だった。大統領の訃報を聞くと、途中でオハイオ州に寄ってぎりぎりで葬儀に参列できるよう、日程を微調整した。

いつもどおり、記者たちの一群が常について回り、ハーディングの葬儀ではクーリッジの後ろに立つフォードとエジソンを撮影した。続いてミシガン州北部のアッパー半島の森林へ。フォードは大統領選出馬について問われると笑い飛ばした。だが、ある通信社の記者が報じたとおり、「彼は大統領職を渇望しているわけではない。……しかしその座を与えられれば喜んで引き受けるだろう」との推測を生んだ。

さすがのフォードもそろそろ態度を決めなければならなかった。禁酒党が同党の候補者として立候補を求めたが、それにはノーと言った。続いて民主党の議員たちが自党の候補者指名をめぐって競い始めた。最初に手を挙げたのはアラバマ州のオスカー・アンダーウッド上院議員。ほかの議員たちもすぐに続いた。秋になると、「フォードを大統領に」と訴える二十数州の支援グループの幹部らが声明を出し、フォードをホワイトハウスに送り込むべく、十二月十二日にフォードの地元のミシガン州ディアボーンで集会を開くと発表した。フォードも決断すべきときが来た。

だがそれでもフォードは確約を避けた。あるときは「私は政治的なマインドを持っていません。そんな私が政治リーダーになろうとするなんて、道理にかないません」などと言う。だが次のときにはフォード社の幹部で閣僚にふさわしいのは誰かなどと、ジョークを飛ばす。あるいは「(ワシントンに)六週間くらいなら行ってもいいね。権力機構にスパナの何本かも投げつけてやりたいのでね」と言うのだった。

フォードが躊躇する理由はいくつかあった。もともと政治工作というものが大嫌いである。人前で演説するのも相変わらず苦手。さらに、フォードを熟知する人たちやフォード自身の発言から推測すると、フォードはある部分ではともかく自分は大統領職に向いていないと理解していたようなのだ。フォードはワンマン経営の即断即決に慣れ親しんだビジネス界の大物である。フォード社のある部局長がのちに書いているが、「もしわが国の政府が絶対君主制のワンマン政治だったらならば、ヘンリー・フォードこそ玉座にふさわしい」と言えた。だがアメリカ政府は王政ではないし、フォードの独裁的な手法はワシントンではうまくいかないだろう。

一部の観測筋は、フォードよりもリーボルドのほうが大統領職に強い関心を抱いている、と噂し始めた。ディアボーン・インディペンデント紙の営業部長、フレッド・L・ブラックはこう回想している――「リーボルドが私に言った種々のことを総合すると、もしフォード氏が大統領に選出されたなら、リーボルドは自分が国を動かすつもりだったのだと思います。リーボルドはものすごく野心的でしたから。つまりもしフォード氏が当選していたら、リーボルドはほぼ間違いなく、いわば次席大統領になっていたでしょう」。

しかし当面の間、スフィンクスよろしく謎かけをしていることが、フォードにとって都合がよかった。第三者的な立場にいることで、フォードは人びとの憶測を煽り立てた。それはさらにまたフォードの名が各紙の紙面に躍ることを意味した。そしてそれはいつだって望ましいことだったのである。

大統領に就任したその月に、クーリッジはフォードとの会見の場を設けた。フォード父子（ヘンリーとエドセル）はチーフエンジニアのウィリアム・メイヨーを伴い、一九二三年九月初旬、ワシントンに到着した。新大統領がついに取引に応じることが期待された。

そうなるべき理由も十分あった。クーリッジの望みは二つ――マッスル・ショールズの問題を片づけてしまいたいのと、政敵としてのフォードを無力化すること。フォードの入札を支持すれば、その両方を同時に実現できそうだった。フォードが彼の壮大な都市建設に専念すれば、大統領選に出るには忙しすぎるだろう。一方、マッスル・ショールズを手に入れて、なお大統領選に出馬したら、フォードのビジネス上の取引と彼の政治的野心は重大な利益相反になるとして批判できる。そうすれば大統領選の潜在的ライバルであるフォードを無力化できるに違いない。

その一方で、クーリッジ政権でも引き続きジョン・ウィンゲイト・ウィークスが陸軍長官だった。そのウィークスは以前にも増して断固としてフォード案に反対していた。しかもフォードも一歩も引かない姿勢で立場を悪くした。いまだにほんの小さな修正も拒んでいたのだ。すでに入札したのだから、それを受け入れるか退けるか、二つに一つしかない、と。

フォード一行が勢ぞろいすると、クーリッジは仲を取り持とうとした。彼らの議論はやがて一つの大きな争点に帰着した。火力発電所のゴーガス・プラントだ。フォードはその買収もオファーの一部だと言い張ったが、アラバマ電力は数週間以内に発電所を買い戻す法的権利を行使する見込みだった。クーリッジはフォードに対し、ゴーガス・プラントにこだわるのをやめてもらえまいかと聞いた。そうすればクーリッジとしてもオファーを支持するかもしれない、という餌をちらつかせたのだ。フォードは少し考える時間が欲しいと言った。議会はすでに二年間もフォード案の審議を引き延ばしてきたのだから、今度はホワイトハウスがゴーガス・プラントの売却を数カ月くらい待ってくれてもいいだろう、というのだ。

ディールは決着せず、会議を終えて誰もが不満だった。フォードは少し時間的猶予を得たが、十分ではなかった。一カ月と経たないうちに、ウィークスはゴーガス・プラントをアラバマ電力に三五〇〇万ドルで売却する、と発表したのだ（この金額を前にすると、建設にもっと金がかかった硝酸塩第二工場を五〇〇万ドルで買収したいとのフォードの提案は貧弱に見えた）。クーリッジも売却を承認した。「フォードの夢が崩壊」といった見出しが各紙の紙面を飾った。だが必ずしもそうではなかった。十月初旬、クーリッジは不満げな農業界の利害関係者らに、フォードはまだ退けられたわけではないと確約したのだ。フォード氏も満足できる解決策が見つかる余地はある、だが具体的にはまだわからない、とクーリッジは伝えた。

フォードはウィークスを猛烈に批判した。あの怪しげな「相手の連中」が陸軍長官を裏で操っていると示唆し、「ジョン・W・ウィークスと何十人もの企業弁護士らが狡猾な腕前を発揮して、私を阻止しようとしているため」オファーを公平に審議してもらえないと、フォードは主張した。水力発電や肥料業界は法外な料金を課しており、投資家たちはそれで何百万ドルという利益を得ている、とフォードは言う。そしてフォード案の採用を阻止することで、ウィークスはそれをいつまでも許しているのだ、と。フォードは金輪際ウィークスを相手にしないと述べた。そしてまだ戦い続けることをきっぱりと宣言し、入札はまだ有効だとしたのだった。

ウィークス陸軍長官はフォードの発言は「無理な主張ばかりだ」と反論した。火力発電所の売却は国民にとって望ましい取引であり、この問題は新聞紙上ではなく議会で議論すべきだと述べた。だがおそらくはクーリッジにねじ込まれて、一つだけ譲歩も示した。ゴーガス・プラントの売却を十二月まで延期したのである。しかしフォードのためにそれ以上のことをするつもりはなかった。

フォードは窮地に陥りつつあった。オファーは上院では、ノリス上院議員と増えつつあるその賛同者たちから引き続き執拗な攻撃にさらされていた。議会の支持は衰退しつつあり、ゴーガス・プラントは売却されようとしていた。そして何よりも、ノリスが手腕を発揮して建設用の予算を確保し続けたおかげで、巨大ダムがついに完成に近づいていたのである。それは事業を立ち上げた大統領にちなんでウィルソン・ダムと命名される予定だった。いったん完成して運用が開始されれば、建設費の見積額に基づいてそれを返済するという、フォード案の資金計画全体の構造がもはや無意味になるのだった。

そこでフォードは最後の手に出た。ゴーガス・プラントの売却契約が締結される直前、フォードはもう一度だけ交渉のためにワシントンに赴いたのである。

十二月初旬、クーリッジ大統領、ウィークス陸軍長官、フォード、フォード社のエンジニアのメイヨー、それに外せない人材、アーネスト・リーボルドが交渉の席に着いた。この会議の公式記録は公開されていない。だが参加者らがのちに語った内容と、新聞がまとめたものからすると、どうやらフォードはゴーガス・プラントで譲歩するつもりはないとのっけから伝えたようである。前回の議会に提出された彼のオファーはそのまま有効だというのだ。クーリッジは代替案でフォードの関心を引こうとした。契約の規定どおりゴーガス・プラントは売却されるが、第二の大型発電所を建設し、入札の内容を適切に変更すればフォードはそれを手に入れられる、というものだった。だがフォードは突っぱねた。これ以外に会議の詳細は知られていない。

ところが会談を終えて、フォードは珍しく快活だった。ホワイトハウスの前に集まった記者たちを避けるのではなく、そのど真ん中に分け入ると、「君たちはまったく手に負えんね」とからかってみせた。「あなたのおんぼろ車《フリヴァース》だってそうですよ、フォードさん」と、カメラマンが（T型フォード車の愛称を使って）切り返した。フォードは会議で決まったことについては一切質問に答えようとはしなかった。一方、大統領職への野心について記者に問われると、「ふん。それはきっと笑えるね」とフォードは言った。これを最後にフォードとその同行者らは歩き去った。

会談はわずか二〇分。そして何年間も悩まされてきた問題でまったく進展がなかったというのに、フォードはいつになく機嫌がよかった。おそらくはこの会談で、当事者たちの誰もが公表したくないようなことが大統領とフォードの間で話し合われた可能性が高い。

フォードもクーリッジもともに結果が欲しかった。ハーディングと異なり、クーリッジはこの件に無視を決め込むことはしなかった。解決策を生み出すのに最大限の努力をしていたのだ。一方で、クーリッジは大統領選挙でフォードと競いたくはなかった。そして実のところフォードとしても、国民が尊重し、明らかに人気のあるクーリッジを相手に出馬したくはなかった。フォードはどうせ立候補するならば、勝つつもりだった。だがクーリッジはスキャンダルまみれだったハーディングよりも手強い相手に見えたのだ。このような状況を考えると、会談でクーリッジが次のように明言した可能性がある（むしろその可能性が高い）――自分はマッスル・ショールズの事業を民間に委ねることにはもちろん賛成だが、公然とフォードを支持すればノリスのような過激な共和党議員の怒りを買ってしまう。そんな政治的なリスクを犯すことはできない。大統領選挙までは共和党を束ねておく必要がある。そして選挙の後ならば、フォード案を支持する方法を見つけて、議会を通すのに協力もできるだろう、と。

だがこれは、クーリッジが大統領に選出されれば、である。もしフォードがクーリッジに対抗して出馬したり、公然とクーリッジに反対したりすれば――つまりクーリッジの選挙を困難なものにしたとすれば――話は全然違ってくる。そうなればクーリッジは当然ながら、どんな手を使ってフォードのお望みのものを取り上げてしまっても、非難されるいわれはないだろう。どのような議論が交わされたにせよ、会談を終えたフォードは、選択を迫られていることを理解していた。ホワイトハウスをめざすか、マッスル・ショールズを掌握するか。両方手に入れることはできない。あとはフォード次第だった。

そうとなればことは簡単だった。フォードはどうせ大統領の職をそれほど望んでいたわけでもない。だからマッスル・ショールズを選んだ。

この会談に関する当時のメモもその他の記録も存在しないだけに、こうした論点がどのように議論されたのか正確に言うことはできない。一つだけ明らかなのは、次に何が起きたかである。

会談の三日後、クーリッジは、マッスル・ショールズを民間企業に売却することを支持すると発表した。上院議員らはこの声明をフォードのオファーを認めるものと解釈した。その直後、「フォードを大統領に」と訴えるグループがディアボーンで大々的な集会を予定していたわずか数日前、フォードは集会を中止するよう求めた。

そして一九二三年十二月十九日、フォードは正式に声明を出した。フォードは、大統領選挙に出馬する意思はないと公式に発表したのである。その代わり、共和党支持を打ち出した。「私はカルビン・クーリッジに対し、どの党の候補者としても大統領選挙に出馬して競うことは一瞬たりとも考えることはない。現状を鑑み、私はクーリッジを支持する」と記者らに述べた。

民主党、共和党のどちらにとっても衝撃だった。大統領はすぐにフォードが気をよくするような電報を打ち、フォードのさまざまな優れた事業に言及し、支持表明に対して大げさに謝辞を述べた。

というわけで、「フォードを大統領に」というブームはあっさり終わったのである。フォードの信奉者たちは嘆き悲しんだ。がっかりしたミネソタ州のある支持者は、フォードは「怖じ気づいて逃げ出したのだ」と書いている。「大いなる最終決戦の日、善と悪との、人間と金銭との、自由と隷属との、キリストとサタンとの戦いの日に向けて、リーダーを得たと思っていた私たちを見捨てたのだ。私たちは今までブリキの神を崇拝していたのではないかと思ってしまうのだ」

だがこの知らせを喜んだ人たちもいる。もちろん、クーリッジは大喜びで、おおかたの共和党議員もそうだった。クララ・フォード夫人にとってもこれ以上ない朗報だった。フォード社の上層部の多くも、フォードの本業の邪魔をする大きなお荷物がなくなったことを喜んだ。そして民主党でも、党の大統領候補をめざす議員らは、フォードのことを気にせずに指名レースに邁進できるようになったのである。

フォードが大統領選出馬とマッスル・ショールズを取引したのだと、当然のこととして誰もがおしなべてそう思った。そうはっきりと言うフォード支持者もいた。民主党の候補者指名をめざす議員のなかでも、少なくとも一人はそう認めた。新聞各紙の編集者たちも自明のこととした。「クーリッジ大統領を支持するとのフォードの決断は……政界にかなりの波紋を投げかけた。フォードがマッスル・ショールズの工場群を手に入れることは、今や自明すぎて賭けの対象にもならない」と、ある社説は述べた。

そしてフォードはまさにその道を切り開いたかに見えた。一九二四年三月、下院の共和党議員らは大差でフォード案を承認し（ゴーガス・プラントは除いたが、代替となる新たな発電所付きで）、法案を上院へ送った。このフォードの勝利にマッスル・ショールズは歓喜にわいた。工場は汽笛を鳴らし、ドライバーたちはクラクションを鳴らし、祝福のかがり火が焚かれ、役場の前庭に群衆が詰めかけた。第一次世界大戦が休戦になった日以来の大がかりな祝祭だと言う人たちもいた。フォード案が最終的な承認を得るために大統領のデスクにたどり着くまで、残るはあと一歩、上院の承認だけだった。

ついにすべてが順調にいきそうだった。

しかし人びとはどうやら忘れていたようである——下院から送られてきたマッスル・ショールズの議案は、上院の本会議にかけられる前に、上院農林委員会の審査が必要なのだ。その委員長はもちろん、ジョージ・ノリスである。

第15章 スキャンダル

ジョージ・ノリス上院議員は一九二二年の中間選挙を経て、志を同じくする候補者が数名新たに議席を獲得したことで、かつてない力を持つに至った。ノリスとロバート・ラフォレットら共和党の急進的な小グループは、その票が議決の行方を左右する勢力になったのだ。その数は七人。法案を通過させたり否決したりするのにちょうどの数だ。上院で少数派の民主党と結べば、共和党内の多数派の法案を否決できる。逆に共和党と同調すれば、民主党が法案を通せる見込みはなかった。共和党主流の保守派はこの急進派の機嫌を取る必要があったし、民主党は常に彼らと取引をしようとねらっていた。こうしてノリスは、気づいてみれば上院のキー・プレーヤーになっていたのである。

ノリスもその立場を活用した。一九二四年三月には、公有地の監督・管理に関する新たな方針を作り出す法案を共同提出した。それは鉱石や原油など、国民のものである豊富な天然資源を大統領が任命する連邦委員会の管理下に置くものだった。ティーポット・ドーム事件のようなスキャンダルも防げるはずである。そしてこれは、テネシー川を政府の管理下に置くべきだとのノリスの考えにも合致していた。

ノリスにとって最も喫緊の問題は、マッスル・ショールズをめぐって噂されているフォードとクーリッジ大統領との間の取引だった。もしフォードがマッスル・ショールズを手に入れることの見返りに大統領選への出馬をやめたのだとすれば、ノリスに猶予はなかった。クーリッジ大統領が公式にフォード案支持を表明したら、ゲームオーバーだ。

だがノリスには最後の一手が残されていた。本来はノリスらしい手法ではない。スキャンダラスでやや陰湿だ。しかしクーリッジとフォードの関係を揺さぶるにはこれしかなかった。

一九二四年の春、ある人物がノリスに入れ知恵をした。ノリスはそれを検討し、行動に移すことにしたのである。ノリスはまず電信会社に文書提出命令を出し、指定の記録を要求した。さらにホワイトハウスの訪問者名簿を精査。そして電信会社の回答を確認すると、新たな公聴会を開催し、証人を呼び始めた。フォードとリーボルドにも証言するよう呼びかけた。そしてもう一人、新たな人物を加えた。ジェイムズ・マーティン・ミラーという古株の何でも屋の記者である。

ミラーは古いタイプのニュース屋で、ジャーナリスト学校に通ったこともなく、ともかく現場へ出てやってみることで仕事を覚えた人間だった。世間を歩き回り、発見したことを書き、新聞・雑誌・出版社を問わず、いくらかでも原稿料を払ってくれるところへ記事を売った。こうしてジャーナリストとして階段を一歩ずつ上り、まっとうな新聞の仕事もしたし、将官や閣僚のインタビューもこなした。ミラーはなじみのない人びとの間にも苦もなく飛び込み、どんな連中とも親しくなり、どんなテーマでも話題にできた。戦争特派員やトラベル・ライター、時事問題の取材など、与えられた任務次第でいかなる取材もこなし、何でもござれだった。やがて時事的な問題や著名人に関する本を手っ取り早く書き上げるスペシャリストのような存在になり、ウィリアム・マッキンリーやセオドア・ローズヴェルトら元大統領やローマ教皇レオ十三世の伝記なども書いている。ともかく筆が早く、世界中の記者クラブや、ジャーナリストらが集まり、交流し、酒を飲む場に常に出入りした。ワシントンのナショナル・プレスクラブでもちょっとした常連だった。還暦すぎだがいつでもバーにはその姿があり、立派なセイウチひげを生やし、映画に出てくる不機嫌なイギリスの貴族のような風貌で、聞く耳を持つ者なら誰彼となくおもしろい話を聞かせるのだった。外交官としてフランスとドイツへ派遣されたこともあると語り、駐ニュージーランド米国総領事を務めたこともあると言った。日本の軍事指導者やフランス社交会の花形とも会ったことがあるという。腕こきの記者なら誰でもそうであるように、ちょっとしたトラブルに巻き込まれたこともあって、不渡りを出したとか法廷の呼び出しを無視したとか、あれこれ追及されたことを挙げればきりがないという。

そんなミラーは、最近はフォード社が所有するディアボーン・インディペンデント紙でリーボルドや編集者らのもとで仕事をしていた。一九二二年に出版されたフォードの伝記を手早くまとめたのがきっかけで雇われたのだった。その書名は『ヘンリー・フォードの驚異的物語（*The Amazing Story of Henry Ford*）——理想的アメリカ人、そして世界で最も有名な民間人。その人生と卓越した偉業の完全かつ真正な記録』。中身もタイトルに劣らず手放しの礼賛だった。この企画にはフォード自身も協力し、書き上げた後でディアボーン・インディペンデント紙に雇われて何本か記事を書いた。ミラーはさらに、人が「フォードのシークレットサービス」と呼ぶグループのメンバーにも加わった。これは記者、探偵、情報提供者らの曖昧な怪しげな集団で、リーボルドとフォードがワシントンの動向を把握し、何であれ必要な措置をとるために活用していた。リーボルドが使った人脈の多くと同様に、ミラーも正式にフォード社に雇用されていたわけではないが、ともかく報酬が支払われていた。そしてフォード本社との連絡も、しばしば記録が残らない形で行われたのである。

そんなミラーがノリス委員会に召喚されるきっかけとなった事件は一九二三年十月に起きた。ウィークス陸軍長官が火力発電所のゴーガス・プラントをアラバマ電力に売却すると発表し、フォードが公然とウィークスを非難したころである。フォードの批判が報じられた朝、ウィークスは大統領と会って対応を協議した。そしてウィークスが立ち去るやいなや、ミラーは本人にとっても意外なことに、大統領執務室に呼ばれて一対一で長時間の独占インタビューが実現したのである。

ノリスはそのインタビューに大いに関心を抱いた。聞くところによると、取材を終えて退室しようとしていたミラーをクーリッジが呼び止め、聞かれもしないのにこう言ったというのだ――「私はフォード氏とは親しいのだが、誰かが彼に伝えてくれないものかと思ってね。それは私がマッスル・ショールズをフォード氏に提供するのを――私はそうしようと思っているが――困難にするようなことをフォード氏が言ったりやったりしないことを期待しているとね」。

ミラーはその意味を理解した。クーリッジはフォードの提案が通るよう協力するつもりだと明言していたのだ。ただし、フォードが閣僚を批判して面倒を起こすことをやめるのが条件だ。それをミラーからフォードに伝えてくれというわけである。ミラーはそそくさとホワイトハウスを後にすると、電信局へ直行し、大統領の言葉をリーボルドとディアボーン・インディペンデント紙の編集部に送った。この通信の記録こそ、ノリスが電信会社に提出を求めたものである。件《くだん》の電報を送ってわずか数日後、ミラーはデトロイトに呼ばれてリーボルドとフォードと直々に面会。ここで、数週間後にフォードとクーリッジが交わしたという取引のお膳立てがなされたのである。

奇妙なことに、ミラーはクーリッジとの長時間インタビューに基づいた記事をまったく書いていない。ノリスがなぜか気づいてミラーに証言を求めるまで、何カ月もの間、ホワイトハウスを訪れたことすら公にならなかった。

ではノリスはどうやって何カ月も後にその会見のことを知り得たのか? 実はミラー自身がノリスの委員会に耳打ちした可能性がある。ちょうどその直前、ミラーは報酬の未払いをめぐってリーボルドと衝突。一月にフォード社の仕事を辞めていたのだ。例の電報のことをノリスに伝えたのは、フォードに対するミラー流の仕返しだったのかもしれない。

そのいきさつはどうであれ、ノリスにとっては、電報はクーリッジがフォードのために協力するつもりだったことを示す唯一の物的証拠だった。それはクーリッジとフォードの間の「見返り協定」のにおいがした。経済的な利益と政治的な配慮を交換条件とする取引だ。たいした話ではないかもしれない。だが少なくとも、フォードがクーリッジ政権について余計な波風を立てずにいれば、クーリッジはフォードにマッスル・ショールズを提供するために必要な措置をとるつもりだったと、そういうストーリーには見えるだろう。そうすればクーリッジはまっとうな大統領というイメージよりも、もっぱらフォードのオファーを通そうとしている男のように見えるに違いなかった。

一九二四年四月、ミラーはノリスの委員会室に現れ、宣誓をし、証言を始めた。フォード社での仕事の内容は？ディアボーン・インディペンデント紙の一員としてリーボルドに雇われ、「フォードを大統領にとの熱気に関連した政治的な動きを観察するのが役割」だったとミラー。自分は決してロビイストではなく記者であり、マッスル・ショールズの件とは何の関わりもない、と証言した。ノリスが指摘する日時に大統領と会ったことはそのとおり。リーボルドへの電報が大統領の言葉を正確に伝えているかといえば、それもそのとおり。そして会見の直後にその電報を送ったというのも、ノリスの言うとおりだ、とミラーは認めた。

まさに爆弾証言だった。ミラーの証言が全米各紙の一面に大々的に報道されると、クーリッジはそのすべてを否定する長文の声明を発表した。さすがにミラーと会見したことまでは否定できなかったが（ホワイトハウスの訪問者名簿に記載があったのだから）、クーリッジが言ったという内容、すなわちマッスル・ショールズをフォードに「提供する」との約束は、一切したことがないとクーリッジは否定した。「私はフォード氏に、あるいは誰であれ、マッスル・ショールズを提供するつもりだなどと、一切言ったことはない」とクーリッジは記した。この事業への入札はそれぞれ公平に、利点を基準に検討してほしいと思っている、と。

続いてノリスはリーボルドを委員会に呼んだ。リーボルドはフォードの個人秘書として、ミラーに対する信用を切り崩そうとした。フォード社は一度もミラーを正式に雇用していたことはなく、ディアボーン・インディペンデント紙に何本か記事を書いただけであり、「何についてであれ、フォード氏のエージェントとして活動する権限を持ったことは一度もない」とした。ミラーがフォード賛美の伝記を書いたことについてはひと言も触れなかった。リーボルドはミラー記者についてはほとんど覚えていないとし、ミラーがいろいろなことでデトロイトへ電報を打ったことはあったかもしれないが、ほとんど記憶に残っていない、と述べた。ノリスは、クーリッジ大統領とフォードの間のすべての電報およびその他一切の通信記録を持参するようリーボルドに求めていた。だがリーボルドは何も発見できなかったと証言したのだった。

リーボルドが唯一はっきりと覚えていることは、マッスル・ショールズに関するクーリッジの見解を伝える件の電報を受け取った覚えがない、ということだった。もちろん写しも持っていない。「仮にそのような電報を受信していたとしても、具体的な重要性はないと判断し、着目しなかったのでしょう。われわれは多くの人たちから頻繁に電報を受け取っていますから、たしかにその電報も受信した可能性はありますが、私は記憶がありません」とリーボルドは述べた。そしてたとえ受信していたとしても、フォードに見せなかったことはほぼ確実だ、と言った。

リーボルドに対しては、ノリス自身が率先して質問した。大統領とフォードが直接連絡をとり合った事例はほかにはないかと、ノリスは数回にわたって問い質した（ノリスはほかにも証拠があると考えていたのだろう)。電報を打ってほどなくして、ミラーがディアボーンのフォード社を訪れた点についても質問した。するとリーボルドは、ミラーは自発的に訪れたのだとした。「ミラー氏はフォード氏と面会しましたか?」とノリス。「もしかしたらフォード氏は彼と話したかもしれません」とリーボルド。フォードのオフィスの動向を知り尽くしていることを誇りとしてきたリーボルドだが、突然曖昧になってしまったらしい。

ノリスはフォードにも同じことを聞こうと思っていた。だが今回もフォードは委員会への出席を拒んだ。招聘に対し、これ以上時間をかけても意味がない、というのがフォードの返事だった。委員会はフォードの入札については知るべきことをすでに知り尽くしているはずであり、さらに部下を証人として派遣してやったではないか、とフォードは述べた。「われわれのマッスル・ショールズをめぐる努力と関連し、アメリカ大統領の誠実さを問い質そうという上院農林委員会のノリス委員長の最近のご努力に鑑みて、われわれはこの姿勢を維持する所存です」とフォードは書き送った。

これに続く数日間、マスコミにはミラーを批判する記事が見られるようになり、ミラーの必ずしもよくない評判に言及し、彼の「たくましい想像力」、倫理観の欠如、それにフォード社との金銭トラブルなども指摘された。

だがノリスとしては構わなかった。すでに第一の目的は達成したのだ。すなわちミラーの証言を公式記録として残せたということだ。ノリスはミラーの電報がフォードと大統領の結託を示す決定的証拠だというイメージを作り出すことに成功した。これでフォードとクーリッジの関係はスキャンダラスなものに見えるようになったのである。

ノリスは公聴会を使ってこの件を厳しく追及し続けた。フォードが公然とウィークス陸軍長官を批判したことについては、フォード氏は「昨年十月十二日、クーリッジ政権を痛烈に批判する声明を出しましたよね？」と、ある証人に聞いた。たしかに十月の時点でフォードはクーリッジ政権に腹を立てていた。しかし数週間後の十二月三日にはホワイトハウスへ友好的な表敬訪問をしたではないか、とノリスは追及した。何かとても大きな理由がない限り、クーリッジへの態度がそんなに急に変わるとは「ほとんど考えがたい」のではないか？

ミラーの証言内容をフォードとクーリッジがともに声を大にして否定し、ミラーに対して批判的な報道が出始めたころ、ノリスはふたたびミラーを証人として呼んで弁明させた。ミラーは宣誓の上、自分は「正確かつ正直に」実際に起きたことを述べたのだと、きっぱりと言い切った。「私との会見では大統領ご自身がマッスル・ショールズの件を持ち出したのであって、彼は否定できないはずです」とミラーは述べた。こうして実質的に大統領を嘘つき呼ばわりした上で、政府の諜報機関だってフォードのそれにはかなわない、とミラーは付け加えた。

そこでノリスは委員たちに向かって長広舌を振るった――「私はマッスル・ショールズに関連して誰にも反感など抱いていません。……私が大統領の誠実さを問い質そうとしているという、新聞で出たあのフォード氏の発言は、世間の目を真の問題から逸らすための試み以外の何ものでもありません。……私はただ、これまで受け継がれてきたわが国の天然資源という貴重な遺産を、アメリカ国民にしっかり残してあげるために奮闘しているにすぎないのです。そして私は結果がどうなろうと、誰が関わっていようと、この努力を続けるでしょう。私は大統領とも、誰とも、言い争うつもりはありません。しかし委員会に正しい証拠を提出するという私の義務から逸脱するつもりはありません。それは私に対して、あるいは誰にであれ、どんな結果をもたらしたとしても変わりません。……あとは委員会と上院、そして国民が、自ら結論を導き出せばいいのです」。

ノリスは最後に同僚の委員たちのために、これまで委員会で明らかになったことを総括し、この大演説を締めくくった。ノリスはこの件にからむ政治家たちを化学者になぞらえた。化学者は一見同じような成分を使っても、混ぜ方次第で爆弾や毒ガスを作り出せる。同様に、フォードとクーリッジのような敵同士でも、突然の化学反応で友人になることもある。北部の共和党議員たちでさえ、南部の民主党議員らとの交ぜ合わせ方次第では、フォードの提案を支持するようになることだってあり得るのだ。この奇妙な政治的な化学反応の触媒はフォードだ――「その名前自体が魔法を持っており、彼が抱くどんな突拍子もないアイディアでも、何百万人という人びとがわれを忘れて熱狂してしまうのです」。

「政治の世界の化学者たちも同じです。政治的信条や利害の異なる人たちを交ぜ合わせ、はるか天空まで悪臭を放つ毒ガスを生み出す成分にすることができるのです」とノリスは述べた。

これでノリスは言いたいことは伝えた。審議の残りの時間は、フォードを批判し、ノリスの国営化計画を支持する証人たちを呼ぶのに費やした。

ノリスがふたたび優位に立つのを見て、フォードの支持者らは最後に意外な証人を連れてきた。アラバマ州の社交会で知られた女性、E・A・エドマンドソンだ。彼女は二年前にノリスがマッスル・ショールズを視察ときのことを証言した。ノリスはバーベキューの席上で、もしかわいい女の子がキスをしてくれたらフォードの入札を支持しますよ、と約束した。すると笑顔を浮かべた十代の少女が歩み寄り、期待に応えて差し上げた、というのだった。

ノリスは顔を「アメリカン・ビューティ〔深いピンク色のバラの花〕のように真っ赤にして」立ち上がったと、ニューヨーク・タイムズ紙は報じた。そして「あんたがここへ来てこの話をすることを、さては（アラバマ州のフォード支持者の）ヘフリン上院議員は知っていたのだな？　これは私を脅すために仕組まれたのか？」と怒鳴り散らした。

「あら、上院議員さま、私はただ、たわいのないおふざけのつもりだったんです。……このちょっとした逸話のご披露があなたをこれほど傷つけるとは思ってもいませんでした」と彼女は答えた。「あんたが語ったお話は偽りだ。脅迫の企みぐらいすぐに見抜ける。もしあんたが女性でなかったら、こんなことでは済まないぞ」と、ノリスは証人に向かって言った。「おわかりかね。私があの少女にキスしたんじゃない。彼女が私にキスをしたのだ」

居並ぶ上院議員や傍聴者たちは爆笑した。これはユーモアのかけらもないノリスに対するいたずらだった。「綿花のトム」ことヘフリン上院議員は、委員たちの面前でノリス委員長をいたぶったのだ。ヘフリンは、これは「単なる愉快な事件」だとして笑い飛ばし、自分が知る限り、たしかに現地の美少女がノリスにキスをしたのであって、逆ではないと認めてやった。そして「あの現場に居合わせた両院合同委員会のすべてのメンバーたちは、文字どおり心の底から委員長に嫉妬したのでした」と付け加えた。

結局、ノリスは公聴会から望みの結果を引き出した。ミラーの証言によって、クーリッジは自分の政治的な利益のためなら、公共の資産を平気で売り払う男だとほのめかすことができた。これは大いに話題となり、マッスル・ショールズに対するフォードの入札はどこかティーポット・ドームのスキャンダルのような印象を持つことになったから、クーリッジが勇んでフォード案支持に動くのを阻止できたのである。クーリッジの公然たる支持がなければ、フォード案はこのまま議会で塩漬けになる可能性が高い。ノリスはこの化かし合いでふたたび自動車王を出し抜いたのである。

五月下旬、ノリス率いる上院農林委員会は、下院で承認されたフォード案を本会議にかけることを否決。その代わりにノリス自身の国営化案を提示することにした。だがノリスの案も上院で承認される見込みは薄かった。万が一ぎりぎり通過したとしても、当然クーリッジが大統領拒否権を発動するだろう。だが審議にどれだけ時間がかかるにしろ、それはフォードのためでなく、事業の国有化の利点をめぐる議論に費やされることになるのだった。

ワージントンがリーボルドに書き送ったとおり、ノリスの法案は今後数カ月にわたり延々と審議されるはずだった。最後の抵抗としてふたたびフォード案を上院に提出してみたところで、農林委員会の賛同なしには勝算はなかった。夏休み明けに議会が再招集されるころには、もう大統領選挙が目前だ。だから議員たちはみな十一月四日の投票日を越すまでは、この件で公然とどちらかを支持することは避けたいはずだ。このためフォードたちとしては、大統領選挙が終わるまでは何の進展も望めない。だがクーリッジが再選されてしまえば、クーリッジはもはやフォードと取引をする必要もなくなるのである。

こうした状況にもかかわらず、フォードの信奉者らはまだ戦う姿勢を見せていた。「長年の友人であるアンダーウッド上院議員と話をしたところですが、彼はフォード案を強く推しており、全力を傾けて勝利をつかむおつもりです」と、ある支持者はリーボルドに書き送った。「しかし彼の率直な意見では、共和党側の協力が不可欠であり、共和党主流派に正しく投票させることができるのはクーリッジしかいないとのことです。したがって、あなたにできることが何かあれば、速やかになすべきだとご提案申し上げます」

だができることはほとんどなかった。ノリスの引き延ばし作戦が功を奏したのだ。クーリッジにとっては、大統領選挙が迫るなか、ふたたびフォード関連のスキャンダルに巻き込まれるリスクを冒したくはなかった。また、ノリスはダム建設用の予算も着実に確保し続けたため、あと数カ月もすれば強力なウィルソン・ダムが発電を開始するはずだった――ヘンリー・フォードのためではなく、人びとのために。

フォードは待ちの姿勢で夏をやり過ごした。もしかしてクーリッジがフォード支持のかすかな合図でも送ってこないものかと、期待していたのかもしれない。だが何もなかった。そこでフォードは最終的な決断を下した。一九二四年秋、テネシー川で未完成のダムを初めて目にしてから三年、大統領選挙まであと数週間、フォードは（お抱え伝記作家の一人のサミュエル・クロウザーと広報チームと一緒に）ある雑誌記事の仕上げにかかったのである。「ヘンリー・フォード、新たな仕事に取り組む」と題したこの記事は、週刊誌のコリアーズ誌の十月十八日号に掲載される予定だった。

記事はあたかもフォードがキャリアの新たな段階に進むかのように書いていた。だがこれは事実上の敗北宣言だった。フォードはマッスル・ショールズに別れを告げようとしていたのである。

記事の内容はまとまりに欠け、曖昧だった。「全長七五マイルの都市」のキャッチフレーズに見られたような、心躍るシャープなビジョンも何もない。フォードに言わせれば、もうマッスル・ショールズは必要なくなった。フォードはその先へ踏み出したのだ。政府の引き延ばしのおかげで、今やフォードは自分の好きなところに、自分のダムや石炭火力発電所を設置する気になっているのだという。それは「いかなる政治的圧力とも、政治的駆け引きとも完全に無縁な、私自身のやり方で」自社の工場群に電力を供給するものだ、と記事はフォード自身の言葉を引用して述べていた。「だからわれわれはマッスル・ショールズへの関心を失ってしまったのです」

フォードはコリアーズ誌の発売日に合わせて到着するよう、クーリッジにわずか一枚の簡潔な手紙を書いた。その中でフォードは、自分の提案がいかに長期間審議されたかを指摘した上で、次のように書いたのだった。「これほどの時間がすでに経過してしまったことを考えるとき、議会が行動を起こすまでこの上さらに待ち、われわれの計画を遅らせることはできかねます。そこで結果的に、本書簡をもって私が当該提案を取り下げるものとご理解くださるようお願い申し上げます」

これで終わりだった。

クーリッジは一段落だけの返信の中で理解を示し、「しかしながら、もし議会がこの資産は民間の所有に帰するのが最善であると結論づけることがあれば、そのときはこのプロジェクトにふたたび関心を持っていただけるものと確信しています」と付け加えた。

上司のためにこのプロジェクトを推進することができなかったリーボルドは、ワージントンに謎めいた短い手紙を書いている。そこでリーボルドは「フォード氏がマッスル・ショールズのオファーを取り下げたことに、かなりの人が失望しているように見受けます。しかし人びともきっと、よく考えてみればこれが関係者の誰にとっても最善だとの結論に至るでしょう」と述べたのだ。

少なくともフォードにとっては最善に思えた。フローレンスで熱狂する群衆に初めて対面したときから、多くのことが変わってしまっていた。その一つはウィルソン・ダムの完成が近づいていることだった。さらに大統領選挙への出馬の芽もなくなった。しかしむしろ大きかったのは、科学的、技術的進歩全般がフォードの企てをくじいたことだろう。肥料の生産技術の進歩と、ハーバー＝ボッシュ法の採用による硝酸塩製造法の進化が、第一次世界大戦時代のマッスル・ショールズの旧式プラントを時代遅れにし、それを稼働させ続けるための強力な根拠が奪われてしまったのである。ダムの建造技術も進歩していた。このためテネシー川の巨大ダムをモデルとして、コロラド川、コロンビア川、その他全米の十数本の河川で、さらなる大型ダム建設が提案されていた。湯水のごとく使える安価な電力を「南部のデトロイト」の動力源とする、という構想の斬新さも失われていくだろう。ユートピアのエネルギー源となるのではなく、電力は遊興都市ラスベガスをライトアップすることになるのである。

それにエジソン同様、フォードも壮大な夢を見るには歳をとりすぎてしまったのかもしれない。多くの人が引退を考え始める六十代前半となっても、フォードにはマッスル・ショールズ以外にもやることがいくらでもあった。フォード・モーター社はますます多くの同業他社と競わなければならなくなっていた。新たな車種を製造する準備も進めつつあった。自動車の国際市場へのさらなる進出も考えていた。イギリス、ドイツ、その他に製造工場を造ることも検討中だ。リバー・ルージュ工場の生産体制の整備もあるし、自社を自動車業界のトップに君臨させ続けなければならない。すでに三人の孫がおり、その子たちにレガシーも残してやりたい。これでは誰だって手いっぱいだろう。

マッスル・ショールズはもはやフォードの気まぐれな関心を引きつけなくなっていた。政府にしろ、ウォール街にしろ、誰にしろ欲しい者が手に入れればいいのだ、とフォードは思っていた。フォード自身はもはやそこにあまり未来を感じなかった。「今や国民的な資産になるという見込みはほとんどない。むしろ国民的なお荷物になる可能性が高い」と、フォードはコリアーズ誌の惜別の記事に書いている。

そこで新たな疑問が浮上した。フォードが抜けた今、マッスル・ショールズはどうなるのか？

第3部 TVA

第16章 アラバマの幽霊

ジョージ・ノリスの政治的ルーツは大草原地帯の古き人民主義《ポピュリズム》で、すなわち巨大鉄道会社や強欲な銀行に対する農民の革命を標榜するものだった。続いてノリスは進歩主義へ移行した。清廉潔白《クリーン》な政府と独占企業の規制を訴える十字軍だ。そして今は共和党急進派になっていた。これらを貫いていた一本の線は、富裕で強大な者たちから権力を奪い、庶民に返してやることへの献身だ。

マッスル・ショールズの事業もまさにそういうことだった。大河川が生み出す莫大な力の源泉であり、ノリスの見解では、その力のすべて、川のすべては、人びとに属すべきものなのだ。金持ちの金融家や大物経営者らに乗っ取らせるわけにはいかない。ヘンリー・フォードは決して敵ではなかった。ノリスはフォードに個人的な恨みは一切ない。フォードは一人の富豪にすぎなかったが、そうした富豪こそノリスが戦う相手だった。そんな相手は数多くいた。だからフォードのオファーは潰したが、戦いはそれで終わりではない。単に次の挑戦者が現れる余地をつくっただけだったのである。

そこで次に登場したのがアラバマ電力だ。買収レースに遅れて参入し、フォードに挑んだあの会社である。アラバマ電力は開発話の初期のころからマッスル・ショールズ周辺に目をつけ、初めはワージントンとウォッシュバーンの小さな水力発電会社を（アラバマ州のその他の多くの中小発電会社とともに）

買収した。それが今や巨大企業となり、資金力が豊富で、アラバマ州で強大な影響力を持つまでになっていた。地域の政治家たちとの蜜月関係に加え、電力関連会社や銀行、その他のビジネス上の利権など、多様なコネクションがあった。アメリカン・サイアナミッド社しかり、モルガン家の金融帝国しかり。さらにはメロン家のアルミニウム関連企業もだ。マッスル・ショールズ周辺の多くの住民がアラバマ電力を軽蔑していた。なぜなら同社は明確な理由もなさそうなのに料金を値上げしたし、アラバマ州の田園地帯の農家や小さな町への電力普及に消極的だったからである。だが、こと電力に関しては同州の立役者であり、同社のように一民間企業が一州の電力システムを構築し、所有してしまうと、無敵の存在になるのである。

アラバマ州選出のオスカー・アンダーウッド上院議員は、フォード支持からアラバマ電力支持へ転じ、ふたたびフォード支持に戻った人物だ。そして今、あらためて連邦議会におけるアラバマ電力の有力支援者となったのだった。フォードがマッスル・ショールズの事業に対する入札を取り下げると、アンダーウッドはアラバマ電力のオファーを推した。同社の提案はフォードのものより少しばかり許容しやすい内容だった(たとえばウィルソン・ダムのリース期間は、フォードが一〇〇年としたのに対して、五〇年のみとして連邦法の規定に合致した)。マッスル・ショールズ周辺の元フォード支援者らは、長く待たされてきた開発計画を決着させることを優先し、アラバマ電力に対する嫌悪感をぐっとこらえて、同社のオファーを支持し始めたのだった。

フォードが撤退してからの数カ月の間は、アラバマ電力が事業の運営権を獲得するかと思われた。地域に強大な力を持つアンダーウッドも同社を支持していたのだ。このオファーを受け入れれば、紛糾しているマッスル・ショールズの問題を簡単に解消できるだろう。上院も論争には懲り懲りだった。クーリッジ大統領も反対しないだろう。

ウィルソン・ダム（1924年）
Courtesy Library of Congress

だがノリスは同調することを拒んだ。アラバマ電力の提案はフォードのものより少しはましだったとはいえ、結局は同じことになる。一民間企業の利害が大型ダムを支配し、その企業が送電網を敷設すれば、誰も対抗できないだろう。そうすれば電力会社は事実上、思いどおりの料金を消費者に課すことができる。アラバマ電力のような地域の巨大電力企業体は中小のライバル企業をどんどんのみ込んでいた。このままだとアメリカの電力事業は、金のある民間企業らの私益が相互に組み合ったグループ——すなわち消費者を思いどおりに搾取できる「電力トラスト」——の手に落ちることになるだろう。そうノリスは見ていたのである。

ノリスも受けて立つ準備はできていた。だからアンダーウッドとアラバマ電力にもフォードと同じように対処した。上院を舞台に、相手よりも必死に努力し、研究し、裏の裏をかく。この後一年間、ノリスは議会のあらゆる手練手管を駆使してアラバマ電力のオファーを失速させようとした。ノリスは「電力トラスト」は庶民の敵であるとの主張を打ち出した。そして国有化こそが実現可能な最強の代替案だとして、構想を練り直し、磨きをかけたのである。ノリスは可能な限りアンダーウッドの主張を切り崩していった。同時に、アンダーウッドは民主党の大統領候補者指名レースに参戦していたため、関心がそちらへ逸れたのもノリスには有利に働いた。結局、アンダーウッドは候補の座を逃した。フォードもいないなかで、民主党はジョン・W・デイヴィスという元大使を候補としたが、クーリッジが楽々と勝利した。

アンダーウッドとアラバマ電力は安価な肥料という例の主張を相変わらず掲げていた。つまりダムの電力を活用して硝酸塩工場を再稼働させることを約束し、おかげでフォードと連携していた農業界のロビー団体らを味方につけることができた。まるでかつてのフォードの農業チームの復活で、違いは自動車王自身がいないだけだった。

ノリスの奮闘にもかかわらず、アラバマ電力のオファーは上院を通過し、下院へ送られた。だがそこで廃案になるまでノリスの盟友たちが封じ込めた。この間、ノリスは持論である政府による国有化案を支持してくれる同志たちのネットワークを構築していった。新聞界の巨人、ウィリアム・ランドルフ・ハースト〔一八六三－一九五一年。巨大な複合メディア・グループを築き、新聞王と呼ばれた〕も支援者の一人で、アンダーウッドが電力会社や鉄道会社と癒着していると主張し、アラバマ電力のオファーを「窃盗」であり「ティーポット・ドーム事件よりも大きなスキャンダル」だとした。クーリッジはふたたび論争に巻き込まれるのを嫌い、無難な発言しかしなかった。たとえば「マッスル・ショールズの問題は、本来の意義をはるかに超えた大ごとになっているように思える。市場価値から言えば、おそらく一等戦艦一隻と同じぐらいなものではないだろうか」といった具合である。

こうなるとノリスは自身の案を売り込む余地ができた。ある南部の上院議員がノリスの国有化案を「社会主義的でボルシェヴィキ的だ」と評すると、ノリスはまったくそんなものではなく、まっとうな政治と言うべきだ、と返答した。事業を政府が直接管理するとは一度も言っていない、とノリスは述べた。官僚的な、ソ連で試みられているような中央集権型の国家計画とは異なり、政府系企業が事業を監督するようにしたいのだ、と。このモデルでは（すでにパナマ運河建設時に限定的に使われた方法だが）、ほぼ独立した理事会が事業全体を監督し、そこへ公的資金が流れ込むようにする。理事らは自分たちの判断で動く裁量を与えられる。これならば政治家による管理にありがちな汚職や自党の利害を優先するリスクを避けられるし、政治的圧力から自由なトップクラスの専門家たちが、何が最もうまくいくかを唯一の基準として、判断を下すことが可能となる。

この場合、決定的に重要なのは理事の選任だ。理事には目標とガイドラインが政府から提示されるが、それ以外に政治とは関わらず、仕事をきちんとしている限り、政府の直接的な圧力からも守られる。理事は大統領が選任してもいいが、就任以降は半ば独立した地位となり、自分たちで人材を雇用も解雇もでき、方針の立案もできる。この方式は構造的に二つのことを同時に可能にする。まず官公庁の厳しい規制からの一定の自由。そして株を売ったり融資を受けたりする財政的なフレクシビリティだ。それでもあくまでも政府の事業であり、公的資金を得ることができ、公的な使命を果たす責任を有するのだ。

提案をこのような構造にすることで、ノリスはロシア式の統制主義だとの批判をかわせただけでなく、政府が民間企業に不当に介入したり競争したりしている、との批判も退けることができた。一例が肥料だ。合成窒素は、あるライターの言葉を借りれば「戦時も第一、平時も第一、煽動家やロビイストや専業農家、その他の正直者や半ば正直な者たちの心の中でも第一」の関心事だ。だがノリスは新技術がこの問題を時代遅れにしていることを見て、民間の業界と紛糾する恐れのある硝酸塩の製造に着目することをやめた。そしてより安価で優れた肥料を農民に提供することを目的に、政府による肥料全般に関する研究へと焦点を移した。ノリスの最新版の法案では、かつての硝酸塩工場を肥料開発の実験場として使うことを提案し、それによって農業のためになり、より多くのアメリカ国民に、より安価な食料を提供できる、としていた。これには反論の余地もなく、ノリスは自身の案への農業界の反発を和らげることができたのである。

でもこれは二次的なものだった。ノリスもよくわかっていたように、問題は肥料ではなく、電力だったのである。ノリスは珍しく雄弁にこう語った――「われわれがもし適正にこの事業を進めたならば、人類が電気と呼ぶこの稲妻を活用し、この破壊的で容赦のない力を有用な力に変換し、南部全域で無数の働く人びとの生活の車輪を円滑に回し、何千というつましい家庭に幸福と安らぎをもたらすことができるでしょう」。ノリスは、電気の生産と、肥料の研究開発のための一部の電力利用との、両方を監督する「連邦電力会社」の設立を提案した。フォードの場合と同様に、この計画でもダムは一つではなく、テネシー川上流に一連のダムを建設する予定だった。地域一帯の電力生産、治水、水運を系統的に合理化する「スーパー電力地区」を創造するというのである。

偉大なる夢だった。フォードの全長七五マイルの都市に劣らず壮大で、かつ独自の特色がある。だがクーリッジがホワイトハウスにいる限り、実現する見込みのなさそうな夢だった。ノリスはフォード案のときのように、アラバマ電力案の審議も長引かせるだけの腕力はあった。だが発動される可能性が高い大統領拒否権を覆すほどの力はなかったのである。

こうして議論はずるずると続くばかり。議会の遅滞に辟易したクーリッジはこの件を検討する委員会を設置。方針をめぐってさんざんすったもんだした挙げ句、アンダーウッド上院議員が推すアラバマ電力案を支持する、との方針を委員らは僅差で決めたのだった。貧弱とはいえ、このような委員会のお墨付きをもらったにもかかわらず、アラバマ電力案は下院で過半数の票を得ることができなかった。「マッスル・ショールズは熱きほら吹き《ホット・エア》工場」と、カレント・オピニオン誌の一九二五年号は嘲笑うかのような見出しを掲げ、「マッスル・ショールズは、高度に技術的な問題の扱いに民主的政府がいかに無能かを示す格好の事例だ」と評した。

過去七年間とまったく同様に、マッスル・ショールズの事業はふたたび暗礁に乗り上げた。クーリッジの友人たちはおそらくジョークのつもりだろうが、この年、大統領に「電動馬乗り機」をプレゼントした。小さなメリーゴーランドのような電気仕掛けの装置で、マホガニーでできた木馬にまたがり、上がったり下がったり、ぐるぐるといつまでも回っていることができるのだった。

一九二六年に入ると、この果てしない事案は「アラバマの幽霊」と呼ばれるようになった。一向に成仏しないからである。クーリッジはふたたび新規の入札とその検討を呼びかけた。あのフォードがふたたび参入するかもしれないとの噂もあった。だがフォードは賢明にも関わることをせず、クーリッジの試みは明確な勝者がないまま潰えてしまった。最上位の提案者としてアラバマ電力とアメリカン・サイアナミッド社が競ったが、互いに相手の提案を攻撃し合うばかりで、かえってノリス上院議員が自身の国有化案を売り込む隙を与えた。

一九二七年には、民間企業からの入札はもはやあり得ないことがはっきりしていた。そこでノリスは政府主導の運営と多目的開発（電力事業に加え、水運、治水、肥料開発）を掲げる自身三度目の大型提案を提出。何とか上下両院の承認を得て、ついに待ちわびた勝利を手に入れた。そして法案はホワイトハウスへ――だがクーリッジは署名を拒み、いわゆる「握り潰し拒否権」〔議会から送付された法案を大統領が署名せずに放置して廃案にすること〕によって法案の命運は尽きてしまったのである。

だがノリスも諦めなかった。年齢も六十代半ばとなり、もはやマッスル・ショールズは議員生活の中心となっていた。ノリスはもっぱら頑固さと強固な発想の力で容赦なくライバルたちをなぎ倒してきたのだった。すでにフォードは諦めた。そして今、オスカー・アンダーウッドも戦いに疲れてうんざりし、次期上院議員選挙には立候補せずに引退することを表明した。こうしてノリスだけが、これまでどおり日々とぼとぼと議会議事堂《キャピトル》へ歩いて出勤し、いまだに断続的な抑鬱状態に悩まされ、なお果敢に戦い続け、月を経ても年を経ても、邁進し続けたのだった。

一九二八年の大統領選挙も、ノリスには朗報とはならなかった。有権者はまたもや新たな共和党保守派をホワイトハウスに送り込んだのだ。今回はハーディングとクーリッジの両政権で商務長官を務めたハーバート・フーヴァーである。そのフーヴァーは前任者二人に劣らずマッスル・ショールズの国有化に絶対反対の姿勢を貫いていた。ノリスがどんな国有化案を出しても、拒否権を行使するに決まっていた。

だが、より大きな流れがノリスに味方しつつあった。ノリスもそれに合わせて新たな方向性を探っていた。全米で電力需要が急増し、アメリカの大河川にさらに多くのダムを建設することに関心が集まっていた。たとえばのちのコロラド川のボルダー・ダム〔一九三六年完成。のちフーヴァー・ダムと改称〕や、コロンビア川の一連の巨大ダム群など、州全体の電力を賄い、広大な乾燥地帯を灌漑できるほど大きな貯水池をもつダムである。ノリスは全米の主要なダム建設予定地をすべて調査し、最適の場所を選定するよう政府に求め、議会で予算も獲得した。

マッスル・ショールズでは巨大なウィルソン・ダムがついに完成し、発電を開始した。当面は、電気はアラバマ電力が買い取り、送電する。これはその後に建設が続いた新規大型ダムのモデル・ケースとなった——民間企業では不可能な規模の超大型事業で、灌漑や電力の面で不可欠であるため、政府がからんで事業の遂行を見守るような案件だ。

ただし、民間電力会社が衰退していたわけではない。一九二〇年代を通じて、民間の電力会社は一貫して成長を続け、小規模ダムや火力発電所を建設していった。そして一つまた一つと都市に電力を供給し、消費者に電気を届けるために何百万ドルもかけて電線や電柱を設置していったのである。その電力会社はどの企業でも、決して消費者を騙してはいない、できるだけ低価格で電気を売っている、と主張していた。政府当局者から質問を受ければ、膨大な資料や数字を並べて潔白を証明しようとした。だが反対派は、真実は正反対だと批判した――電力会社はコストを誇張し、高すぎる料金を設定し、道義にもとる暴利を貪っている、と。また、政府関係者の多くは、電力会社が巨大化しすぎており、地域の利害関係と深く結びつきすぎて適正な規制ができなくなっている、との思いを強めていた。このため電力の公営化を求める運動がわき起こり、料金や電力の普及をより適正に管理することを求めたのだった。

民間の電力会社は本当に過大な料金を消費者に課していたのか？ 判断するのは困難だった。検討できる数値は当の電力会社のものしかなかったのだ。だからいかに安価に電力を作り、売ることができるかを実際に示す必要があった。一部では、「基準」を提供する何らかの制度を政府が構築し、民間企業の主張を検証できるようにすべきだとの意見もあった。

この点、ノリスのマッスル・ショールズの事業案はそれを実現できるかもしれなかった。利益のことばかり考えずにダムを効率的に建設し、運用し、公正な会計処理をする――そうすれば電力を生産するのにいくらかかるのか、政府は正確に知ることができるだろう。それを基準に民間企業の料金が適正か法外かを判断すれば、政府は電力産業全体を規制するのに必要な論拠を得られるのである。

それだけではない。公正なシステムならば、地方の小規模コミュニティや孤立した農場などへ電線を引けるよう、料金を設定することもできる。民間の電力会社は、地方に電力を供給するのはコストがかかりすぎ、見込まれる収益も少ないと主張していた。しかしダムや送電網を公的に監督すれば、地方の農家にも電気を送り、まさに安価な電力の恩恵を示すことも可能かもしれない。

こうしてノリスの主張は進展を見せていた。だが広く受け入れられるのは、大惨事が起きてからだった。

一九二九年十月、「狂騒の二〇年代」は突然終わった。原因は株価の暴落で、世界規模の景気後退を引き起こした。世界大恐慌の始まりである。これがノリスにとって状況を決定的に変えたのだ。

一九三〇年、陸軍工兵隊はテネシー川流域の総合的な調査を完了した。八年間の努力の成果として、広域の工学的調査としては前例のない優れた報告書がまとまった。この最終報告はさらに七つのダムの建設可能地点を詳細に示し、可能なダムの高さの概要を述べ、水運と治水にどの程度役立つかを推測した。これは暴れ川を制御するための基本計画であり、政府が実行すべきものだった。

ノリスは同年、この工兵隊の計画を活用し、マッスル・ショールズの事業国有化の法案をまたもや提出。今回はフーヴァー大統領の署名を求めるところまでいき、ノリスはかなり勝算があると見た。

だがフーヴァーは明確に退けた。「わが国の市民と競争するのが目的のいかなるビジネスであれ、政府が参入することに私は断固として反対である」とフーヴァーは記し、過去二代の大統領の考えをそのまま受け継いだ。フーヴァーはこの法案を「われわれの文明がよって立ってきた理想を否定するものである」とし、「テネシー川流域の資源と産業の真の開発を実現できるのは、流域の人びとだけである」と付け加えた。

歴史家のウィルソン・ホイットマンは次のように指摘する――「これは南部の誇りをくすぐったが、南部には、先立つものがなんもなければ何をどうしようにも、なんもすることもできん、ということわざもある」。

大統領の拒否権発動はノリスには痛手だった。だがこの法案自体にとってはむしろよかったかもしれない。もしフーヴァーが署名していたら、壮大な一連のダム群は共和党のプロジェクトになっていた。そうなればノリスの構想の規模も範囲も、共和党の議事を担当する議員らとの交渉で削られていたに違いないのだ。

だが国民もついに「アメリカのやるべきこと《ビジネス》は商売《ビジネス》だ」という古くからの共和党の呪文に背を向ける

気になっていた。世界大恐慌の惨状が悪化するにつれ、人びとは新しいことを試す心の準備ができていたのである。

マッスル・ショールズの法案をめぐっては丸一〇年も駆け引き、引き延ばし作戦、提案、拒否が繰り返されてきた挙げ句、ようやく物事が速やかに動き出しそうだった。

第17章 新たなるディール

テネシー川流域のおおかたの住民は農民だったが、自分の土地を持っていなかった。農地を使わせてもらう代わりに何らかの借地料を大土地所有者に支払う借地人か、小作人《シェアクロッパー》として他人の土地を耕作し、その権利料として文字どおり作物《クロップ》の一部分《シェア》を納めるかのどちらかだった。アラバマ州では一九三〇年当時、半数を超える農民が小作人だった。

大部分の農家が栽培していたのは綿花であり、綿花は相変わらずアメリカ南部の恵みであると同時に呪《のろ》いだった。換金作物だから恵みだが、世界市場で価格が激しく変動するのは呪いである。南部の気候がうってつけなのは恵みであり、土地の養分を大量に吸い上げ、肥料が高くつくのは呪いだった。「この綿花の土地への訪問者が衝撃を受けるのは、綿花がいかに多くの人を貧しくし、わずかな人を裕福にするかということだ。なぜなら綿花は作物や産業という以上のものだからだ。王朝的なシステムなのだ」と、北部から訪れたあるジャーナリストは一九三〇年に書き残している。南北戦争以前からの大規模農園《プランテーション》を相続した大土地所有者らは、綿花市場が好調のときは大儲けできる。しかし、その地主らの土地を耕す借地人や小作人は決して儲からない。肥料を買う金のない農家は、収穫高が年々減り、収入も減ってやがて食べていけなくなってしまう。その土地を所有しているわけではないから、そこを諦めて立ち退くしかなかったのである。

そうした人たちは農民として能力がなかったわけではない。ただ貧しかったのだ——貧しすぎてトラクターや新しい鋤や十分な肥料を買えなかったにすぎない。全般的には、この地域の農家の収入は平均一日約二ドル（現在の価値で一日三〇ドル、または一時間四ドル）で、小作人はこれより大幅に少なかった。ある報告書の推定によれば、大部分の小作人は一日わずか一〇セント（今日で言えば一日一ドル五〇セント）で暮らしていた。貧困から抜け出す道はなかったのである。

貧農はボロ切れを着て、地主から提供された雨漏りのする、風雨で傷んだ掘っ立て小屋に住み、おおかた電気も水道もなかった。子供たちは五歳から家庭の雑用を手伝い始め、十代の子たちは学校へ歩いていく前に雑用を済まそうと、午前三時に起床した。その多くは家の仕事を手伝うために、できる限り早い段階で退学してしまった。だが不平を言う人はほとんどいなかった。みな物静かで、タフで、誇り高く、独立心のある人たちだったのだ。勤勉を名誉の徴《しるし》と心得、施しは侮辱と受け取った。

一九二〇年代末、フォードが巻き起こしたマッスル・ショールズをめぐる熱気にもかかわらず、アラバマはまだアメリカでも最も貧しい州の一つで、テネシー川流域はその州内で最も貧しい地域に数えられていたのである。

「大恐慌以前にもたいした金もありませんでしたが、暮らしていけるという希望はありました。株式市場が崩壊して間もなく、私たちはその希望も失ってしまいました」と、ある地元の住民は回想する。綿花市場は暴落し、誰もが損害を被った。一九三一年になると、この地域の多くの家族が週に七日、トウモロコシパンと豆しか口にできなくなった。その後も状況は悪化して、アラバマ特有の赤土を食べる者もいた。少なくとも多少のミネラルを含んでいるからである。

小さな町ではどこでも大通りの店が潰れていった。マッスル・ショールズ周辺の不動産価格も急落。

フォードの構想に乗じた土地投機ブームの大金もすっかり消えてなくなった。どこにも金はなかったのである。

一九三二年の時点では、アラバマ州ローダーデール郡（テネシー川の北岸、マッスル・ショールズのフローレンス側）では住民の四分の一が失業中で、ほかの人たちもやっとパートタイムの仕事にありつける程度だった。鉄道の線路脇でテントや貨物用の木箱《クレート》で寝泊まりする者もいたが、そこならばせめて汽車からこぼれ落ちるわずかな石炭を拾えたのだ。ほかにも収穫時の穀粒が一緒に紛れていないかと、納屋の干し草を探る者もいた。

これでもフローレンスはテネシー川流域ではましなほうだった。大恐慌の初期のテネシー川流域に関する別の研究では、住民の五〇パーセントが政府の何らかの救済策に頼っていたと推定している。電気があったのは農家一〇〇軒あたりわずかに三軒。識字率は危機的に低く、マラリアと鉤虫《こうちゅう》症が地域に蔓延しつつあった。

「最悪だったのは、フーヴァー大統領がまったく人びとを救おうとしないことでした。本当に、彼は何もしなかったのですよ」と、ある住民は回想する。

ホームレスの人たちは、拡大していく貧民街を「フーヴァー村」と呼ぶようになった。無一文の男たちは空っぽのポケットを裏返してだらりと垂らし、「フーヴァー・フラッグ」と称した。それでも大統領はこうした窮乏を終わらせようともせず、手をこまねいているばかりだった。大統領は殺害の脅迫を受けるようになり、一九三二年の大統領選挙へ向けて選挙運動を始めると、大統領の列車に次々と生卵が投げつけられたのだった。

それに比べて、大統領選挙のフーヴァーの相手であるフランクリン・デラノ・ローズヴェルトは、あたかも渇きで死にそうな人が見つけた涼しげな清流といったところ。ローズヴェルトは民主党で、楽天的で、大恐慌を終わらせて誰にも「新しい取引《ニューディール》」を与えることを約束した。そして選挙ではフーヴァーを完全に叩きのめし、共和党の大統領はその後一八年間も登場しないことになる。開票が終わり、フーヴァーが勝利したのはわずか六州であることが判明すると、フーヴァーがワシントンを脱出しようとして逮捕されたとの噂が流れた。フォート・ノックス〔ケンタッキー州の米軍施設。政府が保有する金塊の保管庫がある〕から奪った金塊を積んで、財務長官のアンドリュー・メロンのヨットで逃げようとしていた、というものだった。

ローズヴェルトは一八六〇年以来わずか三人目の民主党の大統領だったが、そのなかでは最も大胆だった。政府を国民のために働かそうというのだ。そしてマッスル・ショールズは最優先課題の一つだった。ローズヴェルトはノリスが提案した政府系企業を設立するというアイディアを評価していたが、より大きく、より速いものを望んでいた。政府の資金を迅速に注入し、建設をスピードアップし、たくさんの雇用を創出する。ローズヴェルトは選挙運動中、もっと多くのダムを造り、水運のために、より大きな水路を開削し、二〇万人を雇用すると言った。マッスル・ショールズは「新たなアメリカの誕生を告げ、そこでは失業は完全に払拭されるだろう」と述べたのだ。ノリスは、ローズヴェルトの計画は自分の案をはるかに凌駕するものだと感じた。

だがその一方で、都市をもっと田舎風にするとか、より多くの人を農地に戻すとか、第三の選択肢を与えて都市と農村の格差を修復するなどとローズヴェルトが言うとき、ノリスよりもむしろフォードに似ていた。「私たちは将来、二者択一でなく第三の選択肢を期待できると私は考えます。都市型と田園型の中間型が存在する余地が十分あるからです」とローズヴェルトは言ったのだ。

マッスル・ショールズがそのテストケースになる。

大統領選挙に勝利すると、ローズヴェルトが最初に実行したことの一つが、アラバマ州を駆け抜けるいわばビクトリー・ランだった。一九三三年一月、ローズヴェルトは大統領としては一〇〇年ぶりにこの地域を訪問。どこでも列車が停車するたびに、間もなく就任予定の人気の新大統領と同乗の政治家たちを歓喜の群衆が出迎えた。そこには髪の白くなりつつある、きまじめそうな表情のジョージ・ノリス上院議員もおり、大統領はノリスを「マッスル・ショールズの生みの親」と紹介したのだった。シェフィールドの町では次期大統領を歓迎しようと、五万人が集まった。ローズヴェルトが「ふたたびマッスル・ショールズの名を世に知らしめる」と宣言すると、お祭り騒ぎになった。群衆は叫び、歓喜の声を上げ、全能の神を称え、踊ったりお互いにハグしたりした。

フォードとエジソンが同じように歓迎されてから一二年。ウィルソン・ダムを渡ってフローレンスを抜けていくローズヴェルトら一行の車列が通るルートでは、沿道を群衆が埋めた。ローズヴェルトはオープンカーに乗り、手を振り、笑顔を浮かべ、ボーイスカウトが交通整理をするなか、街路を進んだ。人びとはひと目見ようと窓から乗り出し、屋根に上り、父親たちは子供を肩に乗せ、女性たちはハンカチを振る。鼓笛隊が行進し、旗やバナーが揺れ、人びとは広口瓶に入った密造酒を回し飲みしたのだった。

ダムを越えて進むドライブはノリスにとって忘れられない瞬間となった。一二年間の戦いの末に、ようやく安堵の息をつくことができる。「最初の銃声から最後の一発まで、停戦協定もなければ、ほっとする間もなく、一時的な休戦もなかった」と、ノリスはマッスル・ショールズをめぐる戦いを振り返った。この一二年間で、議会は一三八本にものぼるマッスル・ショールズ関連法案を審議し、ノリスは何らかの形でそのすべてに関わっていた。そしてついこの間まで、ノリスはアラバマの敵だった。ノリスがフォード案に反対したとき、人びとはノリスに似せた人形を縛り首にした。しかし今ここで、こうして次期大統領の隣に座り、歓喜にわく群衆の間を車で進み、英雄として称えられていたのである。

「まさにあの日から、物事が好転していくのが実感できました」と、車列を見たある住民は言った。

得意顔のノリス上院議員（右端）とTVA法案に署名するローズヴェルト大統領

Courtesy Library of Congress

「誰もが気が晴れる思いでした。ローズヴェルト氏が私たちを大恐慌から脱出させてくれると、誰もがわかっていたんです。そしてそのとおりになりました」

やや違った見方をした地元の一銀行員はこう述べた――「クリスマスのような気分で眺めていました。サンタクロースがやってくるんだ、と。私たちとしては靴下を吊り下げて、プレゼントを待つほかなかったのです」。

ノリスはついに自身の法案の成立を勝ち取ることとなった。三月にローズヴェルトが大統領に就任すると、国有化案の最新バージョンの法案はすんなり上下両院で承認された。そして一九三三年五月十八日、ローズヴェルト大統領は法案に署名をすると、手にしていたペンをノリスに贈った。その晩、アラバマ州フローレンスの人びとは夜明けまで踊り明かしたのだった。

どの大統領にもいわばハネムーン期間というものがある。就任当初の数カ月、大型プロジェクトを開始しやすい期間だ。ローズヴェルトはマッスル・ショールズをハネムーン期間の最優先事項とした。一種の看板プロジェクトとして、ニューディール政策が生み出す便益をデモンストレーションするのである。

ディテールについてはやや曖昧だった。その辺はノリスとプロジェクトのディレクターたちに任せるつもりなのだ。だが政治的な効果については強気だった。法案のベースにある「政治哲学を問われたら何と答えるつもりですか」とノリスは問いかけた。公有地の連邦政府による管理か、安価な電力か、雇用か、政府による救済策なのか、何なんでしょうか、と。ローズヴェルトは答えた――「海のものでも山のものでもない、と言ってやりますよ。でも何であるにせよ、テネシー川流域の人びとには、とびきりおいしいはずだ、とね」。

プロジェクトのマネジメントをするために、ノリスの法案に基づいて新しくテネシー川流域開発公社（ＴＶＡ）が設立された。これは三人から成る理事会が運営する公社だ。この三人は優先事項を決め、戦略を管理し、進展の計画を立てる。労働者を雇い、スケジュールを設定し、資金を配分する。大統領を除けば、テネシー川流域で最も権力のある三人となるのだ。

理事に適任者を選ぶことが決定的に重要だった。その点、ローズヴェルトはすでに第一候補の案を温めていた。アーサー・Ｅ・モーガン〔一八七八―一九五一年。土木工学者、教育者〕という進取の気性に富む大学の学長である。履歴書を見る限りモーガンはすばらしい人材だった。ダム建設の広範な実務経験があり（大規模な治水・灌漑システムの設計からキャリアをスタートした）、同時に、よりよいアメリカをいかに構築すべきかについては理想主義的な感覚の持ち主だった。ダム建設から教育へ、そしてオハイオ州アンティオック・カレッジ（現在は大学）の学長へと転じると、モーガンは高等教育の新たなアプローチを開拓した。それは机上の学習だけでなく、地域の農場や工場という実社会の現場で、学生たちに実践的な仕事を体験させるものだった。

ローズヴェルトはテネシー川流域の電力を連邦政府が管理するという、前例のない地平を切り開こうとしていた。そしてモーガンこそは、ローズヴェルトがそのリーダーにと望む、うってつけの革命的思考の持ち主（エンジニアでもあり、ビジョンもある）だったのだ。これにはノリスも賛同した。

新境地を開こうとの熱意と、はやる気持ちのために、二人はある注意すべき兆候を見落としていた。モーガンはアンティオック・カレッジに着任早々、既存の教授陣の大部分を解雇して、新しいタイプの教育への地ならしをした。キャンパスではちょっとした独裁者として知られ、自らの理想的な構想の実現を邪魔する者は躊躇なく根こそぎ排除していったのだ。ほっそりとした長身で、眼鏡をかけたはげ頭。いかにもベテラン教授といった風貌だ。だがモーガンはいざ行動するとなると、猛烈で頑固なところがあった。動きの鈍い部下がいれば、モーガンは引きずってでも自分の理想の未来へ連れて行くに違いなかった。

モーガンは厳格な道徳律に従って生きていた。周囲の人たちには誠実さとまじめさと勤勉を求め、強欲と腐敗は絶対に容認しない。古くさい社会制度を破壊して、よりよい世界を創造するためにはテクノロジーを活用すべきだとの、ほとんど伝道者のような信念に突き動かされていた。そんなモーガンが取り仕切るのだから、ＴＶＡが関与する一切のものは潔癖で、率直で、公正でなければならない。政治的な好意や見返りは論外。ただ議員の甥っ子や地方検査官のいとこだからといって、縁故採用などあり得ない。雇用はあくまでも能力主義だ。モーガンが最初に雇用した管理職のグループはモーガンの熱烈な信奉者ばかりで、ＴＶＡが誠実な経営というものの世界的なモデルになると考えていた。そんな彼らとモーガンは、ＴＶＡを善政を実現するためのいわば世俗の十字軍とすべく、身を捧げることになるのである。

モーガンは率先して範を垂れた。理事に採用されて真っ先にやったのは、個人資産と投資先の詳細な目録をローズヴェルトに提出することだった。隠し事なしだということを、モーガン流に示したかったのだろう。初めて大統領とじっくり話し合ったとき、二人の考えは同じだとモーガンは感じた。モーガンと同じく大統領もまた、TVAは単なる一連のダム群にとどまるものではないと考えているようだったのだ。地域社会をつくり替え、地方の住民を教育し、最新の科学的技法で農業を改善し、開発の遅れた地域を二十世紀という時代に追いつかせる、そのための手段なのだった。二人は「主に社会的・経済的秩序の設計と計画について話し合った。それこそが大統領が第一に考えていることだった」と、のちにモーガンは振り返った。会談を終えたモーガンはこれに加えて、自分こそがTVAのボスだと考えていた。単に三人体制の理事会の一人なのではなく、自分こそ異論の余地のないリーダーになるのだ、と。

モーガンはまず残りの二人の理事を選ぶのに知恵を貸した。テネシー大学学長にまで上り詰めた農業の専門家、ハーコート・モーガン（アーサー・モーガン自身の親戚ではない）〔一八六七－一九五〇年。カナダ生まれ。アメリカ南部で昆虫学・農学の研究者として活躍〕。そして電力会社と渡り合って名を上げてきた、活力溢れる若き弁護士、まだ三十三歳のデイヴィド・リリエンソール〔一八九九－一九八一年。公益事業を専門とする弁護士。のちに米国原子力委員会でも活躍〕。これはよくバランスのとれたチームに思えた。ダム建設の専門家、農業の権威、それに電力業界専門の弁護士である。

だが滑り出しは順調ではなかった。アーサー・モーガンは三人が雇われた瞬間から走り出す用意ができていた。一方、ほかの二人の理事はまだ用事があった。ハーコート・モーガンが休暇を終え、リリエンソールが係争中の事件を片づけている間に、アーサー・モーガンはすでに幹部らを採用し、本部オフィスを整備し、最初の何件かのダム建設の初期的な業務に取りかかっていた。こうしてほぼ二カ月間、モーガンの一人舞台だった。小さな大学の元学長が今や何千万ドルもの予算を管轄していた。その予算ですべきことは、ダム建設に農業協同組合の設立、肥料の調査や雇用の創出、土地の埋め立て、林業、産業開発や発電、教育プログラム、その他TVAがやるべきだとモーガンが思ったことならほとんど何でもだ。ジョージ・ノリスの法案に記されたTVAの使命はかなり曖昧だった。それは「国防、農業および産業の開発、テネシー川の水運の改善、テネシー川とミシシッピ川流域の破壊的な洪水を制御すること」に関連すれば、事実上何でもあり得た。綱領によれば、TVAは以下のことをする力を与えられていた――土地の売買、肥料の生産と出荷、発電所の建設と送電網の構築、職業訓練用の教育制度の整備、実業家らとの取引、そして利益を出してその使い道を決めること。これらすべてに、莫大な金額の国民の血税も流れ込んでくるのである。規模も範囲もとてつもなく大きかった。

三人の理事たち全員が初めて顔を合わせたのは六月中旬のことだった。ほとんど縁もゆかりもない三人である。ハーコート・モーガンとリリエンソールは初対面だ。そしてこの二人は、アーサー・モーガンがさっそくリーダー然と振る舞い始めるのを見て、不愉快な驚きを感じた。アーサー・モーガンは自らすでに設定した優先事項に関することや、すでに取りかかっているプロジェクト、それにすでに雇用した四〇人の職員について、山ほどのディテールで二人を圧倒した。そして二人の共同理事たちがこれらすべてのことについて、自分のスピードについてこられないのを見て不満だった。二人が質問をしたり、モーガンの判断を議論しようとするたびに、モーガンは戸惑った。二人はまるでモーガンの権威を認めていないかのように、モーガンの目には映ったのである。

実のところ、三人はきわめて個性が強く、大きく異なるタイプだった。ライターのジェイムズ・エイジーが描写したとおり、「同じモーガンという名の年輩の学長二人と、とても活発な若き弁護士リリエンソール」だったわけだが、三人とも他人の後塵を拝するような人間ではなかった。しかも彼らの任務はノリスのTVA法案に概要が記されていたが曖昧模糊としており、アーサー・モーガンがこうあるべきと決めつけたことに限らず、三人の理事がそれぞれ自分の考えに従って定義できるようなものだったのである。

最初の会議は八時間に及ぶ我慢比べだった。やっと終わって帰ると、アーサー・モーガンは妻に不平をこぼした――「一人の人間ではなく、ディベート・クラブが取り仕切っている政府機関など、ほかにはほとんどないだろうよ」。その「一人の人間」が誰を指すか、モーガンには疑問の余地はなかったのだ。

初会合からほどなくして、ハーコート・モーガンとリリエンソールは二人だけで会い、ともに感じていた懸念について話し合った。二人の意見が一致したのは、理事会をアーサー・モーガンをトップとした階層構造《ヒエラルキー》にするのではなく、TVAの経営管理を三つの大きな分野に分けるべきだ、ということだった。そしてそれぞれの分野の責任者に理事を一人ずつ充てる。アーサー・モーガンはダム建設を管轄し、ハーコート・モーガンは農業関連一切を扱い、リリエンソールは法的な問題と電力関係を担当するのだ。

これは合理的に思えた。しかしアーサー・モーガンは裏切りと受け止めた。アーサー・モーガンは生まれつきの一匹狼で、集合写真では彼一人だけが脇にずれて映っていることも多い。世間話やゴルフよりも一人きりでたっぷりと散歩することを好む。第一、自分こそ大統領に指名された責任者だと思い込んでいた。そしてエネルギッシュでアグレッシブで、社交的な若きリリエンソールに対し、アーサー・モーガンはとくに不信感を抱いた。リリエンソールはアーサー・モーガンの孤独好きに劣らず社交好きで、政治的な人脈をつくることに長けていたのである。

最初の会合以降、理事会にはひびが入ったままだった。しかしこの時点では、このあと溝がどれほど大きく、深くなるかは誰も予見できなかった。

第18章 政府のために死ぬのよ

まずはダムだった。フォードが言っていたように堤高の低い一連のダム群を造るよりも、アーサー・モーガンは高いダムを七カ所に建設する案を支持していた。最高の発電量と効率的な治水をめざした現代の驚異。工学的には合理的だった。しかし堤高の高いダムは水深の深いダム湖も伴うから、何千エーカーという土地が水没し、何万人もの人びとが土地を追われることになる。モーガンにとって、それは未来を手に入れる代償として割り切れた。だが昔からの住民たちにとっては、まるで話が違うのだった。

テネシー川流域開発公社（ＴＶＡ）のエンジニアたちが白いペンキの入ったバケツを手に、あちこちを回り始めた。木や岩に水位の最高点を示す印をつけていくのだ。あるダムの裏にはペンキで最高到達水位が海抜で記されていた――一〇二〇フィート〔約三一〇メートル〕。この数値は間もなくあちこちの建物や沿道に次々と記されていった。このため、地元の噂によれば、ある観光客が売店を訪れ、いたるところに宣伝が出ているあの「一〇二〇」という薬を一本ください、と言ったとか言わなかったとか。

政府は水没する土地を公正な価格で買い上げる予定だった。そこで地主らと話をまとめていったが、交渉が容易に進まない場合は土地収容手続きがとられ、政府は金を払い、土地を取り上げたのだった。誰もがほぼ地価に見合う金額を受け取った。だがいくら政府が金を積んでも動きたくないと抵抗する住民もいたし、土地の所有者でないために、ただ立ち退きなさいと言われた住民も大勢いた。最終的にTVAは川沿いのおよそ二万世帯を移住させた。ほとんどが農民である。政府が新しい居住地を世話してやることもあったが、そうでなければ、住民は自助努力を求められたのだった。

移住を強いられた人の多くは借地農家や小作農だった。ほとんど所有物もなく、教育もせいぜい最低限、それに貯蓄もゼロ。微々たる収入だったかもしれないが、おおかたの人たちは長年この地域で農業に従事し、その生活は昔ながらのやり方に従って営まれていた。TVAの連中が繰り返し足を運び、移住が必要な理由を口を酸っぱくして説いても無駄だった。多くの場合は政府が丘陵地帯に新しい居住地を見つけてやろうとしたが、それも無駄。農民たちにとって丘の上で耕作するのは、従来の土地とはまるで事情が異なったのである――土壌が違う、水も違う、それに働き口をくれる大型農場も少ない。住民たちは途方に暮れるばかりだった。

身の回りの品々をすべて持っていけなければ動かない、と言い張る人たちもいた。ある農民は燻製小屋の建材の板を一枚ずつはがして解体し、庭の踏石を掘り出し、家の周りの柵まで引き抜いて、一切合切を丘の上の引っ越し先まで運んでいったのだった。その上、暖炉も持っていきたいとTVAに告げた。その暖炉は一家がこの渓谷へやってきた一〇〇年前からのもので、一度も火が消えたことはないというのだ。結局、政府はまるごと――暖炉も火も――移動するのを手伝ってやった。

こんな話もあった。水没する谷あいの一つの上流に、レイチェルおばさんと呼ばれる女性が住んでいた。TVAの職員が土地を買収しに訪れ、公正な価格で土地を買い上げますと伝えると、彼女は答えた。「あたしゃ売らないわよ。でも迷惑もかけない。こうしてロッキングチェアに座ったまま、水が来るのを待って溺れ死ぬことにするわ」。協力してくれませんかと職員らが説得すると、こう言った。「協力ですって！　あたしゃ政府のために死ぬのよ。それでも不満だって言うの？」

生きている人たちも厄介だったが、死人も別の意味で厄介だった。テネシー川流域の住民たちはきわめて信仰心が篤く、土地には何千という墓があり、先祖を置いていくという人はほとんどいなかった。問題を回避するため、ＴＶＡは埋葬されていた遺体をできる限り掘り出し、標高の高い場所へ改葬。最終的に約二万基の墓が移葬されたが、その倍ほどが水没した。墓地がまるごと移されることもあった。しかしそれでも全員を納得させることはできなかったようだ。少なくとも住民一人が、移住するよりも納屋で首を吊ることを選んだのだった。

しかし結局のところ住民たちに何か手があっただろうか？「端的に言って、抵抗する手段は何もなかった」と、ある歴史家は移住を強いられた住民たちについて書いている。おおかたの人たちはそれほど遠くへ行ったわけではない。失われた家から郡を一つか二つ移っただけで、多くの人には利点もあった。よりよい学校が近くにあったり、そういう地区には仕事もたくさんあり、毎月の稼ぎが増えることになった。しかも多くの家屋が政府の住宅計画によって建てられ、灯油で灯りをとる従来の小屋とは異なり、新しい、電気も通ったバンガローだ。しかし丘陵地帯は農業には向いていなかったし、新しい隣人たちにも慣れる必要があった。昔ながらの暮らしは失われたのである。

残念だが、必要なことだから避けられない、そうアーサー・モーガンは思った。ダムを建設しなければならず、それはダム湖ができるということであり、つまり住民たちは立ち退かなければならないのだ。その代わり、モーガンはそうした人びとに新しい、よりよい暮らしを提供してやるつもりだった。

モーガンは地場産業や手工芸を中心とした村々の共同体的ネットワークを構想していた。ヘンリー・フォードの夢と似ているが、自動車工場の代わりにかご細工や手彫りの家具だ。それでもフォードとモーガンはともに、小さな町と小さな農家のあるアメリカへのノスタルジアを抱いていた。二人とも古き暮らしぶりに特別な愛着があった。郷土の工芸など、各地域の文化的遺産に根ざすもの。だがモーガンのアプローチは産業的であるよりも、知的で芸術的な色あいが強かった。

モーガンは教育の意義にも信念を持っていた。農地を失った農民たちが近代的な職業に就けるよう、再訓練するのもいい。そこでモーガンは地元の教員養成学校と共同で成人向けの教育プログラムを開発。その職業訓練コースはやがて何百人もが受講し、設計図の製図法など、二十世紀にふさわしいスキルを学んだのだった。

モーガンが熱心に追い求めたのは、このテネシー川流域で、野放しの企業活動とヨーロッパ型の社会主義との中間ほどの暮らしのあり方を創造することだ。「テネシー川流域はわれわれがじっくり腰を据えて文明を設計できる、アメリカ随一の場所だ。われわれがイメージしているのは、小規模な手工業に勤《いそ》しみながら人びとが幸福に暮らし、金の集まる中心地もなく、大富豪もおらず、誰もが富を分け合う、そんなテネシー川流域である」とモーガンは書いている。自由を愛するが貧しい借地農民の窮乏生活と、ファシズムやボルシェヴィズムの大衆運動との、どちらにも陥らない最適な中間領域があるとモーガンは考えていた。モーガン式のやり方は、「資本主義でもない。社会主義でもなければ、共産主義でもなく、個人主義でもない。これらのいずれでもないが、これらすべての一部を含むもの。それは新しいアメリカ主義になるだろう」とモーガンは記した。

モーガンの新しいアメリカは物理的にも道徳的にも健全なものをめざしていた。農地の侵食と森林の破壊を防止することに注力し、濫用されている土地を強制的に買収することを提唱したこともある。TVAが買収し、より責任感のある地主に転売するというのだ。TVAのスタッフ向けに倫理に関するガイドブックも執筆した。仕事上では贈り物や特別な恩恵を受けることを禁じ、あらゆる取引を正直かつオープンに行うことを力説。暴飲、習慣性のある麻薬の使用、節度のない性的関係などを避けることを奨励し、誰でも「狡猾で利己的な野心、あるいは習慣的な軽薄な行為」が見られた場合は解雇だ。モーガンとそのチームは「テネシー川流域をまったく新しくかつまっとうなものに、完全につくり替えようとしている」と、あるジャーナリストは指摘した。

アーサー・モーガンは文明の建設者としてはアマチュアだったとしても、ダム建設に関しては達人だった。最初に立ち上げたプロジェクトはテネシー川の支流、クリンチ川が現場となった。ウィルソン・ダムから三〇〇マイルほど〔約四八〇キロメートル〕上流で、州境を越えたテネシー州にある。テネシー川の水系全体の水流を制御するという、大きなパズルの重要な小さな一ピースだ。クリンチ川をダムでせき止めることで、ＴＶＡは洪水を軽減できる。冬により多く貯水し、水流の少ない夏に、発電量を維持するために放流するのである。

このダムはノリス・ダムと命名された。ＴＶＡの創設に誰よりも貢献した男を称えてのことだ。そしてダムとそれに隣接する労働者の町の両方を、ＴＶＡが生み出す最高の成果の生きた見本にすることにモーガンはこだわった。

壮麗なダムだった。高さは二六階建てのビルに相当し、切り立ったとてつもなく大きな壁面に、すっきりした線や角。まるで抽象画のように無駄がなく、印象的だ。ダムに隣接する町もノリスと命名され、これはモーガンにとって夢の町となった。最新のデザインと技術を用いて三〇〇軒を超える家屋や寄宿舎が建造された。どの家も地域で産する石材とヒマラヤスギを使って建てられ、小型で素朴、すべてが電気式の近代的なバンガローだ。曲線を描く道路に沿って、前時代のけばけばしい装飾を一掃した家屋が並ぶ。中心部は歩行者優先の設計で、周囲の緑地には鶏肉、乳製品、農産物の加工作業場がある。そこには世界初のオール電気式の乳製品製造所もあり、電話交換手を通さないダイヤル直通電話もテネシー州では初めて導入された。どの家も地域の共同農園用地に通じ（フォードのアイディアを思わせる）、家賃は収入の二五パーセントとリーズナブルである。労働者たちは大型食堂で一食二五セントで食事ができ、小さな病院で病気の治療も受けられる。協同組合学校には成人教育を行う夜間教室があり、商業や家事技術の訓練センターも複数あった。全米で類を見ない町——ＴＶＡのデザイナーたちは子供の遊び場用のオープン・スペースから街灯のデザインまで、道路の曲線から家屋の配置まで（多くは道路に面せず、家屋同士が向かい合っていた）、あらゆることに目を配ったのである。

　モーガンはこの町を建設労働者の一時的な宿営地にはしたくなかった。自給自足的な町が理想で、このためダムの建設と同時にさまざまな産業も立ち上げようとした。丘陵の森林を再生して息の長い林業を興す計画を立て、レジャー活動を奨励しようと、新たに生まれるダム湖に沿った土地は公有地にすることにこだわった。さらに陶器の製造所を造り、そこでは地元で取れる粘土が地域特有の色形のティーポットや花瓶に加工された。

　ノリス町は大都市ノックスビルの北方の丘陵地帯に孤島のように立地していたため、町へ入るための新たな幹線道路を建設しなければならなかった。だがモーガンが望んだのはありきたりの幹線道路ではない。モーガンと配下の都市デザイナーたちは、アメリカの道路特有の乱雑に広がる交通網を——あのガソリンスタンド、安食堂、幹線道路沿いのいたるところに立つ広告看板《ビルボード》などが無秩序な混乱を生んでいる光景を——避けたかった。周辺の土地はＴＶＡが所有していたから、ＴＶＡは独自に新しいタイプの幹線道路を建設することができた。幅が広く、カーブには高速に適するように傾斜面《バンク》を設け、交差点は極力なくし、できる限り自然の美しさを残す。ライターのジェイムズ・エイジーが「ＴＶＡの高速道路《フリーウェイ》」と呼んだ全長二〇マイル〔約三二キロメートル〕のこの道路は、一九五〇‐六〇年代に建設される全米の幹線道路のモデルになった。

　数年の間、ノリス町には世界中から訪問客が訪れた。アメリカの荒野のど真ん中にあるこの理想的な近代的な町を見たいという人たちだ。この町はダム建設が進行している間は繁栄した。しかし一九三七

ノリス・ダム
Courtesy Library of Congress

年にノリス・ダムが完成すると、十分な仕事がなくなり、労働者たちは次第に離れていった。陶器の製造所も閉鎖されてしまった。都市計画の担当者たちは町を潤すに足る産業を誘致できず、一九四八年、町全体が競売にかけられ、民間のディベロッパーに売却されたのだ。現在はノックスビルのベッドタウンになっている。

ＴＶＡのほかの二人の理事たちはアーサー・モーガンのような野心はほとんどなく、もう少し実務的だった。理事会のもう一人のモーガン（ハーコート・モーガン）は庶民的で、教師になるために生まれてきたような人物。農業の専門家として著名だが、同時にテネシー川流域の農民たちが気軽に話しかけることができるタイプでもある。スーツよりも作業着のほうがしっくりして、役員会で議論をするより、畑でジョークを飛ばしているほうが好きだった。その信念は模範的な都市の創造にあるのではなく、害虫との戦い、輪作の方法、土地の侵食防止、それに十分な肥料の適用などに意を注いだのだ。何十年にもわたって換金作物の綿花とトウモロコシが栽培されてきた土地である。それがいかに流域の土壌を疲弊させてきたかをハーコートは目の当たりにし、ＴＶＡがそれを是正するチャンスを与えてくれたと感じていた。ＴＶＡがテネシー川流域の農地の調査をしたところ、土壌流出により深い溝があちこちに口を開け、冬にはまた雨で土が流されるなど、程度の差こそあれ八〇パーセントは侵食されていることがわかった。ハーコート・モーガンと作業員らのチームはこれを防ぐための計画を練り、五万カ所に小さな「小型堰堤《えんてい》」を設置して水流をコントロールし、併せてブラシ状のワイヤマットを敷設して、土壌が流出しにくいようにした。さらに土壌の侵食を最低限に抑えるために、段々畑の作り方や耕作の仕方を農民たちに伝授した。

ハーコート・モーガンは作物を多様化させることを農家に説いて回った。土壌にできるだけ多くの窒素を自然に供給できるよう、耕地にクローバーを植えることや、定番の綿花やトウモロコシの栽培の代わりに家畜の飼育などが大いに奨励された。小さな協同組合組織を設置して、果物や野菜を缶詰にしたり加工したりする技術を教えた。また、より多くの農場で電気が使えるようになると、ハーコート・モーガンは驚くべき力を発揮する電気製品の使い方を紹介した。肉や乳製品を新鮮に保つ電気冷蔵庫、食料保存用の冷凍庫、電気洗濯機に、電気コンロに、電気なんでもかんでもだ。それらは新たな可能性を切り開いた。農家ではイチゴを栽培し、急速冷凍して市場へ出すこともできるようになった。小さな乳

発足当時のTVA理事会——（左から）現実主義者のハーコート・モーガン、理想主義者のアーサー・E・モーガン、野心家のデイヴィド・リリエンソール

製品販売所を開業した場合、牛乳や卵をより長く新鮮に保つこともできる。あるいは電気ヒーターを使って肉を乾燥させたり、電気製粉機で粉を作ったりすることもできる。多様化が可能になったのだ。

さらに肥料の種類も変えた。綿花とトウモロコシは大量の窒素肥料を必要としたため、フォードが入札したころには安価な硝酸塩の製造に力点があった。しかし、やがて綿花よりも家畜を飼うための草地が増え、別の成分を豊富に含む肥料が必要になってきた——リン酸である。すでに築二〇年になる旧式の硝酸塩工場から、より安く、高品質のリン酸肥料を生産する技術の研究プロジェクトへと、TVAは徐々に焦点を移していった。かつてあれほど論争と懸念の種となった巨大な硝酸塩工場は二度と稼働することはなかった。やがて機械類はスクラップとして売却され、施設は別の用途に使われた。その代わりにハーコート・モーガンは「リン酸肥料の福音」を述べ伝え、リン酸肥料の研究に予算を注ぎ込んだのだった。

しかし土壌の科学や最新の電気装置についていくら説明してみても、昔ながらの農民たちには通じない。何かが機能すると説いてみても駄目だ。見せてやらなければならないのだ。「零細農家の人たちは、新しいやり方にいくら利点があっても、上から無理やり押しつけようとしても受け入れてくれないのです」とハーコート・モーガンは言った。だから頭でっかちのスタッフを連れてきて講釈を垂れるのではなく、地域一帯に何千カ所もの「デモンストレーション農場」を設置することに力を入れた。それは政府のアドバイスと援助を受け入れるとどうなるか、農民が直接見る機会を提供した。土壌が流出して窪地になってしまっていたところに、作物が実っているのがわかる。あるいは新型の肥料や植え付け技術を使った農地とそうでない農地が並んでいて、その違いを自分の目で確かめることができたのだ。

「プログラムを開始した当初、デモンストレーション農場が設置されている農村地域をドライブしていると、視界のかなたまで、どこがそうした農場か見分けることができました。ほかの農場に比べると、いわば砂漠のオアシスのように見えたのです」と、あるTVAのスタッフは回想する。TVAはオープンハウスを実施して社交的な機会も設けた。それは単に隣の農家の働きぶりを見ることができるだけでなく、新しい電気製品や農機具を使った実演を見られるチャンスでもあった。それに、もちろんそこには専門家もいて助言を得ることもできるのだ。これは有意義な時間を過ごせる人気のイベントになったのだった。

ノリスと命名されたダムと町の両方の建設が同時進行で進み、次のダムと、その次のダムと、さらに多くのダムの計画が立てられ、土地が確保されていくにつれ、テネシー川流域に活気が満ちてきた。ただし、もはやマッスル・ショールズだけではなかった。ずっと上流へとさかのぼり、TVAが本部を設置したノックスビルがあるテネシー州の半ばまでだ。

今や働き口はいくらでもあった。何千人分も。ブルーカラー、ホワイトカラー、ピンクカラーの仕事。男も女も、白人も黒人も。職を求める人たちがマッスル・ショールズへ押し寄せた。懐に余裕があれば汽車やバスで、なければ無賃乗車、ヒッチハイク、あるいは徒歩でやってくる。多くはきわめて高学歴で専門的な訓練を受けた人たちで、すぐにTVAは歴史家ノース・キャラハンが言う「前例のないほど必要以上に能力の高い労働力」を抱えることになった。競争は激しく、雇われるのは容易ではなかった。だが図書館司書、農学者、研究化学者、溶接工、調理師、秘書、配管工、メカニック、教師、木こりまで、あらゆる職種が募集されていた。手に職のない人たちにも道があった。鍛冶、自動車修理、木工、簿記などを学ぶ訓練コースが提供されていたのだ。こうした訓練を受けて新たな道へ進んだ人も多い。TVAはあらゆるものに手をつけていた――蚊よけのスプレー剤を散布し、マラリアの予防のために沼地を排水し、何万本という木を育ててはそれらを丘陵地帯の森林再生や土壌の侵食予防のために移植する。遺体を改葬し、町を建設し、道路を造る。何でもである。失敗もあった。TVAは葛《くず》というアジアの植物で土壌の流出を防ごうとし、何百万本という規模で植えた。「葛が有害植物になる危険性はない」と、当初政府は言った。それが今日では葛はいたるところに繁殖し、「南部を食べ尽くした植物」とウィットをきかせて命名した人もいるほどである。

一九三三年末の時点で、TVAは約三〇〇〇人を雇用していた。翌年の夏にはそれが九〇〇〇人となり、さらに一年後の一九三五年の夏には一万六〇〇〇人。とてつもない規模の事業であり、物理的、経済的、社会的な変容をめざした前代未聞の実験だった。TVAには高い理想を持つ正直な労働者たちが集まっているとして評価が高かった。アーサー・モーガンが自ら示した模範に従う人たちであり、おかげでTVAは多くの場合にきわめてモチベーションの高い、並外れて有能な働き手のチームをつくり出した。労使関係も良好だった。公務の精神、すなわち国家のために良きことをしているとの感覚が浸透していたのである。

しかも、これはみな臨機応変に行われていた。ハーコート・モーガンは言った——「私たちは伝統も何もなしにTVAに飛び込みました。既存のパターンというものがなかったのです。それまでは天然資源を統合するというアイディアを提起した人はいませんでした。水、土地、空気、それに人間の能力を含め、すべてです」。三人の理事たちに外部から助言をできるような人間はいなかった。だからそれぞれに手綱を執って、自分たちで答えを見つけていったのである。三人は頭の回転が速く、気高く、科学的志向の持ち主だった。テネシー川流域を変容させ、一帯を近代化しようと熱意を抱き、ローズヴェルトのニューディール政策の成功に寄与し、TVAをほかのプロジェクトのモデルにしようと意気込んでいたのである。

そして大部分において、彼らは成功したのだった。

第19章 エレクトリック・アメリカ

アーサー・モーガンは町づくりに夢中になった。ハーコート・モーガンは土壌の侵食を防ぐのに貢献した。しかし結局のところ、問題は電力だった。テネシー川流域開発公社（ＴＶＡ）の目的は何よりもまず、安価な電力を作り出すことだ。その理由はフォードが安価な電力を望んだのと同じである——産業と雇用の創出だ。治水と水運も重要ではある。しかしＴＶＡにはさらにもう一つのねらいがあった。それはジョージ・ノリスのねらいであり、フランクリン・ローズヴェルト大統領のねらいでもある。すなわち民間電力会社がいかに法外な料金を国民に押しつけてきたかを示すことだ。

ある歴史家が端的に述べているように、「国民は料金を人為的に高く設定している民間公益企業から組織的に搾取されている。そうローズヴェルトは確信していた」。民間電力会社の言い分は、火力発電所やダム、変電所、送電線などを造るコストをカバーし、顧客に電気を届けるには、高い料金が必要だというのだ。だが彼らの事業は複雑で、必要だとされるコストは容易に偽装したり膨らませたりできた。ローズヴェルトは信頼できる比較対象が欲しかった。電力の真のコストを示す政府の基準だ。もし民間電力会社が適正だと主張する料金に比べて政府の料金がぐっと低ければ、それを基準にして民間企業を叱り飛ばして値下げさせることができるだろう。料金が低ければ使用量は増え、電力から得られる利益も増える。そうすれば誰もが利益を得ることになる。

デイヴィド・リリエンソールはその基準作りを任されたため、ＴＶＡの三人の理事のなかでも重要な役割を担った。電気料金と法的な問題を扱うのが彼の仕事であり、民間電力会社との交渉の最前線に立つことになった。リリエンソールは若き狼だ。エネルギー満タン、やり合う気も満々だった。

リリエンソールは気質的にも経歴的にもまさに弁護士そのもの。延々と仕事に打ち込み、激しく批判し、猛然と論争した。「恐ろしく気合の入った青年で、野心的で、労働者と資本家の争いに加わりたくてむずむずしている」と、ＴＶＡの研究で知られる歴史家のトーマス・マククローは書いている。リリエンソールは優れた著述家でもあり、名演説家でもあった。その言葉は説得力に満ち、滑らかだった。それにけんか好きというところが、アーサー・モーガンの高邁な道徳性と格好のバランスを生み出していた。

ＴＶＡの理事の一人にと誘われたのは本人にも意外だった。ほかの二人の半分ほどの年齢で、南部との縁もなく、工学を学んだこともない。しかしリリエンソールは電力をめぐる法的問題のちょっとした早熟の天才として頭角を現していた。師匠の一人のフェリックス・フランクファーター〔一八八二－一九六五年。法律家。ハーヴァード大学教授、連邦最高裁判所判事などを歴任〕に新進気鋭の弁護士として大いに注目されていたのである。民間電力会社の利害と最も効果的に戦える人物として、リリエンソールをローズヴェルトに推薦したのはこのフランクファーターだった。依頼を受けるやいなや、リリエンソールはさっそく仕事に邁進した。

八時間に及んだ三人の理事の初会合の後、リリエンソールはアーサー・モーガンが采配を振るおうとしているのを見て取った。そしてＴＶＡの自らが担当する分野に関しては、がっちりと舵を握って離さないようにした。

こうしてリリエンソールとアーサー・モーガンは主導権争いを始めた。続く三年間は衝突が絶えなかった。二人は民間電力会社に対する姿勢が異なったのだ。モーガンは民間企業とうまくやっていくべきだと考え、ＴＶＡが発電する電力を卸売価格で払い下げ、民間企業が送電して売ることを認める方針だった。それに対してリリエンソールはダムから家庭《ホーム》まで、ＴＶＡが電力系全体を管理すべきだとした。それが、大統領が望む電気料金の基準を明確にする唯一の方法だと主張したのである。モーガンは民間電力会社との衝突を避けたかったが、リリエンソールは衝突を歓迎した。また、モーガンはＴＶＡの管轄地域の住民に指図をしがちだった。一方、リリエンソールは（ハーコート・モーガンのように）協力と柔軟性を重視したのだった。

鍵となるのは経済成長を促進する無限の安価な電力だ。電力を提供すれば、産業が興り、農場は羽振りがよくなり、人びとは働き、社会は繁栄する。より多くの電力が提供されれば、より多く使われ、それはさらに多くの電力を生産するための投資を呼び、それがさらに料金を下げることになる。「自動車を売り始めたころ、安く売ることこそビジネス的に望ましいとヘンリー・フォードは気づいたが、それは大量生産という分野一般に当てはまる優れたビジネス慣行であり、電力の供給においても同じなのである」とリリエンソールは書いた。ＴＶＡは前例のないほど大量の電力を生産しようとしていた。しかしそのシステム全体が機能するためには、誰かにその電力を買ってもらう必要があった。つまりアメリカ国民にもっと電気を使ってもらわなければならないのだった。

リリエンソールは「アメリカの電化」プロジェクトを強力に推進するよう、ローズヴェルトに勧めた。その目的はとくに消費者にもっと家電品を買うよう促すことである。問題は、おおかたの家電品は贅沢品で高価だと見られていたことだ。家電の売り上げが伸びれば、新たな製造業者たちをこの分野に引きつけるだろう。その結果、労働者の働き口が増え、消費者の選択の幅も広がる。選択肢が増えれば売り上げも伸び、それがさらに競争を生んで値段を引き下げるだろう。こうして、このサイクルが続く。家電品が低価格になれば、全家庭がもっと家電品を備えるようになり、電力消費も増大するのだ。しかしまずはこのサイクル全体を活性化させなければならない。大恐慌のなか、アメリカ国民は余計な新奇な器具を買う必要を感じなかった。しかも都市部以外では、全米のおおかたの地域で電気はまだ珍しかった。農場に暮らす人びとは電球がいくつか使えれば十分だという感覚だ。それ以上はなくとも、これまで問題なく暮らしてきたのだ。もし家計に余裕があれば、農民たちは自動車を買うか、翌年の収穫を増やすのに役に立つものに使うほうがいいと考えていたのである。

リリエンソールはそんな傾向を転換させようと努力した。ＴＶＡのアウトリーチ・チームが派遣され、家主たちに電気冷凍庫や冷蔵庫を使う利点を教えて回り、それを買うための低利のローンも導入。ＴＶＡはメーカーにも値段を下げるよう働きかけた。政府のキャンペーンには家電品の移動展示実演会、映画、ラジオ・コマーシャル、ディーラーへの援助などが含まれた。一九三四年には、ある家電品メーカーは、「ＴＶＡは電気産業にとって史上最大のプロモーションだ」と述べた。

パズルの次のピースは電力を農村まで届けることだった。一九三五年、ローズヴェルトは農村地帯全域に電線を張り巡らせるのをスピードアップしようと、ニューディール政策の新たな事業を創出した。農村電化事業団（ＲＥＡ）である。ＴＶＡが発足した当時、アメリカの農村の九〇パーセントには電気がなかった。これは経済回復を遅らせ、アメリカの農業の競争力を損なう可能性のある欠陥だった。農村地帯に電線を引くにはコストがあまりにもかかり、収益があまりにも少ないとして、民間電力会社は二の足を踏んでいた。しかしＲＥＡが発足すると工員たちが全米に散り、拡大しゆく電力網に農家や納屋を接続するため、何千本という電柱に何マイルもの電線を張っていったのである。おかげで一九五〇年代には数字が逆転し、アメリカの農村の九〇パーセントは電化されていた。あるライターが書いたとおり、「農民が二五ワットの電球をソケットにねじ込めるようにするために、一マイルもの電線を敷設する者など、米国連邦政府《アンクル・サム》以外にはあり得ない」のだった。

TVAの執務室が使えるようになると、リリエンソールはさっそく民間電力会社を率いる男たちに食ってかかった。なかでも大物だったのがコモンウェルス・アンド・サザン・コーポレーション（C&S）のダイナミックな若きリーダーで、長身のカリスマ・ビジネスマン、ウェンデル・ウィルキー〔一八九二－一九四四年。弁護士、実業家、政治家〕。ニューヨークに本社を置くC&S社は巨大な持株会社で、複数の電力会社を子会社に持ち、南部の大部分の地域において電力生産の大半を占めていた。あのアラバマ電力も子会社の一つだった。

ウィルキーはいかにもウォール街の共和党員というタイプではなかった。インディアナ州でウィルソン主義〔アメリカ大統領ウッドロウ・ウィルソンが掲げた外交理念で、軍縮、秘密外交の禁止、国際連盟の設立などを唱えた〕の民主党支持者として育ち、国際連盟の意義を信じ、一九三二年の大統領選挙でも民主党のローズヴェルトに投票していた。両親はともに弁護士で（母親はインディアナ州の司法試験に合格した初めての女性）、彼もその足跡をたどった。民間電力会社各社の顧問弁護士から始め、やがてC&Sの弁護士となった。ニューヨークが大好きで、暇さえあればブロードウェイでミュージカルを観た。毎日新聞一〇紙を読むというウィルキーは、法律家としての手腕と魅力的な人柄でC&S社の社長を虜にし、あっという間に本社の幹部へと上り詰めた。切れ者で、雄弁、人当たりもよく、ある人はウィルキーを「大柄で、読書家で、頭の回転が速く、どこまでも自信家だ」と描写した。一九三三年にはC&S社の社長に就任。まだ四十歳の誕生日を過ぎたばかりだった。

ウィルキーとリリエンソールは互いに好敵手だった。ともに手腕の確かな弁護士であり、とんとん拍子に出世して、比較的若くして高い地位に上り詰めた。どちらも勝利に飢え、自らの職務に深くコミットしている。だがその職務は正反対だった。ウィルキーの仕事はC&S社が電力産業のトップランナーであり続けるようにすること（その対象にはテネシー川流域も含まれていた）、そして個人投資家のために稼ぐことだった。一方、リリエンソールの職務はテネシー川流域でC&S社を脇へ追いやり、TVAが取って代わるようにすることだった。公共の電力が本来はいかに安価であり得るかを示すためである。民間の巨大独占企業やトラストが少しでも利益を絞り出そうと、市場を支配し、料金を引き上げ、消費者を振り回そうとするそのやり口をリリエンソールは嫌悪していた。こと電力供給に関しては、「地域に不可欠な事業を、まるでルーレットの賭け金のようにもてあそぶあの見境のない連中」を公的に管理・監督することに強い信念を抱いていたのである。

「見境のない連中」にはウィルキーのような人物も含まれた。リリエンソールはそのウィルキーとは一九三三年十月、首都ワシントンの会員制クラブのコスモス・クラブで初めて顔を合わせた。「過剰に用心深い二人」が向かい合って座り、互いを値踏みしていた、とリリエンソールはのちに語った。議論のテーマはそもそも複雑だったが、一緒にビジネスをしなければならなかったことが事態をさらに複雑にした。TVAはウィルソン・ダムで発電する電力の販売元だったが、最大の顧客はアラバマ電力だった。つまりTVAとしてはウィルキーにご満足いただく必要があったわけである。もしウィルキーがTVAの電力を買うのをやめたら、TVAは困ったことになるのだ。二人のやりとりは礼儀正しく、慎重で、友好的に議論をしたり言葉のジャブを交わしたりしながら、プロボクサーのように相手の出方を見極めようとしていた。初め、料金や課金について話した際に、ウィルキーは強気に出て傲慢なほどの自信を見せつけた。続いてウィルキーは強烈な一発をお見舞いしようとした。国民はやがてTVAのような公共電力事業には反発するに決まっているし、民間企業と競うニューディール政策のプロジェクトには嫌気が差してしまうだろう、とリリエンソールに告げた。そうなれば、工事が始まったばかりのノリス・ダムを完成させるための予算も、議会は取り下げる気になるかもしれない。それどころかTVAが

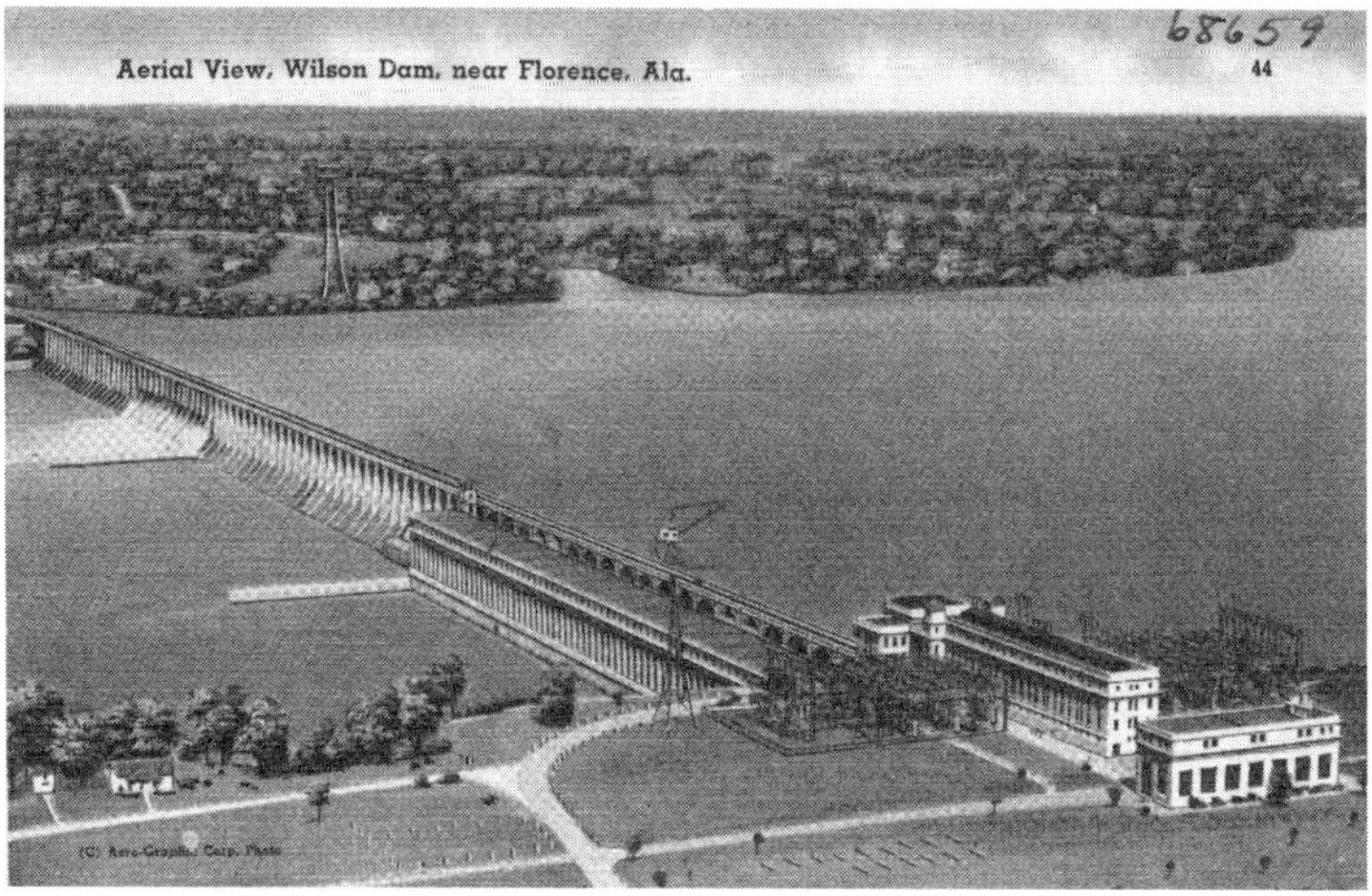

完成した全長1マイルのウィルソン・ダム

計画しているすべてのダムの予算を凍結することだってあり得る。そんなことになったらリリエンソールは何も売るものがなくなってしまうぞ、というわけである。言うまでもなく、C&S社がTVAに不満を抱けば、連邦予算がすっかり干上がってしまうようにC&S社が率先して宣伝キャンペーンを張るに違いなかった。

TVAという砂上の楼閣ががらがらと崩れ去る前に、手早くディールをまとめるのが賢明だ、とウィルキーはリリエンソールに言った。TVAが消費者に直接電力を販売するという構想を捨てさえすれば、C&S社はTVAが生産するすべての電力をまるごとまとめて買い上げることを保証する、というのだ。そうすればこの場で今すぐ一件落着だ、と。

リリエンソールは黙って聞いていることにした。これで相手の最初のオファーはわかった。そしてウィルキーにどう対処するか、すでに心づもりができていた。リリエンソールは和やかに、しかし言質を取られることなく何も約束せずに会談を終えた。そしてオフィスに戻ると、計画を練り始めたのだった。

それから数カ月の間に二人は会談を重ねた。リリエンソールはＴＶＡが何から何まで全権を握ることを主張した。電力の真のコストを測る基準を大統領に提供するためである。それに対してウィルキーはそんな比較は欺瞞だと反論した。資金調達から税負担まで、ＴＶＡには半官半民の機関として山ほどの特権があり、その発電コストを民間企業と比べるのは馬鹿げているというのだった。

どちらもほとんど譲歩せず、激闘は引き分けに終わった。最後はどちらも妥協したのである。一九三四年一月に締結された五年契約によれば、ＴＶＡは同公社の管轄地域内で一定の送電システムを（その他のオプション付きで）Ｃ＆Ｓ社から買い上げることを認めていたが、それ以上Ｃ＆Ｓ社の市場を侵害することは抑止される。さらに電気製品の使用を宣伝し促進することを互いに約束するとの項目もあった。ともかくあらかじめ定められた地域に限り、ＴＶＡは発電した電力を直接消費者に送電し、販売できることになる。これでハッピーエンドになるかと思われた。

ところが数カ月後、Ｃ＆Ｓ社の株主らがＴＶＡに対して訴訟を起こした。政府は民間企業と競争して電力を販売すべきではない、と主張したのである。ウィルキーはきっぱりと否定したが、彼自身がこの訴訟を仕組んだ疑いがある。この一件は連邦最高裁判所まで持ち込まれ、一九三六年初頭まで長引いた末に、ＴＶＡが勝訴した。政府は民間電力会社と競争を始めるためにダムを建設しているのではない、と判決は認めたのである。政府には水運と治水のためにダムを造る権利がある。もし併せて電力を売ることでそのコストを賄えるのならば、政府にあらゆる国有財産を売却する権利があるのと同様に、電気を売る権利もあるとした。そして判事らは、民間企業には競争からの自由を主張する法的権利はない、と宣告したのだった。

長い戦いを通じて、二人はどちらも評判に磨きをかけることができた。リリエンソールは例の「基準」を作成するのに必要な条件を手に入れ、ＴＶＡ内でかつてなく強い立場にいた。ウィルキーは共和党の大統領候補にまでなって、一九四〇年の大統領選挙に出たがローズヴェルトに敗れた。

法的戦いが続いていた間も、リリエンソールは地域のあちこちの町に対し、ウィルソン・ダムが生み出す安価な電力をTVAから直接買わないかと声をかけ、ウィルキーに圧力をかけ続けた。政府の電力に切り替えるか、民間企業が運営するサービスのままいくか、判断は各コミュニティ次第だった。民間電力会社各社はあらゆる手段を使って、住民たちが切り替えを選ぶのを防ごうとした。新聞広告を打ち、手紙を送り、田園地域にも慌てて電線を引いた。アラバマ州のバーミンガムは一九三三年末にTVAのオファーを蹴った。無駄の多い経営、政治的介入、増税などを懸念してのことだった。一方、テネシー州のノックスビルは同年、TVAへの切り替えを選んだ。

実際にTVAの電力系と初めてつながったコミュニティはミシシッピ州のテューペロで、一九三四年に新サービスが開始されると、電気料金が三分の二に急落。六カ月後までにこの町の電気の平均使用量は八〇パーセントを超える伸びを見せ、二年後には三倍になっていた。一方、TVAの電気料金は販売促進のために人為的に低く抑えてあるとの批判もあった（実際、TVAに対する政府の補助がコスト削減に貢献した証拠もあった。ウィルキーが言ったように、「ミシシッピ州テューペロの家主が電灯をつけるたびに、全米の納税者がその料金の支払いを手助けしてやるのだ」）。

どのような形であれ、明確でわかりやすい「基準」による比較は不可能であることが間もなくはっきりした。考慮すべき変数が多すぎたのだ。TVAは、いかに安く町に電気を売れるかを自慢することもできた（実際、自慢した）。一方で反対派は、アメリカのどこかの納税者がその分を負担するのだと主張することもできたのである（実際、主張した）。

しかし別の見方もできる。一九三〇年代にTVAから電力を買ったコミュニティでは、消費者の負担が大幅に減った。近隣の地域はそれを知ると、同じように料金を下げろと民間電力会社に迫った。するとＴＶＡ発足から数年内には、テネシー川流域の民間電力会社は、消費者に課す料金をどうにかこうにかして劇的に引き下げたのである（Ｃ＆Ｓ社の子会社のアラバマ電力では三一パーセントの引き下げ、ジョージア電力は三五パーセント、テネシー電力は四六パーセント）。「基準」は完璧ではなかったかもしれない。だが料金引き下げを実現したという点では、めざした効果があったのである。

そして低料金が使用量を押し上げるとのリリエンソールの発想もまた――これは自動車販売におけるフォードの発想と同じだ――正しいことが証明された。消費者の負担が減れば減るほど、電気の使用量は増え、より多くの家電品が使われるようになった。ＴＶＡの管轄地域内外では、電気の消費量は数年で激増したのだった（アラバマ州では四四パーセント増加し、テネシー州ではほぼ倍増）。

その効果は波紋のように全米に伝わった。歴史家トーマス・マククローの分析によれば、一般的にテネシー川流域から遠く離れるほど、電気料金が高かったことがわかったという。「例の基準が成功したことの、これ以上説得力のある証拠もなかなかないだろう」とマククローは書いている。

第20章 大空の徴《しるし》

デイヴィド・リリエンソールは民間電力会社に対してTVAの立場を守った。おかげでローズヴェルト大統領は国民の電気料金を下げてやるのに必要なデータを得ることができ、リリエンソールも存在感と名声がうなぎ上りだった。それは同時にまた、このTVAの若き理事とアーサー・モーガンの関係を張り詰めたものにした。今やリリエンソールに陽が当たっており、ベテランのモーガンとしては日陰に甘んじたくはなかったのである。

この理事二人はあらゆる問題で対立した。モーガンは民間企業と協力すべきだと考えていたのに対し、リリエンソールはけんか腰だった。モーガンはTVAの政策をトップダウン式に押し通したが、リリエンソールは下からボトムアップ式に行き渡らせることを好んだ。モーガンは地場の手工芸に勤しむ小規模な協同組合式のコミュニティこそ、雇用を生むと確信していた。だがリリエンソールは、雇用というものは大型ダム、安価な電力、そして大規模産業が生み出すと考えていた。「私は『かご編み産業』とかそれに象徴されるものには反対だ。私が『道徳的修養』のようなものを信じていないことは見ればわかるでしょう」とリリエンソールは言った。

リリエンソールの前途が輝きを増していくにつれて、モーガンとの溝が深まっていった。モーガンは内向的で熟慮を好み、ディベートは苦手だった。「私はこれまで政治的な揉め事にかかずらっている暇はなかった。仮にそうしたいと望んだとしてもだ」とモーガンは言った。これに対してリリエンソールは、人たらしで言語明瞭、野心的で説得力に満ちていた。常に会議に顔を出し、あちこち出張に出かけ、ポイントを稼ぎ、知人の輪を広げていた。一九三五年には、どこで何を見てもモーガンの目にリリエンソールの名前が飛び込んできた。新聞には発言が載り、議員らとの会談が話題になり、市民グループの講演者にも挙がっている。モーガンは不満だった。「リリエンソール氏はＴＶＡの電力の送電と流通以外に比較的任務が少なく、その技術的な点は私が彼のために見つけてきてやった男が見事に実行してくれたので、彼はワシントンで過ごす暇がいくらでもあったのだ」とモーガンは述べた。若きリリエンソールを信用していなかったのだ。モーガンの方針を退けて自分の言い分を通すために、リリエンソールがＴＶＡ内で権力を強めようとしているのではないか、とも疑っていた。リリエンソールが私的な場でモーガンを批判しているとの噂も聞こえてきた。こうして疑念はやがて被害妄想に発展した。リリエンソールが政治家たちの親戚や支持者を雇用しているのではないか、それによって公正な雇用慣行というＴＶＡの評判を汚しているのではないか、とモーガンは思った。モーガンと大統領との連絡もリリエンソールが妨害しているのではないか。「大統領とノリス上院議員は常にそして深刻に、私が不忠であるとの虚偽の話を吹き込まれていた。そのため彼らの私に対する温かい友情や信頼は蝕まれ、やがて失われてしまったのである」と、モーガンはのちに書き残している。

ＴＶＡの職員たちがモーガン派とリリエンソール派に分裂していくにつれ、三人目の理事、ハーコート・モーガンは巻き込まれないようにし、できる限り仲裁役を演じようとした。ＴＶＡの仕事は重大であり、個人的な対立に左右されるわけにはいかなかったのだ。

三人の理事たちは雇用の際、同時に退任してしまわないようにと、契約年数が異なった。リリエンソールが最も短く三年で、一九三六年五月にあらためて雇用し直される予定だった。アーサー・モーガンはその機をとらえてリリエンソールを追い出そうと考えた。そこでモーガンは聞く耳を持つ者なら誰彼となくリリエンソールについて不満を口にし、欠点を指摘し、この若き理事を外してほかの者を雇用することに支持を得ようとした。この動きを聞きつけたリリエンソールも反撃した。妻の日記の記述によれば、それは「策略満載」だった。

最終的に、ローズヴェルト大統領がリリエンソールに味方した。連邦最高裁判所はTVAを勝訴としたばかりで、民間電力会社陣営からの長期に及んだ挑戦に終止符が打たれたところだった。リリエンソールはその勝利の立役者と見られていたのである。なかなか終息しようとしない不況の重荷を背負っていたローズヴェルトとしても、リリエンソールの産業振興と雇用創出を支持する議論のほうが、村の協同組合方式の作業場を重視するモーガンの牧歌的なアプローチよりも魅力的だった。こうしてリリエンソールはたっぷり九年間の契約で再雇用された。すると、その時点でアーサー・モーガンはちょっとおかしくなってしまった。まず一カ月も理事会に出ることを拒否。続いて自分を中心にTVAを改組する計画を提示。ローズヴェルトがそれを退けると、モーガンは健康を害し、長期の休養に入った。戻ってきたころには以前にも増して猜疑心に苛まれ、よく眠れず、体重も落ちてきた。「ことを起こして個人的な支配権を確立しようとねらっている鋭敏で抜け目のない弁護士から、自分の一挙手一投足が監視されていると思うととても嫌なものだ」と、モーガンはリリエンソールについて書いている。

モーガンは威厳を保った形で退任することもできただろう。だがもう理屈が通じる状態ではなかった。モーガンはリリエンソールがアルミニウム製造大手のアルコアと癒着しているとの妄想を抱いていた。リリエンソールがハーコート・モーガンと陰謀を企んでいるとも思っていた。「リリエンソール氏の頭の中では、TVAの支配権を独り占めする上で、私は障害物だった。何としても私を排除しなければばならなかったのだ」とモーガンは書いている。やがて非難合戦となった。リリエンソールはモーガンが多数派意見を無視して覆そうとしたと批判。モーガンはリリエンソールが政治家らと取引をしてTVAの中核的価値観《コア・バリュー》を損なおうとしているとやり返す。二人のけんかは講演、雑誌記事、インタビューなどの場でも続けられたのだった。

一九三八年初頭、何とかしなければならないのは誰の目にも明らかだった。そこでローズヴェルトは問題を話し合うためにTVAの三人の理事をワシントンへ呼んだ。ローズヴェルトの得意技は自らの人間的魅力で問題を解決してしまうこと。だがアーサー・モーガンはそもそもおだてに乗らないタイプだったし、もはや明晰な思考もできなくなっていた。まず、大統領への返信の中で、そんな会議をしても意味がないと書いた。そして驚くべきことに、ワシントンには行かないとローズヴェルトに告げたのだ。頭にきたローズヴェルトは再度招待状を送ったが、モーガンはまたもや拒絶し、代わりに議会で公聴会を開くことを要求したのだ。三度目の、さらに厳しい調子の招待状が届くと、モーガンはふてくされた小学生のような態度でワシントンに現れた……だが会議への参加を拒んだのである。

結局、三人の理事とローズヴェルト大統領にハロルド・イケス内務長官を加えた会談が開かれたが、うまくいかなかった。ローズヴェルトが質問しても、モーガンはあらかじめ用意してきた返答を読み上げるばかり。読み終わるまで口を挟まないでくれと、大統領に求める場面もあった。モーガンの態度は「無礼千万」というのがイケスの感想だ。ローズヴェルトは最善を尽くし、自分の理解に基づいて問題を明確にし、続いてモーガンにほかの二人の理事に対する具体的な批判を述べるよう求めた。ところが唯一返ってきた答えは――「私の意見では、この件の性質に鑑みても、この会議は事実関係を明らかにする有効または有用な機会ではないし、なり得ません」。そしてモーガンは議会の公聴会を再度求めたのだった。

公聴会で山ほどの不満を述べ立てるアーサー・モーガン
Courtesy Library of Congress

ローズヴェルトはほかの二人の話も聞いた。議論は非協力的なアーサー・モーガンをめぐってずるずると六時間も堂々巡りを続けた。最後はローズヴェルトがモーガンに対し、もう少しまともな返答をする気になるまで一週間の猶予を与えて散開となった。翌週にふたたび集まったときも、モーガンは相変わらず用意してきた声明を読み上げるばかり。答えを引き出そうとのローズヴェルトの努力をはねつけた。大統領はモーガンに目を覚ませとばかりにさらに三日の猶予を与えた。三日後、モーガンはまたもや話すことを拒んだのである。

こうしてローズヴェルトはモーガンをクビにした。一九三八年三月二十三日をもって理事を解任する、とモーガンは告げられたのだった。

外された後も、依然としてモーガンは奇矯な振る舞いを見せた。たとえば大統領にこう書き送った――「私を排除するあなたの命令が大統領の職務権限内にあるとは、私は認めません。したがって私は今もってＴＶＡの理事会の一員であり、理事長であることをあなたに通告するものであります」。この通信はまったく理屈に合わず、役にも立たなかった。モーガンはクビだったのだ。オフィスを片づけて出ていきなさい、と。数カ月後、待ち望んだ議会の公聴会がようやく開かれたときも、リリエンソールに対するモーガンの非難は根拠がないとの結論に終わった。

すべてが終わると、モーガンはあっさり関心を移し、別の方法で完璧な社会をつくることを試みていった。まずはノースカロライナ州の山あいの村で小さなユートピアを築く実験をし、その後は長年コミュニティ・オーガナイザーとして活躍。九十七歳で生涯を閉じた。この間ずっと、モーガンは自分のいかなる行動についても考えを変えなかったようである。第二次世界大戦中に司法長官を務めたフランシス・ビドルは、「一人の人間としてのモーガン博士の悲劇は何といっても、偉大な人物として後世まで語り継がれたかもしれなかった、ということだ」と指摘した。

しかしそうはならず、モーガンはほとんど忘れ去られた。そして一九四一年、デイヴィド・リリエンソールがＴＶＡの理事長に任命されたのだった〔一九三八－四一年はハーコート・モーガンが理事長〕。

アーサー・モーガンの退場は、ある意味でテネシー川流域の二〇年にわたる壮大なビジョンの時代の終わりを意味した。

しかしそれはのちにＴＶＡ神話と呼ばれたもののほんの始まりにすぎなかった。

リリエンソールの指揮のもと、ダム建設や電力の普及のために連邦政府の予算がこの地域に流れ込み続けた。一九四〇年代初頭までに、ＴＶＡはテネシー川を制御することができるようになった。一六基のダムを建設し、ほかにも五基に改良を加え、船舶の航行のために水門を設け、水系全体を管理して冬には洪水を防ぎ、夏にはたっぷりと水を供給できるようになったのである。パナマ運河でさえ圧倒するスケールであり、目を見張るような偉業だった。「単一の組織が実行したエンジニアリングと建設の事業としては、わが国の歴史を通じて最大のもの」と、リリエンソールは胸を張った。

ヘンリー・フォードと同様、リリエンソールもパブリシティの価値をわかっていた。ＴＶＡの仕事を英雄的で変革的に見せるため、広報部門はリリエンソールの指揮下、写真、記者発表、パンフレット、短編映画などを着実なペースで公開していった。市民集会にも何百人もの講演者が派遣された。ダムは観光地化され、ビジターセンターや情報を記した掲示やガイドブックもあった。おかげで何百万人という単位で見物客が訪れ、巨大な美しい構造物と、それらがいかに暴れ川を抑え、経済を再生させたかといったストーリーとに驚嘆したのである。

リリエンソール自身がＴＶＡのメイン・エンジンだった。データをこれでもかとかき集め、ＴＶＡの予算が浪費されていないことを官公庁に認めさせた。人気の本も書いている――『ＴＶＡ――民主主義は進展する』。商業やコミュニティ、そして経済に対するＴＶＡの貢献を賛美する内容だ。ここでもファクトをこれでもかと詰め込んでいる。いわく、ＴＶＡは一七万五〇〇〇エーカー〔一エーカーは一二〇〇坪強〕の土地を開拓し、有名なギザのピラミッド群を一二回造れるほどの土と岩石を掘り起こした。いわく、ＴＶＡは一二〇〇マイルを超える幹線道路と一四〇〇マイルの線路を敷設した〔一マイルは約一・六キロメートル〕。さらにパナマ運河に使われた分量のほぼ三倍のコンクリートを使い、これまでの間に二〇万人の労働者を雇用したこと。破壊的な洪水は過去のものとなり、川はダムと発電所と一群の美しい湖――「南部のすばらしき湖群」――の連なりに変わり、九〇〇〇マイルの新たな汀線《ていせん》を造り出したこと。これはアメリカ全体の海岸線よりも長い。リリエンソールが「無用の巨人、それも破壊的な」と呼んだテネシー川は活用できるようになった。かつての活気のない綿花の町の数々は今や賑やかな河港となった。変化の跡は次のような成果の記録に刻まれていると、右の本には書いてある――「流域に新たな民間産業が構築されたこと、あるいは破綻しそうだった事業が復興されたこと、人びとの懐が豊かになったこと、税の滞納が減ったこと、銀行預金が増えたこと……新たな公共図書館の設立、あるいは州立公園の設置……新しい病院の開設、郡の医療部門がほぼ倍の規模になったこと、結核とマラリアの減少」。さらに平均賃金の増加に、小売販売の増加、などなど。

ＴＶＡは「人類と天然資源が一つであること、つまり土地、河川、森林、鉱石、農業、工業、人類が絆で結ばれているという一体性を示したのである」と、リリエンソールは筆に詩情を込める。ＴＶＡはもっぱら広域の総合的な利益に捧げられた、類例を見ない政府機関だという。同書は続く。「ＴＶＡが追い求めたことは次のように端的に記すことができる――資源から利益を得るという民間の利害と、その資源の統一的かつ効率的な開発における重要な公益とを、調和させる義務を受け入れること。……各個人にとっても現実的かつ魅力的な形で公益を増進するために、積極的な行動をとることである」

心を揺さぶるような本で、宣伝効果も抜群だった。アメリカと世界の人びとはＴＶＡを純正なるサクセス・ストーリーと見たのである。民主的で資本主義的な社会が、公益のために偉大なプロジェクトを実現できることを示したというのだ。ＴＶＡは世界にとって輝かしいお手本なのだ、と。

ＴＶＡを「二十世紀のアメリカの平時における最大の偉業」と呼んだのは著名な歴史家のヘンリー・スティール・コマジャー〔一九〇二-一九九八年。二十世紀半ばを代表するアメリカの歴史学者。マッカーシズムやベトナム戦争に反対したリベラルな姿勢で知られる〕だった。一九四三年のある調査の結論はこうだ――「敵にも味方にも、ＴＶＡは大空の徴《しるし》のように思えた。これから来たるべきものの形を示したのだ」。ある記者は、ＴＶＡは「古い地上の新しい天国」の現れだと述べた。

第二次世界大戦が終わるころ、テネシー川流域は劇的に変わっていた。Ｊ・Ｗ・ワージントンとフランク・ウォッシュバーンが川に巨大なダムをかけることを夢見てから二世代、ヘンリー・フォードとトーマス・エジソンがマッスル・ショールズに列車で乗り入れて以来二五年、フランクリン・ローズヴェルトとジョージ・ノリスがフローレンスの町からウィルソン・ダムを渡って勝利のパレードを行ってから一五年が経っていた。大戦中もこの地域は繁栄した。豊富な電力を活用して武器弾薬、肥料、飛行機製造のためのアルミニウム、その他の何百という必需品が生産された。なかには原爆製造用の原料を精製するのに使われたものもあれば、ロケット開発に使われたものもある。戦後、ヴェルナー・フォン・ブラウン〔一九一二－七七年。ドイツのロケット工学者。ナチス・ドイツでV2ロケットを開発し、戦後アメリカへ移住〕らドイツ人のロケット工学者たちがハンツビル近郊に移ってきた。ヘンリー・フォードの「七五マイルの町」構想で言えばその一方の端に当たる。そこで彼らはアメリカの宇宙開発プログラムの礎を築くのに貢献した〔アポロ計画のロケット開発などが行われたマーシャル宇宙センター（現NASA）などがある〕。一九六〇年代までに、何十年にもわたって政府系事業が行われ、多くのキャリアが花開いたり挫折したりし、何十億ドルという国民の血税がここに注ぎ込まれた。

多くのことが変わった。昔のマッスル・ショールズ周辺の渓谷は今でも眺めが美しく、歴史を感じさせる小さな町が点在して残っているし、勤勉で粘り強く、温かく迎えてくれる人びとが今なお暮らしている。しかし立ち並んでいた小作農らの小屋はすでになく、幹線道路のインターチェンジ、リサーチ・パーク、ショッピングセンターなどがあり、大都市ハンツビルには国際空港もある。かつての綿花やトウモロコシ畑には、航空宇宙産業と軍需産業、自動車部品メーカー、化学メーカー、バイオテクノロジー企業、テレコミュニケーション・センターなどが広がっている。

素敵だが、決してユートピアではない。アメリカのほかのハイテク・エリアとひどく似ているというのは大きな点だろう。たとえばノースカロライナ州のリサーチ・トライアングル〔デューク大学のあるダラム、ローリー、チャペルヒルの三都市にまたがる地域に高等教育・研究機関が集積している〕やカリフォルニア州サンフランシスコ周辺の地域のようにだ。幹線道路沿いは緑豊かで楽しいが、アメリカのほかのどの地域の郊外を走るのとも大差がない。開発は進んでいるが、全米規模では決して突出しているわけでもない。一九六〇年代を通じて、テネシー川流域は政府の莫大な投資のおかげで南部のおおかたの地域よりは開発が進んだが、アラバマ州全体の平均収入は現在でも全米各州の最下位近辺に沈んでいる。また、マッスル・ショールズ周辺のアラバマ州の北部地域は州の南部よりは豊かなものの、アメリカ全体を見ればもっと開発が進んでいる地域はいくらでもある。

さらに、テネシー川流域も成長がもたらす問題からは逃れられなかった。ダム建設が終わってしまうと（最終的に三一カ所）、ＴＶＡは二十世紀後半から石炭火力発電所や原子力発電所を建設し始め、それには大気汚染や廃棄物の問題が伴った。数々の湖の周囲の長大なウォーターフロントもほとんど開発してしまい、いっそうの産業投資と住宅投資を奨励したのだった。

一九八〇年代にはＴＶＡが理想的なコミュニティを建設する企業から現代的な地域開発エージェントに転換したとして、そのあり方に批評家たちが疑問を呈した。経済的な変化にはほかの変化も伴った。数字では表しにくいが、多くの昔からの住民にはそれとわかる変化——この土地のフィーリングが変わっていったのだ。ウィルソン・ダム周辺の三つ子の都市《トライ・シティーズ》は農業と小規模産業を中心とした南部色が濃厚な市場町だったが、専門職や退職して引退した人たちを惹きつけ、観光客にも人気の旅先になった。古いれんが造りの建物が残るダウンタウンや歴史的な雰囲気の住宅の多くが、魅力たっぷりに復元されている。こうしてこの地域の本質的な性格が次第に変化してきたのである。テネシー川沿いの綿花栽培で知られた古い町、ガンターズビルなどは、ＴＶＡのダム湖に水没したが、高台に再建された。今や「アラバマの湖畔の町《レイク・シティ》」として知られ、バカンスの人気スポットであり、大きな釣り大会も開かれている。物事は変わるのだ。

リリエンソールが焚きつけたいわばＴＶＡ神話に対し、近年の研究者らは、一九四〇-五〇年代に相次いだ賛美の嵐に疑問を抱くようになっている。「南部のすばらしき湖群」はボート好きや釣り客にはすばらしい娯楽を提供したが、考古学的に価値のある遺跡を水浸しにし、民家、農場、企業、そしてガンターズビルのような町をまるごと水没させた。たしかに経済開発は進んだが、それは何千軒もの世帯が立ち退きにより故郷を追われるという代償を伴った。移住した住民らは誰にも選択の余地はなく、多くは不承不承だった。ＴＶＡの最初の数年間で五万人が土地接収の影響を受けた。地主以外にも土地を持たない多くの借地農家や小作農家があり、やり直すための元手もほとんどないまま立ち退きを強いられた。何とか手助けしようとした地主たちもたくさんいたし、一部では公的支援を提供しようと奮闘した政府のケースワーカーたちもいた。だが結局は何千人という貧しい住民たちが昔ながらの暮らしを諦め、高台に移って新たに臨時雇いの労働者になるしかなかったのである。

莫大な資源と数々のプロジェクトを誇ったＴＶＡだったが、それが実際にどれほど地域経済に好影響を与えたのか、のちに歴史家たちは疑問を投げかけた。テネシー川流域の変化はたしかにＴＶＡによって促進されただろう。しかし電力の大々的な普及やさらなる工業化、借地農家や小作農家の減少など、同様の変化は同時に全米で進行していたのである――ＴＶＡなしでも。

たとえば、ハーコート・モーガンは何十件もの農業計画を実施し、何百人という労働者を雇い、綿花とトウモロコシ栽培からの転換を促した。より多様な作物の栽培および土壌への負担が少ない農法へと農家を導くために、何百万ドルもの資金を費やしたのだ。ところが彼の多くの成果も、より大きな趨勢に比べればささやかなものだった。一九二〇年代にあれほど注目と論争の的になった硝酸塩工場も、窒素肥料の生産技術の発達により、一九四〇年代にはほぼ無用になった。これと同じように、テクノロジーがアメリカの農業全体を変えつつあったのである。テネシー川流域に限らず全米で、農場は電化され、機械化され、比較的小規模な家族経営から大規模な産業型農場組織へと移行しつつあった。それらはより大きな規模と、ますます大型化する農業機械、より高度な灌漑設備、それに新型の肥料や殺虫剤や除草剤の大々的な利用によって収益を上げていた。一九三四年から一九七四年の間に、テネシー州では七〇パーセントを超える農家が消滅した一方で、農業の総生産額は（恒常ドルベースで）三三パーセント上昇した。つまり以前の三分の一の数の農家で従来よりも大量の作物が生産されるようになったのである。技術的な変化によって、ある歴史家が「残酷だが効果的な選別過程」と呼んだものが生まれた。このため値上がりするばかりの農地、機械、必需品などへ投資する経済的余裕のない小規模農家は淘汰され、大規模で最大限効率的な農業事業体だけが生き残ったのだった。初めに破綻したのは借地農家と小作農家で、家族経営の多くの小規模農家が続いた。その社会的影響は甚大だった。さらに私たちは、生物圏《バイオスフィア》、土壌の質、持続可能性といった面に対する産業型農業の長期的影響に、ようやく直面しようとしているにすぎない。

このような進展のなかで、ＴＶＡは重要な役割を果たした（それは大きな成果を挙げた肥料研究でとくに顕著で、今日の最も重要かつ広く普及している多くの成分の開発に不可欠だった）。しかしこうしたプロセスを多少は促進したとはいえ、より大きな全米規模の傾向のなかでは、小さな部分を占めたにすぎないのである。

安価な電力でも同じことが言える。テネシー川流域の住民たちはＴＶＡのおかげで以前よりも安く電気が使えるようになった。それに農場にも電気が通じ、冷凍庫や冷蔵庫や電気掃除機を購入する人たちも増えた。この地域では、一九三三年から一九六〇年の間に、一人当たりの電気の使用量が二〇倍に跳ね上がった。ちょうどフォードが自動車を金持ちの贅沢品から庶民が毎日乗り回せるものへと転換したように、リリエンソールは電気を広く使われる生活必需品に変えた。だが大規模な電化と電気の消費量の増加は全米で起きていた。それもほとんど同じ速さで。それは大型河川に大型水力発電所を増設する政策によって、使える電力が増えたことも一因であり、他方では地方の電化と公益企業を支援するニューディール政策のその他のプログラムのおかげでもあった。

こうしたことを考え合わせると、フォードの入札からＴＶＡの活動までの効果と、同時期に全米規模で起きていたほかの諸要素とを切り分けるのは困難になる。電力消費は全般的に増加したし、田園地帯から都市へ、さらに郊外へという動きも各地で見られ、重工業からハイテクやサービス産業への移行、戦後の所得やレジャー活動の増加なども同様である。

しかしＴＶＡはこれらの変化を促進し、ＴＶＡがなかった場合よりも大きな変化をもたらしたのではないのか。違うのか？　この問題の研究者たちは明確な答えを出せていない。一九八〇年代に行われた広範な研究のなかで、エネルギー問題の専門家であるウィリアム・Ｕ・チャンドラーは、（ＴＶＡの恩恵を大いに受けた）テネシー州と（受けなかった）隣のジョージア州の開発度合いを比較した。そこでわかったのは、一人当たりの収入の増加は両州でほぼ同じだったこと、田園地帯の電力普及のスピードはＴＶＡの対象地域でも対象外の地域と大差がなかったこと、そしてＴＶＡが影響力を持っていた地域では、製造業の雇用の増加は実はほかの地域よりも鈍かったらしいことだ。チャンドラーは「ＴＶＡがテネシー川流域の経済を大幅に改善したとの考えを裏づける、説得力のある証拠はない」と結論づけた。なぜか？「市場にも有権者にも、代議士たちにさえも責任を負わない組織をつくり出しても、うまく機能することは期待できないのである」とチャンドラーは記す。とはいえ、ＴＶＡをより高く評価する研究も複数ある。それらによれば、ＴＶＡの対象地域と全米を比較した場合、工業部門の雇用と一人当たりの収入の増加は平均を上回ったというのである。

結果は調査が対象とする時期によっても大きく異なる。ＴＶＡ発足当初から一九三〇年代を通じては、ＴＶＡの予算と専門的知識の流入によって、テネシー川流域は近隣諸州よりも開発が速やかに進展した可能性がある。このためリリエンソールが実に巧みに活用したすばらしい統計数値が得られたのだ。しかし第二次世界大戦がアメリカ全体を同じ方向へと突き動かし、産業開発と雇用創出を急激に促進し、一九五〇年代と六〇年代の好景気を触発したのである。

答えはどうであれ、たしかに言えることもあるようだ。テネシー川流域はＴＶＡの恩恵を受けたが、ジョージ・ノリスやローズヴェルト大統領が望んだほど劇的ではなかった。そしてアメリカのほかの地域もすぐに追いついたということだ。

また、（筆者が知る限り）これに関連する一つの問いをまだ誰も徹底的に研究していない。それは、もしヘンリー・フォードの入札が成功していたら、彼の「全長七五マイルの都市」は政府がＴＶＡでなし得た以上の成果をもたらしただろうか、という問いだ。

この問題が重要なのは、ある選択の核心に迫るからである。それは一九二〇年代のマッスル・ショールズをめぐる議論と、フォードとノリスの対決の大部分で、ともに熱い論争の的となったものである——国民にとってどちらが望ましいのか、民間による開発か、公共事業としての開発か？

フォードの案件には仮説が多すぎる。はっきりした答えを出すには「かもしれない」が多すぎるのだ。とはいえ、私自身の考えは以下のとおりだ。もしフォードが「南部のデトロイト」をつくり上げていたとしたら、それは世界中に宣伝されていただろう。フォードと配下の敏腕宣伝チームがプラス面に関する情報を洪水のごとくメディアに流していたはずで、フォードは並外れた社会設計家だとのイメージが増幅されただろう。また、フォードは立場の強さを利用して政府と交渉し、自らの利害にかなう条件でさらなるダム建設にさらなる政府資金の投入を求めたに違いない。莫大な電力を発電し（その大部分は自社の関連産業が吸い上げていたはずだ）、洪水を抑制し（ただしＴＶＡほど効果的とはいかなかっただろう）、多少は安価な肥料を生産したに違いない（少なくとも数年。旧式の硝酸塩工場は金食い虫だと気づくまで）。フォードは基本的には地域全体を一つの細長い、ゆるやかに統合された自動車製造プラントに変貌させ、競合他社を打倒しただろうと思う。

フォード社内でリーボルドの権力が強まった可能性も十分考えられる。そしてそれに伴い、フォードも抱いていたドイツ寄り、反ユダヤ的見解が強まったかもしれない。フォードのマッスル・ショールズの事業に対する入札がまだ有効だったころ、ドイツきってのフォードの大ファンの一人、アドルフ・ヒトラーは『わが闘争』にこう書いている――「アメリカ連邦の株式取引所を支配しているのはユダヤ人である。一億二〇〇〇万人の国家において、一年経つごとに彼らはますます製造業をコントロールする支配者になっていくのである。今なお完全に独立を保ってユダヤ人を憤慨させているのはただ一人の偉人、フォードだけである」。マッスル・ショールズの入札から撤退して間もなく、フォードはベルリンとケルンに自動車工場を開設。さらに、その自動車の燃料としてフォードが合成オイルと合成ガソリンを開発するために、ドイツ企業と秘密裏に交渉していた証拠もある。フォードとナチス政権とのさらなる商業的つながりについては、すでに数冊の本で語られている。フォード・モーター社はナチスと協力していた唯一のアメリカ企業ではなかったとはいえ、重要な企業であったことは確かである。

アメリカ、そして世界で、フォードが現実の歴史よりもはるかに大きな尊敬を集めている――そんな様子は容易に想像できる。彼の産業帝国ももっと強大で、ドイツとの結びつきもさらに強く、彼のナチス支持の姿勢ももっと幅広く共有されている、そんな様子が思い浮かぶ。となると、フォードはローズヴェルト相手に大統領選挙に出馬しただろうか？　考えるだけでも恐ろしい「仮想歴史」にふさわしいシナリオだ。

もっと重要なのは、もしフォードのオファーが承認されていたら、陶器製造所や葛の移植にあれほど時間を浪費せずに済んだだろうということだ。そして代わりに自動車部品工場を建設したり、小農園を造ることに時間をかけていたに違いない。そうしてフォードの「リボン型都市」は、数十年間は繁栄したかもしれない。ひょっとするとフォードはたしかに「南部のカエサル」になっていたかもしれないと思う。

しかしやがて世界は変わったはずである。工場労働者が休暇を取って、数エーカーの畑を幸せそうに耕したり種をまいたりし、地元の市場で収穫物を売る……そんなフォードの夢がそれなりの規模で実現した場所は世界のどこを探しても見つからない。フォードが入札を取り下げたからではない。経済的にほとんど合理性がないからだ。郊外の成長と、都市の外部の閑静な住宅地に自宅を構える喜びと利点は、フォードのおかげで普及したのではない。連邦政府が支える住宅ローン制度や幹線道路の建設、それに第二次世界大戦後の一九四四年復員兵援護法〔復員した退役軍人に対する手当支給など国家福祉政策を定めた法〕などのおかげなのだ。もしフォードのユートピア的な産業帝国が構築されていたならば、今日どのような光景になっているだろうか？ 単一産業に特化した地域がどうなるか、現在のデトロイトや錆びついた地帯《ラスト・ベルト》〔アメリカ中西部を中心とした衰退した工業地帯〕の町を見るだけでわかるだろう。テクノロジーが移り変わり、消費者の購買行動が進化すると、旧型の産業は適応するか潰れるしかない。テネシー川沿いのフォードの夢の都市でも同じことが起きたはずである。もし建設されていれば、一九二〇年代や三〇年代式の工場や労働者のための小規模農場は、今なら過去の遺物にしか見えないだろう。そしてマッスル・ショールズ周辺のＴＶＡで活気づいた地域に現在見られるのと同じような状況が、それらに取って代わっただろう。

ひょっとすると、民間による経済開発と公的な開発を「あれか・これか」の二者択一の問いとするのが間違っているのかもしれない。マッスル・ショールズから何かを読み取れるとすれば、開発はこれら二者のせめぎ合いのなかから起きてくるということだ。ノリスの深い研究調査とウォッシュバーンの大胆なビジネス手法、ローズヴェルトのニューディール政策とフォードの労働者や消費者のニーズに応えることの重視と。

今も私たちは公共と民間の緊張関係をワシントンの政界に見ることができるが、どちらも欠かせず、どちらも活気の源泉だ。両方が必要なのだ。そしてその両者が互いに尊重し合い、学び合うとき、その結果は電撃的であり得るのである。

エピローグ

本書は第一次世界大戦直前から第二次世界大戦の開戦ごろまでを扱った。だが本書に登場するおおかたの人物や物事のストーリーはそこでは終わらない。以下、主要な登場人物たちのその後を記そう。

テネシー川に巨大なダムをかけることを最初に構想し、マッスル・ショールズに硝酸塩第二工場を設計・建設し、アメリカン・サイアナミッド社を創業した男、フランク・ウォッシュバーンは一九二二年に肺炎で亡くなった。ちょうどアメリカン・サイアナミッド社がマッスル・ショールズの利権をめぐり、ヘンリー・フォードとどう戦うかを検討している最中のことだった。

疲れを知らぬテネシー川流域の宣伝マン、「大佐」ことJ・W・ワージントンはフォードが入札を取り下げてからもロビイストとして活動を続けた。「彼は静かに、そしてミステリアスに行動した」と、アラバマ州バーミンガムの地元紙が書いたとおり、できるだけ目立たずに黒子に徹しようとしたが、時にはニュースの主役になった。一九三〇年、マッスル・ショールズを民間企業の影響下に置き続けようとする電力会社や肥料メーカーの動きに関して、議会が調査に乗り出したことがあった。ジョージ・ノリス上院議員もそれを支持していた。その公聴会でたびたび出てきた名前こそワージントンだった。ワージントンは複数の方面に働きかけをしており、肥料メーカーの関係者に手を貸し、電力業界の連中にアドバイスをして、調査委員会の一員だったアラバマ州選出上院議員のスピーチ原稿の執筆まで手伝っていた。さらにワージントンが自分のクライアントについて好意的な報道をしてもらおうと、新聞社の編集者を一〇〇〇ドルで買収した証拠も出てきた。ワージントンは証言を求められると、関連する書類をすべて破棄または隠蔽し、病気だと主張して列車でデトロイトへ。そこで病院に入院すると、公聴会が終わるまで出てこなかった。これで彼の評判も地に落ち、二度と一九二〇年代のような知名度を得ることはなかった。それでものちの大物ロビイストたちにとって、ワージントンはある種のお手本であり続けた。一九四二年、八十六歳で死去。

目立たないが有能なフォードの側近、アーネスト・リーボルドの地位も失墜した。フォードが大統領選挙への出馬もアラバマの産業帝国建設の夢も諦めると、社内におけるリーボルドの権力は衰え始めた。一九三〇年代半ば、電算機のごとき彼の精神のどこかでネジがはじけ飛んでしまったらしい。ひと言の説明もないまま、ある日デトロイトの銀行二行の取締役を辞任し、車に飛び乗り、走り去ってしまった。フォード社の社員らが警察に捜索願を出したところ、トラバース・シティ〔デトロイトから約三五〇キロメートルのミシガン州北部の都市〕のホテルに偽名で投宿しているのが発見された。疲弊している様子だった。神経衰弱だったのかもしれない。それでもリーボルドは何とか気を取り直してデトロイトに戻り、職場に復帰した。一九三八年、ヒトラーのナチス政権からドイツ鷲勲章一等を授与された（同年、フォードはさらにランクの高い勲章を受与されている）。しかしリーボルドはフォードの信頼を取り戻すことも、社内でかつてのように権力を振るうこともできなかった。一九四四年に解雇され、一九五六年に世を去った。

トーマス・エジソンは一九二〇年代初頭にフォードの入札を支持するのをやめ、それ以来フロリダ州フォートマイヤーズの冬用の別荘で過ごすことが多くなった。隣接地にはフォードの別荘がある。エジソンは温暖な気候を生かして、一〇〇〇種を超える植物を栽培した。その多くはゴムの代用品を開発する研究に使われたが、うまくいかなかった。夏のキャンプ仲間であったエジソンとフォードはその後も親密な関係を保った。晩年、エジソンが車椅子を使うようになると、フォードは自分用にも一台買ってフロリダの別荘に置いていた。二人で車椅子レースをするためだ。一九三一年、エジソンが糖尿病の合併症で余命いくばくもなくなると、ベッドのそばにひと束の試験管が口を開けたまま用意された。これは最後の息を入れて保存するためで、のちにその一本はフォードのもとに送られた。今はミシガン州ディアボーンのヘンリー・フォード博物館に展示されている。

ジョージ・ノリスは結局は英雄となった。フォードのオファーと戦っている間は南部では悪者扱いだったが、一九三三年以降はテネシー川流域の住民の間で大の人気者になった。人びとは「ジョージおじさん」と親しみを込めて呼び、自宅や店舗やレストランの壁に肖像写真が飾られた。ローズヴェルト大統領はノリスを「預言者」だと言い、ライターたちは「時代のはるかに先を行っていた」と称賛し、「誰もまだ見たことがないうちに、未来をすでにとらえていた」と評した。ノリスはTVAで実践した統合的な開発モデル——電力、治水、水運、娯楽——をほかの水系へも拡大しようとした。だが予算も政界の賛同も得られなかった。第二次世界大戦中、最後に上院議員選挙に立候補したのは八十一歳のとき。ネブラスカ州の有権者らは当選させてくれなかった。そこで同州マッククックの質素な家に隠居して、回想録の執筆に取りかかった。その中で議員としての自らの奉仕を一文でこう描写した——「私は政府の業務において不正と悪を排除することに全力を傾けた」。のちに大統領となるジョン・F・ケネディは一九五六年の著書『勇気ある人々』で描いた八人の上院議員の一人としてノリスを挙げ、敬意を表した。アメリカ郵政公社は一九六一年、ノリス・ダムを背景にしたノリスの肖像の切手を発行し、そこには「進歩的な理想を抱いた心優しき騎士」との文言が記されていた。一九四四年、死去。

TVAの成功で乗りに乗っていたデイヴィド・リリエンソールは一九四六年、新設された原子力委員会のトップに任命された。それから四年間、アメリカの核兵器の増強や原子力発電の可能性などについて政府に助言する立場にあった。リリエンソールは勤勉さと広報宣伝のスキルとを組み合わせ、テネシー川流域で大いに成功を収めたが、新たな仕事でもそれは変わらなかった。しかし冷戦時代においては、少しソフトすぎると評された――核兵器を管理するために国際的な監視グループを立ち上げることを支持していたし、水爆の開発には反対で、核廃棄物の危険性について警鐘を鳴らしたのだ。こうして一九五〇年には辞任してしまった。続いて、ひと儲けしてみようと民間企業に身を投じたが、立ち上げたコンサルティングのベンチャー企業はどれも思ったほどうまくいかなかった。一九八一年、八十一歳で亡くなった。

ヘンリー・フォードはマッスル・ショールズの事業への入札を取り下げた後、野心が衰えたようだ。アメリカを一変させたT型フォード車の生産ラインも閉鎖した。T型フォード車はフォードを裕福にした。有名にもした。そして一八年間も生産を続けてきたというのにまだ売れていた。しかし市場は大きく変わり、あまたの競合他社があまたの新型車を投入し、さすがのフォードも変化のときだと認めざるを得なかった。

フォードは多くの業務をますます息子のエドセルに任せるようになっていた。フォード自身もまだ山ほどやるべきことを抱えていたが、次第にグリーンフィールド・ヴィレッジの整備に力を入れていった。ディアボーンにあるこの施設は、野外博物館とテーマパークを兼ねたようなもので、全米から集めた歴史的建造物を移築展示した。製粉小屋がある池の周りに、家々が軒を連ねるニューイングランド地方の村を再現し、蒸気機関車まで含めたれんが造りの鉄道の駅舎も造った。フォードが実際に少年時代を過ごした農場の母屋や、「四輪車《クオドリサイクル》」の初号機を組み立てた自動車修理工場も移築し、さらにはメンロー・パークにあったエジソンの研究所を実物大で再現した。ここでフォードは昔ながらのヴァイオリンを使った音楽のコンサートも開催するなどして、家族みんなが訪れ、古き良き時代のアメリカに触れることができる場所となった。それは近代化と道徳観の変化がすべてを台無しにする以前のアメリカである。これがフォードの新たなユートピアになった。青空教室でもあり、一種のディズニーランドでもあり、自身の記憶の小道をさかのぼることができる場所でもあった。フォードはこの展示公園を一九三三年に一般に公開。今なお人気の観光施設である。

やがてフォードはゆっくりと独特の奇癖に打ち沈むようになった。リバー・ルージュの川辺にある大きな石造りの邸宅はフォードとクララ夫人と数人の使用人が日常を過ごしているだけで、ほとんど空っぽのことも多かった。以前にも増して、フォードは大実業家たちが自分に敵対して陰謀を企てているとの妄想に取り憑かれた。側近の一人の回想によれば、「晩年には、銀行家たちとゼネラルモーターズが彼を滅ぼそうとつけねらっているとの疑念が高じて、ほとんど幻覚と言えるぐらいでした」という状態だったのである。

一九四三年、息子で後継者のエドセルは、まだ五十歳にもならないというのに癌で亡くなった。そこでフォード・モーター社の指揮を執るため、八十歳を目前にしたフォードが現役復帰した。だが、もはや昔のフォードではなかった。心臓に問題を抱えていたし、気分にもむらがあった。二年ほどして会社の経営を最年長の孫、ヘンリー・フォード二世に譲ることにした。

一九四七年、ルージュ川が氾濫し、自宅に電気を供給するために設置していた小規模な発電所がやられてしまった。数日後、フォードは脳出血で倒れた。未来的な完全電化型の都市を創造することを夢見た男の最期を、伝記作家のピーター・コリアーとデイヴィド・ホロウィッツはこう書いている――「八三年前にこの世に生を享《う》けたときと同じように、この世を去った。すなわち石油ランプと数本のろうそくの灯りに照らされて」。

謝辞

本書の調査に協力していただいたマッスル・ショールズ地域のみなさんに心から感謝したい。私は幸運にも同地域の歴史家の方々を紹介してもらい、おかげで現地を案内してもらうことができたし、まだ活字になったことのない歴史のさまざまな断片を教えてもらった。マッスル・ショールズ地域の住民であるジョエル・マイズ、ナンシー・ゴンス、ビル・クレモンズ、リチャード・シェリダンにはとくに感謝している。すばらしい図書館であるフローレンス・ロウダーデール公共図書館のスタッフにも感謝。私が何日もかけて歴史資料や地元紙の記事のマイクロフィルムを念入りに調査するのに協力してくれた。マッスル・ショールズにあるＩＦＤＣ図書館のジョイス・フェデツコも資料調査の手助けをしてくれたし、ヘンリー・フォード博物館およびグリーンフィールド・ヴィレッジのスタッフも同様だ。フォード関連資料を所蔵するディアボーンのベンソン・フォード・リサーチセンターのアーキビストたちは知識が豊富で、手際がよく、協力してもらってとてもありがたかった。

いつものとおり、私のエージェントをしてくれているナット・ソベルとソベル＝ウェーバー社のスタッフにも感謝している。ナットとはもう三〇年も一緒に仕事をしてきたし、あと三〇年は続けたいものだ。

本書の編集者（前著『歴史を変えた10の薬』〔邦訳は久保美代子訳、すばる舎、二〇二〇年〕でもお世話になった）のジェイミソン・ストルツと一緒に仕事をするのは喜びだ。彼は熱意があり、建設的で、洞察に満ち、どこまでも忍耐強く、いつだって欠かせない。ジェイミソンと彼が一緒に仕事をしているエイブラムズ・プレス社のチームに多謝である。

最後に、このプロジェクトの最初から最後まで力を貸してくれた二人のよき友にとくに謝意を述べたい。国際肥料開発センター（これはＴＶＡの肥料調査プログラムから生まれた組織で、マッスル・ショールズの近くのかつてＴＶＡがあった場所に本部がある）のアミット・ロイ元センター長と、肥料開発のイノベーターでありビジネスマンであり、何世代も続くアラバマ州の名家を受け継ぐテイラー・パーセルだ。この二人が私を初めてマッスル・ショールズへ案内してくれて、この地域とその豊かな歴史の世界に私を連れて行ってくれただけでなく、世界の農業の歴史にも私の目を開かせてくれた。私が訪問した際はホスト役を買って出てくれ、人や場所を紹介してくれ、地元の事情を教えてくれ、味わったことのないほどすばらしいバーベキューもご馳走してくれた。本書の完成に二人は決定的に重要で、深く感謝している次第である。

訳者あとがき

二〇二一年二月二十三日、静岡県裾野市の一角で地鎮祭が行われたことが報道された。同市の工場跡地に県知事や市長を来賓に招いての神道式の儀式。主役はトヨタ自動車の豊田章男社長である。移転のため閉鎖となった東富士工場の跡地に、最先端のテクノロジーを駆使した未来都市の姿を探る「ウーブン・シティ」を建設するための第一歩だ。地鎮祭は土地の神々に工事の安全を祈願する祭祀だが、要するにその土地に宿る自然の力を敬い・鎮め、活用させてもらうための儀式と言える。いまだ国内総生産（GDP）で見れば世界第三位の経済力を誇る先進国の日本で、建設工事が始まるたびに古式ゆかしく土地の神に祈りを捧げるのは、とくに海外のメディアや人々には興味深く映る光景としておなじみだ。だがこのとき行われたのは一般的な住宅やオフィスビル建設の地鎮祭ではない。AIやIoT、ロボティクスなどが実現する先端的で実験的な「都市」を築くのであり、地鎮祭を行いこそすれ、土地神様の力よりもむしろ二十一世紀の人智を結集するプロジェクトである。

二〇二〇年一月に構想が発表された「ウーブン・シティ」（Woven City――直訳すれば「織り上げられた都市」）は、トヨタ自動車によれば自動運転車両や歩行者それぞれの専用の道などが網の目のように織り込まれた街がイメージされる名称だという。ヒトとモノと技術がつながり、パーソナル・モビリティやスマートハウスなどを高度に実現すると同時に、太陽光や燃料電池発電、カーボンニュートラルをめざした建築材の活用など、サステイナビリティも打ち出している。当面は数百人ほど、いずれは二〇〇〇人規模の人びとが暮らすこの「都市」は、トヨタ自動車の私有地内で展開され、常に進化（改善）し続ける「未完成」の都市であり、広大な実証実験場なのだという。私有地のクローズドな環境での実験がもつ利点と、地域との連携や還元はどうなるのかといったオープンな面と、そのバランスが課題と思われるが、大々的に発表されたユニークな構想がいよいよ「鍬入れ」の儀式を終えたとあって、注目を集めた。

ここで「ウーブン・シティ」に触れたのは、本訳書の原書、Thomas Hager, *Electric City: The Lost History of Ford and Edison's American Utopia*, Abrams Press, 2021を一読して、まず思い浮かんだものだったからだ。トヨタ自動車やプロジェクトの関係者を中心に「ウーブン・シティ」へ入居が始まるのは二〇二五年とまだ先だから街の実際の姿は（CGや模型などを超えては）イメージしづらく、一企業の私有地に建設される実験都市だけに非公開の部分もあるだろう。今から誰もがわくわくして仕方ない、というわけではない。しかし単なるハイテク都市ではなく、「ヒト中心のもっといい街をつくる」というビジョンを掲げているあたりに「ユートピア」的な未来都市への想像が膨らむ。そしてテネシー川沿いに高度に電化された未来型の田園都市を構築するというヘンリー・フォードの構想も、本書の副題にあるとおり、まさに「ユートピア」的であった。しかもコネクティビティやモビリティ、最先端のエレクトロニクスで生活の利便性と効率を向上させ、これまで無駄になっていた時間をより有効で生産的に使えるようにするという「ウーブン・シティ」の理念は、多くの意味で一〇〇年前のフォードの「ユートピア」が先駆的にめざしたものと重なる部分が多いように思う。

テネシー川の巨大ダムが可能にする水力発電によるクリーン・エネルギー（あるときフォードは「石炭を燃やすなんてとんでもない」と発言したという）、ガソリン車という当時としては「クリーン」なフォード社の自家用車や舗装された幹線道路で向上するモビリティ、生活の利便性と余暇的時間の創出による暮らしのゆとりは、アメリカの田園地帯ではほとんど普及していなかった電灯や電話網、冷蔵庫やラジオなど当時の最先端の家電品や装置、それにフォード社の最新型トラクターによる農作業の効率化などが生み出していく……。こうしてアメリカの都市型と田園型の生活環境の最良の部分を統合した新たな暮らしのモデルを提供する――それがフォードの構想だった。テネシー川という、暴れ川の土地神のごとき自然の力を存分に活かしつつ（本書では、教会へ誘われたフォードが神への礼拝を辞退し、「私は主が恵んでくださった自然を見て主を崇めることにする」と答える場面がある）、そこへ人智の粋を集めた技術を接続するのだ。

その構想は本書にあるとおり、実現しなかった。そしてニューディール政策の目玉の一つとして代わりに立ち上がった政府主導の大規模な土地・事業開発も、不況対策と治水の面では功績を残したものの、田園都市的な「ユートピア」の建設自体は、同じく挫折してしまった。つまり本書は「見果てぬ夢」の物語だ。そんな失敗例を延々と語ってどうなるものかと思われるかもしれない。だがここには、たとえ最終的に結実しなかったとしても、本気で未来を思い描き、夢を実現しようと奮闘した人たちの、結果論だけでは語れない魅惑に満ちた物語がある。

「ヘンリーおじさん」と親しまれたヘンリー・フォードは、一時は大統領候補にと期待された大衆的な面がある一方で、こうと決めたら譲ろうとしない頑固さが、プロジェクトを窮地に追い込んでしまう面もあった。天才発明家のエジソンも、大規模事業の開発・運営という点では（自らの直流電流送電方式がウェスティングハウスの交流電流方式に敗北した「電流戦争」に見られるように）必ずしも天才ではなかったし、フォードの構想に関しては賛同したり批判したりと、その立ち位置は大きくぶれた。そしてフランクリン・ローズヴェルト大統領と組んで公営事業としての大規模開発のレールを敷いたジョージ・ノリス上院議員、ノリスの構想を継いでテネシー川流域開発公社（ＴＶＡ）の理事となった三人も、卓越した能力の持ち主であると同時に、（とくに権威主義的・理想主義的な教育者肌のアーサー・モーガンTVA初代理事長など）押しとあくの強さでアイディア実現に猛進した「くせ者」ぞろいであった。本書は、良くも悪くもどこまでも（そしてあまりにも）「人間くさい」男たち（そう、残念ながら本書の主人公たちに限って言えば「男たち」だけである）が夢見た「ユートピア」の物語だ。経営コンサルタントやエリート肌のCEOたちが切れ味鋭く企業を先導し、AIが証券や為替取引の成否を左右する現代と比べて隔世の感がある。これを時代の趨勢と冷徹に受け止めるか、「古き良き時代」とその人情にノスタルジーを抱くか、あるいは今日を見つめ直し、明日への可能性を発見するヒントを探すか。それは読者次第だろう。二十一世紀の日本に暮らす私たちとは一見縁遠い、一世紀前のアメリカ・アラバマ州を舞台とした物語だが、日本の読者にもそれぞれどこか「コネクト」できるところがあるだろうと思う。

本書の著者トーマス・ヘイガー氏のこれまでの作品（邦訳書もある）や本書執筆のいきさつなどについては、巻末の略歴や、「プロローグ」や「主な参考資料」における著者の記述を参照していただきたいが、これまでは医学や化学など科学的なテーマの本や雑誌記事を中心に活躍してきたジャーナリストである。本書もタイトルからして科学ノンフィクションのようなイメージだが、実際はマッスル・ショールズというテネシー川の知られざる一地点のいわば「小さな窓」を通して、アメリカの現代史（社会・文化史）の一つの重要な画期を描いてみせた快作と言えるだろう。中心となるのは第一次世界大戦前後から、「ジャズ・エイジ」とも「狂騒の二〇年代」とも呼ばれた一九二〇年代とその終焉後（一九三〇年代末）までという、アル・カポネやスコット・フィッツジェラルドやベーブ・ルースらが彩ったアメリカ現代史の中でも魅力的な（そして世界大恐慌によって終わる悲喜劇的な）時代である。それは電気のみならず、ラジオや映画、全米の大衆を熱狂させるプロ・スポーツや航空機の時代の幕開けだったのであり、今日の私たちにまで通じる社会的・文化的基盤が形成された時代でもあった（そのあたりは拙訳のビル・ブライソン著『アメリカを変えた夏　１９２７年』白水社、二〇一五年に詳しい)。科学的知識を一般読者にわかりやすく届ける努力を続けてきた著者トーマス・ヘイガー氏であるが、本書はさらにその活躍の幅を広げる作品と言えるだろう。今後どのようなテーマに取り組むのか、期待したいところである。

本書の訳出では、右記のビル・ブライソン氏の著作の翻訳でお声がけいただいた白水社編集部の阿部唯史氏に、今回も最初から最後まで面倒を見ていただいた。同氏および白水社内外の本書に関わられたみなさんに心より謝意を表したい。デスクにかじりついて訳業に勤しむことを認めてくれる家族にも感謝している。そして本書を手に取ってくださった読者のみなさんに感謝申し上げるとともに、この壮大な「見果てぬ夢」の物語に、何か感じてもらえるところがあることを願っている。

二〇二二年四月

引き続くコロナウイルス蔓延とウクライナ情勢の不安と悲嘆の中でも、希望を抱きつつ　伊藤　真

主な参考資料

私は詳細な脚注をつけること自体に異論はない。多くの書籍では不可欠なものだ。私はかつて二年ばかり大学出版の経営に携わったことがあるし、今も執筆の調査で山ほど学術書を参照する。そうしたおおかたの大学出版局や学術書専門の小さな出版社から刊行されている書籍のほか、学術雑誌に掲載されている記事などを参照する際は、詳細な参考文献リストや、すべての引用や主張の典拠を小さな文字で示してくれる脚注などはとてもありがたい。専門書や学術雑誌ではそれが正しいやり方だ。だが私が書くような本ではそうではない。

私はいわゆるSTEM（科学、技術、工学、数学）の分野に関わるテーマの本を書くことが多く、科学や技術の専門知識がない一般の読者にはハードルが高い場合がある。そのような普通ならこの世界を覗くことがないかもしれない読者に対し、科学や技術の世界を正確かつ魅力的に提示して扉を開いてあげること、それが私の仕事なのだ。私にとってチャレンジングなのは、脚注満載の専門書や学術論文といった、私の情報源となる科学的な一次資料は、一般の読者にとってはほとんど外国語のような縁遠い言葉で書かれていることだ。それは科学の言語であり、なじみのない専門用語やデータ重視の体裁、ドライで客観的な記述などが特徴だ。統計数値や長たらしくて聞いたことのない専門用語や、グラフや図表で表現されているために、一般の読者は知る気が失せてしまうだろう。私はそんな科学的・学術的な資料を「翻訳」し、一般の読者を惹きつけるような言葉に直すのだ。

私の本は、脚注などに邪魔されずに、一気に通読してもらいたい。だから出典を示す脚注の代わりに、ここに各章ごとに「主な参考資料」を簡単に紹介する。関心を抱いてもっと掘り下げたい読者は、これを見ていただければ私が参照した資料へと読み進めることができるだろう。ここには私が情報を集めるのに利用した最も重要な書籍、歴史資料、学術論文、その他のメディアの資料をまとめてある。完全な脚注の代用にはならないが、探究したい読者の道しるべにはなるはずだ。より詳細な典拠を知りたい場合は、「著者・出版年」を頼りに、この後の「参考文献一覧」を参照してほしい。

• 新聞・雑誌の記事について

「参考文献一覧」に載せた書籍や論文のほかに、私は当時の新聞や雑誌の記事を大いに利用した。1920年代、30年代の新聞は、今日のように規模が縮小するばかりでスタッフも足りないことが多い地方紙とは大きく異なった。当時はどこへ行ってもジャー

ナリストたちが活動していたようである。どんな小さな都市や町にも活気に満ちた日刊紙が（時には 2、3 紙も）あって、地元の記者が詳細かつ生き生きと報道記事や論説を書いていた。私はニューヨーク、シカゴ、ワシントンなど大都市の日刊紙に加え、アラバマ州の十数紙の地元紙の記事も参考にした。デジタル化のおかげで、はるか昔の記事の多くがオンラインで検索でき、即座にアクセスできる。私のお気に入りの（有料）サービスは newspaper.com だが、各地の図書館やインターネット上にはほかの類似のサービスもある。

さらに、私はミシガン州ディアボーンにあるベンソン・フォード・リサーチセンターで、1 週間をかけてフォード社関連資料のアーカイブを調査した。同センターの資料は以下、「BFRC 所蔵資料」と記す。

●はじめに

フォードとエジソンがフローレンスに到着する本書のオープニングのシーンは、もっぱら当時の全国紙や地方紙の記事によっている。

●第 1 章

テネシー川の歴史と地理は Callahan（1980）, Downs（2014）, Lilienthal（1944）, McDonald（1997）, Whitman（1939）, Winn（2014）, Inskeep（2015）, Davidson（1992）、さらに Ashdown（2005）に収載されているジェイムズ・エイジーの記述による。悪夢のようなテネシー川下りを描くジョン・ドネルソンの手記は http://tsla.tnsosfiles.com/digital/teva/transcript/33635.pdf でオンラインで読める。テネシー川流域を振興しようとした疲れを知らない宣伝マン、ジョン・W・ワージントンの伝記資料は Almon（1975）, Downs（2014）, Johnson（1980）, Newman（1994）, McDonald（1997）, Sheffield（1985）による。ほかに、当時の新聞記事、BFRC 所蔵資料、アラバマ大学特別コレクションの John Warren Worthington papers にもさらなる情報が出ている。ウォッシュバーンに関する情報は BFRC 所蔵資料、当時の新聞記事、死亡記事、Washburn（1910）から得た。

●第 2 章

窒素肥料の歴史全般は Hager（2008）, McClung（1923）, Haynes（1954）, Clarke（1977）に出ている。マッスル・ショールズのダムと硝酸塩工場の建設およびそこまでの慌ただしい動きについては、「1916 年の国防法」とチャールズ・パーソンズの研究調査も含め、Pritchett（1943）, West（1925）, Clarke（1977）, Haynes（1954）, Downs（2014）, Wik（1962）, Garrett（1968）, McDonald（1997, 2014）, Tennessee Valley Authority（1983）および 2 人の異なるジョンソンの Johnson（1980）, Johnson（2016）による。戦時中の情勢に関するさらなる情報は Schaffer（1984）を参照。この章はとくに、当時の全国紙や地方紙の記事を大いに参照し、硝酸塩工場や労働者たちの居住地の跡地を訪問した際の直接取材にも依拠している。

●第3章

本書全体を通じ、フォード・モーター社の歴史を含め、ヘンリー・フォードに 関する資料の大部分は Benson (1923), Collier and Horowitz (2002), Guinn (2019), Lacey (1986), Lewis (1987), Miller (1922), Newton (1987), Nevins and Hill (1957), Watts (2006), Wik (1972) による。さらにフォード自身の著作 Ford (1922, 1926) も、多くの個人的なディテールの情報源となった。これらに加えて当時の新聞記事や BFRC 所蔵資料を参照し、またフォード・モーター社の従業員たちの思い出やエピソードについては Marquis (2007), Sorenson (2006) および BFRC が所蔵するフォード・モーター社の従業員や経営陣のオーラル・ヒストリーの宝の山のような資料を参照した。Nevins and Hill (1957) はマウント・クレメンスの裁判に関するとくに優れた記述があり、シカゴ・トリビューン紙の名誉毀損訴訟に関する重要なディテールは当時の新聞・雑誌記事に依拠した。第一次世界大戦中のマッスル・ショールズの事業が戦後に閉鎖されたことについては、第2章のところで挙げた参考文献を参照。さらに議会における議論についての当時の新聞記事も参照した。

●第4章

第3章のところで挙げたフォード関連の参考文献のほかに、当時の新聞・雑誌記事をたくさん加えて本章を構成した。フォードの反ユダヤ主義は多くの本で取り上げられている。私が利用したのは Ribuffo (1980), Nevins and Hill (1957), Lacey (1986), Wallace (2003), Woest (2012), Baldwin (2001)。できる限りフォード自身の言葉にも依拠し、彼の回想録とディアボーン・インディペンデント紙掲載のもの、さらに当時の多くの新聞に引用されている発言などを参照した。フォードの反ユダヤ主義はアメリカの堕落、そして大都市の衰退と来るべき崩壊という、彼の見解と密接にからみ合っていた。フォードがマッスル・ショールズに関わった時代の初めのころ (1921-22 年)、しばしば記者たちに思いつきのように反ユダヤ主義的な発言を口にしていた。大都市の日刊紙の多くはこうした民族差別的な誹謗中傷を記事にはしなかったが、小さな地方紙はそれほど遠慮せずに報じ、どうやら支持すらしていたようである。

●第5章

フォードの伝記作家たちは最初のマッスル・ショールズ訪問と 1921 年の最初の入札についてほとんど触れていないが、Wik (1972), Sheridan (1986), Watts (2006) は多少言及している。私は主に当時の新聞記事からディテールを集めてまとめた。ウィークス陸軍長官とランシング・ビーチ将軍については、のちの公聴会に関する政府の公文書や報告書にさらに詳しく出ているし、Johnson (1980) や、マッスル・ショールズのプロジェクトの構築に関する記事や、それに関する歴史の記述、とくに Milton (1925), Hubbard (1961), Downs (2014), Pritchett (1943) などを参照。Guinn (2019) はハーディング大統領を伴ってのキャンプの詳しい様子を記しており、同時代の多くの報道記事も同様。ワージントンの手紙がホテルの部屋から盗まれたというスキャンダルは、北部でも南部でも新聞各紙が喜んでネタにした。アンチ・フォード勢力がメロン財務長官

とそのアルミニウム関連の投資と結びついていたという疑惑については、政治雑誌や新聞の論説欄などでかしましく取り上げられた。今日ソーシャル・メディアを賑わす陰謀論も、1920年代の俗っぽいイエロー・ペーパーにはかなわないだろう。

•第6章

フォードの個人秘書兼財務顧問だったアーネスト・リーボルドという人物に私はとても惹かれる。とくにCollier and Horowitz（2002）など、彼はフォードの伝記類には例外なく登場する。彼のドイツ寄り、反ユダヤ的な見解はWoest（2012), Baldwin（2001), Wallace（2003）などに、より詳しく書かれている。Marquis（2007）には、毎日リーボルドと接した同時代の同僚による率直な描写を見ることができる〔訳注：サミュエル・マーキスは1915年に牧師の職を辞し、フォード社の福利厚生部門のトップを5年間務めた〕。BFRC所蔵のリーボルドのオーラル・ヒストリーもさらに多くのことを明かしてくれる。リーボルドは恐ろしく念入りで几帳面だったと一般に言われているが、それにしてはフォードとの仕事の詳細な記録、すなわち上司フォードとの長年にわたる手紙、覚書、会社の文書、その他のやりとりの記録などは、BFRCのフォード関係資料の中には公開されていない。おそらくこれらの文書は紛失、破棄、あるいは別置されたものと思われる。私はBFRCが所蔵するマッスル・ショールズに関するリーボルドとワージントンの間の手紙に依拠したが、やりとりの記録は一部しか残っていない。ワージントンは何度かリーボルドからの返信やその他の連絡に言及しているが、いずれもBFRC所蔵資料には欠けている。リーボルドは協力者たちとのやりとりをほとんど電話でしたこともうかがわれるが、それだと文書記録は残らないわけである。1921年12月にフォードはエジソンとマッスル・ショールズを訪問したが、そこに至るまでのフォードとウィークスの関係については、当時の報道記事に依拠した。

•第7章

トーマス・エジソンの生涯と1921年以前のフォードとの関係については、Baldwin（1995), Israel（1998), Morris（2019), Newton（1987), Vanderbilt（1971）といったエジソンの伝記類を主に参照した。とくにデトロイトでのエジソンとフォードの初めての運命的出会いについては、ヴァンダービルトの記述がすばらしいし、さらにLacey（1986）にも出ている。エジソンのフォードとのキャンプ旅行の情報はGuinn（2019）と当時の新聞記事から得た。フォードとエジソンが似た者同士の「変わり者」だという引用はBenson（1923）から。1921年末のエジソンとフォードのマッスル・ショールズへの宣伝旅行については、当時の膨大な数の新聞記事に主として依拠し、Sheridan（1986), Hubbard（1961）や、バーベキューについては主催者のエド・オニール本人が地元に残したオーラル・ヒストリーの資料からも情報を補った。このバーベキューに関しては、当時バーミンガムのローカル紙に載った示唆に富む漫画もある。その風刺画の中では、フォードが薪割りをして、エジソンが焚き火のそばで体を温めており、こびへつらう地元の人たちが群れを成し、黒服のウェイターたちが並んで湯気の立つ料理を提供しつつ、こんなことを言っている――「あのおっさんくらい財産があればなあ、おれなん

ざあ、もう仕事なんてもうこれっきりしねえのになあ」。漫画にはほかにも色っぽい服装の女性が1人、2人描かれている。「エネルギー・ドル」を使うとのフォードとエジソンの構想のさらに詳しい情報は、Foster（1923）, Hammes（2006）を参照。これはとくに当時の経済紙の記事や論説でも（全般的に批判的に）取り上げられている。

●第8章

1922年初頭、マッスル・ショールズの事業に対するフォードの入札とウィークス陸軍長官との議論のもつれは、全米最大の報道ネタだった。本章の大部分は当時の数多くの報道記事で構成し、米国国立公文書館の政府報告書やBFRC所蔵のワージントンの書簡とマッスル・ショールズ関連資料からも情報を補った。これらに加え、Pritchett（1943）, Haynes（1954）, Hubbard（1961）, Downs（2014）, Wik（1955, 1972）, Watts（2006）からの情報も利用した。

●第9章

「フォードを大統領に」との動きがちょっとばかり盛り上がったことは、第3章の参考文献に挙げたフォードの伝記のほとんどが言及しているが、これまで深く掘り下げられることは稀だった。例外的に、Wik（1972）はフォードの政治的魅力を分析している。Guinn（2019）, Lewis（1987）, Nevins and Hill（1957）もそれなりに着目して書いている。幹部として長年フォードと親密に仕事をした人物の手になるMarquis（2007）は、フォードの政治的な願望について見解を述べている。出馬の可能性をめぐる当時の雰囲気と熱気をより現場感覚をもって伝えてくれるのは、1923年からほぼ1924年末まで掲載され続けた多くの雑誌や新聞の記事である。

●第10章

マッスル・ショールズ周辺の熱狂的な不動産投機に関する資料は、ほとんどが当時の新聞記事で、とくに現地の小さな新聞社のものを多く利用した。ジョンソン姉妹のエピソードは、BFRC所蔵のマッスル・ショールズ関連資料にある手紙に出ている。ノリスが不動産業者らの強欲ぶりと怪しいビジネス手法にほとほと呆れていたことは、Norris（1992）からわかる。さらに詳しくはDowns（2014）, Wik（1972）, Hubbard（1961）, McDonald（1997）, Tennessee Valley Authority（1983）も参照。

●第11章

フォードの入札をめぐる1922年の政治的な駆け引きは盛んにマスコミに取り上げられた。私はそれらを利用すると同時に、米国国立公文書館のノリス関連資料、BFRC所蔵のマッスル・ショールズ関連資料、下院のカーン議員と上院のノリス議員の両委員会における公聴会のトランスクリプトを使って本章のストーリーを描いた。追加的にHubbard（1958, 1959, 1961）, Johnson（1980）, Wik（1972）も参照した。ノリスの生涯をより詳しく知るには彼の自叙伝Norris（1992）のほか、Zucker（1996）, Budig and Walton（2013）, Villard（1936）を参照。

• 第 12 章

フォードはテネシー川沿いの「全長 75 マイルの都市」の構想について、マスコミにたびたび断片的に語ったが（たとえば Crowther［1923］）、総合的なビジョンはマックラングの 2 本の雑誌記事 McClung（1922）が最も詳しい。フォードが都市設計の牽引力として水力発電と電気の利用に関心を抱いていたことは、Tobey（1996）, Hubbard（1961）, Lewis（1987）に出ている。マンフォード、フランク・ロイド・ライト、フォードらが未来の設計において過去へのノスタルジアを抱いていたという点を含め、小規模なユートピア的な庭園都市構想の背景について、詳しい情報は、Molella and Kargon（2003）, Graham（2016）, Kargon and Molella（2008）, Krieger（2019）などを参照。Rosenbaum（1993）はフランク・ロイド・ライトのマッスル・ショールズに対する長年にわたる興味について詳しく述べている。今もアラバマ州フローレンスにはライト設計の家が保存されている〔訳注：ローゼンバウム・ハウス。展示施設として一般公開されている〕。

• 第 13 章

フォードの入札をめぐる議会を舞台とした戦いの経緯は、ワージントンが長期にわたってリーボルドへ送り続けた手紙に綴られており、私はそれらを BFRC 所蔵のマッスル・ショールズ関連資料の中に発見した。私は同時に、多くの当時の新聞記事や米国国立公文書館の政府の公文書も利用した。「フォード・シティ」の計画は全米各紙に載った一連の図入り広告で説明されている。「フォードを大統領に」という市民の動きに関しては第 9 章の参考文献を参照。観察力が鋭く、のちには率直に発言したフォード社の元幹部、サミュエル・マーキスが辛辣に述べたように、「もしわが国の政府が絶対君主制のワンマン政治だったらならば、ヘンリー・フォードこそ玉座にふさわしい」と言えたのかもしれない〔訳注：この引用は第 14 章に出ている〕。

• 第 14 章

ウォーレン・G・ハーディングの晩年とカルビン・クーリッジの登場に関する資料は大部分 Shlaes（2013）と当時の報道による。Wik（1972）も参照。ディアボーン・インディペンデント紙のフレッド・L・ブラックの回想は BFRC 所蔵の本人のオーラル・ヒストリーより。ハーディングの葬儀にフォードとエジソンが参列したことは Guin（2019）。フォードの政治的野心は第 9 章の参考文献として挙げたものを参照。「あなたのおんぼろ車《フリヴァース》だってそうですよ、フォードさん」というやりとりは Woest（2012）に出ている。このフォードとクーリッジの問題の会談をめぐる状況について、私は議会での証言記録や当時の報道からたどったが、その解釈は私の見解だ。

• 第 15 章

ジャーナリストのジェイムズ・マーティン・ミラーも私の目を引いた 1920 年代の脇役の一人だ。彼の生涯とキャリアに関する情報収集にはかなりの時間を要したが、情報源はおおかた当時のばらばらな報道資料中に散見するもので、一部は本人の著書や記事

中の本人の言葉に依拠している。BFRC所蔵の諸記録も補足的な情報を提供してくれた。ノリス上院議員の委員会におけるミラーの2度の証言は、議会の刊行物に逐語的な記録が載っている。これらの出来事の解釈は私の見解だ。ミラーの人生は短い伝記を書くにはおもしろい素材だろう。

• 第16章

Downs (2014), Pritchett (1943), McCraw (1971), Johnson (1980), Tennessee Valley Authority (1983), Lane (1925), Johnson (2016) はフォード撤退後のマッスル・ショールズの様子をさまざまな側面から語っている。さらにBFRC所蔵資料と当時の報道資料で補足した。

• 第17章

テネシー川流域開発公社（TVA）が発足した当時、同地の暮らしがどのようなものだったか、その描写はAgee (1933, 1984, 2013), Daws (1981), McDonald (1997, 2014), Downs (2014), Rinks (2014), Ezzell (2018), Chandler (1984) に依拠した。ローズヴェルトとノリスの同地への訪問とニューディール政策の影響についての情報は、当時の新聞記事およびKargon (2008), Downs (2014), McDonald (1997), Freeman (2014), Sheridan (2014), Makima (2014) にある。TVA誕生についてはMcCraw (1971), Callahan (1980), Lilienthal (1944), Morgan (1974) で語られている。

• 第18章

TVAの初期の様子は多くの本が紙数を割いて述べている。私が依拠したのはCallahan (1980), Chandler (1984), Downs (2014), Hargrove and Conklin (1983), Hargrove and Wills (1994), Lilienthal (1944), McCarthy and Voigtlander (1983), McCraw (1971), Morgan (1974), Pritchett (1943), Selznick (1966), Whitman (1939) である。流域の住民の移転はDaws (1981), McDonald (1982) が中心テーマとして扱っている。アーサー・モーガンが開発したノリスいう名の実験的な町も、これらの本の多くに出ている。さらにKargon (2008), Hicks (2001), Schaffer (1986), Graham (2016) も参照。Agee (1935) は実際に現場にいた者の生の証言だ。例によって私は雑誌や地元紙に載った当時のさまざまな記事も利用した。現地の歴史家による著書であるClemons (2018), Schaffer (1986) も参照。

• 第19章

第18章の参考文献として挙げたTVA関連の資料は、電力の生産コストの「基準」を作るためのリリエンソールの仕事に関する情報も含んでおり、ウェンデル・ウィルキーとのいざこざにも言及する。Tobey (1996), Hargrove (1987, 1994), Callahan (1980), McCraw (1970, 1971) は上記のテーマに特化したものだ。Whitman (1939) はもっとローカル色の強い情報を提供してくれる。これらの資料はどれもTVA時代のリリエンソールの一面をそれぞれに教えてくれる。だが彼の気高さ、公共への奉仕、そして広報

宣伝の手腕の組み合わせについて理解する上で、最善の方法は本人の言葉を読むことだろう。とくに Lilienthal（1944）だ。ウェンデル・ウィルキーの全生涯の伝記としては Lewis（2018）がある。

• 第20章

アーサー・モーガンとリリエンソールの権力争いは、第18章、19章の参考文献に挙げたTVAの歴史に関する書籍すべてが扱うテーマだ。とくに注目して論じているのは Hargrove（1994）, McCraw（1970）, Chandler（1984）, Colignon（1997）, Downs（2014）, Davis（1989）である。2人の主人公自身による生の声を並べて読んでみるのもおもしろい。Morgan（1974）からは闘争が終わってもモーガンがいつまでも根に持っていたことがわかるし、Lilienthal（1944）のリリエンソールは勝利に酔って天にも昇る勢いである。主な歴史書はいずれも TVA の長期的影響について簡単な分析を記している。

• エピローグ

主要な登場人物それぞれの晩年に関しては、各人に関する主要な参考文献に依拠している（各章の参考文献を参考にしてほしいが、たとえばウォッシュバーンとワージントンについては第1章、リーボルドは第6章、エジソンは第7章、ノリスは第11章、フォードは第3章の文献を参照）。晩年のディテールは当時の報道記事や死亡記事でも補足した。

参考文献一覧

Agee, James. "T.V.A." *Fortune* 8 (1933): 81-97.

Agee, James. "TVA: Work in the Valley." *Fortune* 11 (1935): 93-98.

Agee, James. *Cotton Tenants: Three Families*. New York: Melville House, 2013.

Allen, Frederick Lewis. *Only Yesterday: An Informal History of the 1920s*. New York: Perennial Library, 1931.（F・L・アレン『オンリー・イエスタデイ』藤久ミネ訳、ちくま文庫、1993年、ほか）

Almon, Clopper. "J. W. Worthington and His Role in the Development of Muscle Shoals and the Tennessee River." *J. Muscle Shoals History* III (1975): 49-63.

Alvarado, Rudolph, and Sonya Alvarado. *Drawing Conclusions on Henry Ford*. Ann Arbor: University of Michigan Press, 2001.

Ashdown, Paul, ed. *James Agee: Selected Journalism*. Knoxville: University of Tennessee Press, 2005.

Baldwin, Neil. *Edison: Inventing the Century*. New York: Hyperion, 1995.（ニール・ボールドウィン『エジソン――二〇世紀を発明した男』椿正晴訳、三田出版会、1997年）

Baldwin, Neil. *Henry Ford and the Jews: The Mass Production of Hate*. New York: PublicAffairs, 2001.

Bates, J. Leonard. "The Teapot Dome Scandal and the Election of 1924." *The American Historical Review* 60, no. 2 (1955): 303-22.

Bellamy, Edward. *Looking Backward: 2000-1887*. Boston: Ticknor & Co., 1888.（『アメリカ古典文庫7 ――エドワード・ベラミー』所収、中里明彦訳、研究社、1975年ほか）

Benson, Allan L. *The New Henry Ford*. New York: Funk & Wagnalls, 1923.（アラン・エル・ベンソン『産業界の奇蹟――自動車王物語』加藤三郎訳、文興院、1924年）

Bradford, Jesse C. "A History of the City of Muscle Shoals." *J. Muscle Shoals History* XIX (2014): 183-90.

Bryson, Bill. *One Summer: America 1927*. London: Doubleday, 2013.（ビル・ブライソン『アメリカを変えた夏 1927年』伊藤真訳、白水社、2015年）

Bryan, Ford R. *Henry's Lieutenants*. Detroit: Wayne State University Press, 1993.

Budig, Gene A., and Don Walton. *George Norris, Going Home*. Lincoln: University of Ne-

braska Press, 2013.
Callahan, North. *TVA: Bridge over Troubled Waters*. New York: A. S. Barnes & Co., 1980.
Chandler, William U. *The Myth of TVA: Conservation and Development in the Tennessee Valley, 1933-1983*. Cambridge, MA: Ballinger Publishing, 1984.
Clarke, Margaret Jackson. *The Federal Government and the Fixed-Nitrogen Industry, 1915-1926* (PhD thesis). Corvallis: Oregon State University Press, 1977.
Clemons, L. C. (Bill). *TVA: The Great Experiment*. Personal Collection. Florence, AL: self-published, 2018.
Coffey, Brian F. "Fertilizers to the Front: HAER and US Nitrate Plant No. 2." *J. Soc. for Industrial Archaeology* 23, no. 1 (1997): 25-42.
Colignon, Richard A. *Power Plays: Critical Events in the Institutionalization of the Tennessee Valley Authority*. Albany: State University of New York Press, 1997. 283
Collier, Peter, and David Horowitz. *The Fords: An American Epic*. San Francisco: Encounter Books, 2002.
Crowther, Samuel. "Muscle Shoals." *McClure's Magazine* 54, no. 11 (1923): 31-38.
Dakin, Edwin. "Henry Ford—Man or Superman?" *The Nation* 118, no. 3064 (1924): 336-38.
Davidson, Donald. *The Tennessee, Vol. 1: The Old River, Frontier to Secession*. Nashville: J. S. Sanders, 1992.
Davidson, Donald. The Tennessee, *Vol. 2: The New River, Civil War to TVA*. Nashville: J. S. Sanders, 1992.
Davis, Kenneth S. "Crisis Behind the TVA." *Invention & Technology* 5, no. 1 (1989): 8-16.
Daws, Laura Beth. *The Greater Good: Media, Family Removal, and TVA Dam Construction in North Alabama*. Tuscaloosa: University of Alabama Press, 1981.
Dennis, Bobby. "Industrial Growth in Northwest Alabama Since 1933." *J. Muscle Shoals History* VII (1979): 143-49.
Downs, Matthew L. *Transforming the South: Federal Development in the Tennessee Valley, 1915-1960*. Baton Rouge: Louisiana State University Press, 2014.
Ekbladh, David. "'Mr TVA': Grass-Roots Development, David Lilienthal, and the Rise and Fall of the Tennessee Valley Authority as a Symbol for U.S. Overseas Development, 1933-1973." *Diplomatic History* 26, no. 3 (2002): 335-74.
Engineering Association of the South, Nashville Section. *America's Gibraltar: Muscle Shoals*. Nashville: Muscle Shoals Association, 1916.
Ford, Henry. *Today and Tomorrow*. Cambridge, MA: Productivity Press, 1926.(ヘンリー・フォード『今日及明日』加藤三郎訳、大日本雄弁会、1927年)
Ford, Henry (with Samuel Crowther). *My Life and Work*. Garden City: Doubleday, 1922.(ヘンリー・フォード述、サミュエル・クローザー編『我が一生と事業——ヘンリー・フォード自叙伝』加藤三郎訳、文興院、1924年)
Foster, William Trufant. "Edison-Ford Commodity Money." *Proc. Acad. Political Science in*

the City of New York 10, no. 2 (1923): 57-75.
Freeman, Lee. "Facts and Folklore About FDR's Visits to Muscle Shoals." *J. Muscle Shoals History* XIX (2014): 30-50.
Garrett, Jill K. *A History of Florence, Alabama*. Columbia, TN: J. K. Garrett, 1968.
Graham, Wade. *Dream Cities: Seven Urban Ideas That Shape the World*. New York: HarperCollins, 2016.
Grandin, Greg. *Fordlandia: The Rise and Fall of Henry Ford's Forgotten Jungle City*. New York: Metropolitan Books, 2009.
Greenwood, Ernest. "The Myth of Muscle Shoals." *The Independent*, Feb. 28, 1925: 230-32.
Guinn, Jeff. *The Vagabonds: The Story of Henry Ford and Thomas Edison's Ten-Year Road Trip*. New York: Simon & Schuster, 2019.
Hager, Thomas. *The Alchemy of Air*. New York: Crown Publishing, 2008.（トーマス・ヘイガー『大気を変える錬金術［新装版］』渡会圭子訳、みすず書房、2017 年）
Hammes, David L., and Douglas T. Wills. "Thomas Edison's Monetary Option." *J. Hist. of Economic Thought* 28, no. 3 (2006): 1-4. 284
Hargrove, Erwin C. "David Lilienthal and the Tennessee Valley Authority." In Doig, Jameson W., and Erwin C. Hargrove, eds. *Leadership and Innovation: A Biographical Perspective on Entrepreneurs in Government*. Baltimore: Johns Hopkins University Press, 1987: 25-60.
Hargrove, Erwin C. *Prisoners of Myth: The Leadership of the Tennessee Valley Authority, 1993-1990*. Knoxville: University of Tennessee Press, 1994.
Hargrove, Erwin C., and Paul K. Conklin, eds. *TVA: Fifty Years of Grass-Roots Bureaucracy*. Urbana: University of Illinois Press, 1983.
Haynes, William. *The American Chemical Industry II: The World War I Period, 1912-1922*. New York: D. Van Nostrand Co., 1954.
Hicks, George L. *Experimental Americans: Celo and Utopian Community in the Twentieth Century*. Urbana: University of Illinois Press, 2001.
Hubbard, Preston J. "The Story of Muscle Shoals." *Current History*, May 1958: 265-69.
Hubbard, Preston J. "The Muscle Shoals Controversy, 1920-1932." *Tennessee Historical Quarterly* 18 (1959): 195-212.
Hubbard, Preston J. *Origins of the TVA: The Muscle Shoals Controversy, 1920-1932*. New York: Norton, 1961.
Inskeep, Steve. *Jacksonland*. New York: Penguin Press, 2015.
Israel, Paul. *Edison: A Life of Invention*. New York: Wiley & Sons, 1998.
Johnson, Evans C. *Oscar W. Underwood: A Political Biography*. Tuscaloosa: University of Alabama Press, 1980.
Johnson, Timothy. "Nitrogen Nation: The Legacy of World War I and the Politics of Chemical Agriculture in the United States, 1916-1933." *Agricultural History* 90, no. 2, (2016): 209-229.

Kargon, Robert H., and Arthur P. Molella. *Invented Edens: Techno-Cities of the Twentieth Century*. Cambridge, MA: MIT Press, 2008.

Kennedy, John F. *Profiles in Courage*. New York: Harper & Brothers, 1956.（ジョン・F・ケネディ『勇気ある人々』宮本喜一訳、英治出版、2008 年ほか）

King, Judson. *The Conservation Fight: From Theodore Roosevelt to the Tennessee Valley Authority*. Washington, DC: Public Affairs Press, 1959.

Kitchens, Carl T. "The Role of Publicly Provided Electricity in Economic Development: The Experience of the Tennessee Valley Authority, 1929-1955." *J. Economic Theory* 74, no. 2 (2014): 389-419.

Krieger, Alex. *City on a Hill: Urban Idealism in America from the Puritans to the Present*. Cambridge, MA: Harvard University Press, 2019.

Lane, Alfred P. "Muscle Shoals—Bonanza or White Elephant?" *Scientific American* May 1925: 293-95

Lacey, Robert. *Ford: The Men and the Machine*. New York: Little Brown & Co., 1986.（ロバート・レイシー『フォード――自動車王国を築いた一族（上下）』小菅正夫訳、新潮文庫、1989 年）

Lewis, David L. *The Public Image of Henry Ford*. Detroit: Wayne State University Press, 1987.

Lewis, David Levering. *The Improbable Wendell Willkie*. New York: Liveright Publishing, 2018.

Lilienthal, David E. *TVA: Democracy on the March*. New York: Harper & Brothers, 1944.（D・E・リリエンソール『TVA――民主主義は進展する』和田小六訳、岩波書店、1949 年）

Lilienthal, David E. "The Regulation of Public Utility Holding Companies." *Columbia Law Review* 29, no. 4 (1929): 404-440.

Makima, Mary Shaw. "My Firsthand View of Roosevelt's Visit." *J. Muscle Shoals History* XIX (2014): 52-55.

Marquis, Samuel S. *Henry Ford: An Interpretation*. Detroit: Wayne State University Press, 2007.

McCarthy, D. M., and Clyde W. Voigtlander, eds. *The First Fifty Years: Changed Land, Changed Lives*. Knoxville: Tennessee Valley Authority, 1983.

McClung, Littell. "The Seventy-Five Mile City." *Scientific American* 127, no. 3 (1922): 156-57.

McClung, Littell. "What Can Henry Ford Do with Muscle Shoals?" *Illustrated World* 37, no. 2 (1922): 184-91.

McClung, Littell. "Taking Nitrogen from the Air." *Scientific American* 128, no. 5 (1923): 298-99.

McClung, Littell. "Building the World's Largest Monolith." *Scientific American* 129, no. 1 (1923): 8-9.

McCraw, Thomas K. *Morgan vs. Lilienthal: The Feud Within the TVA*. Chicago: Loyola University Press, 1970.

McCraw, Thomas K. *TVA and the Power Fight, 1933-1939*. New York: J. B. Lippincott Co., 1971.

McDonald, Michael J. *TVA and the Dispossessed*. Knoxville: University of Tennessee Press, 1982.

McDonald, William L. *A Walk Through the Past: People and Places of Florence and Lauderdale County, Alabama*. Killen, AL: Heart of Dixie Publishing, 1997.

McDonald, William L. "Life in Muscle Shoals During the Depression." *J. Muscle Shoals History* XIX (2014): 152-57.

Miller, James Martin. *The Amazing Story of Henry Ford: The Ideal American and the World's Most Famous Private Citizen*. Chicago: M. A. Donohue & Co., 1922.

Miller, Nathan. *New World Coming: The 1920s and the Making of Modern America*. New York: Da Capo Press, 2003.

Milton, George F. "The South and Muscle Shoals." *The Independent*, Jan. 19, 1924: 39-40.

Milton, George F. "The Ruhr of America." *The Independent*, June 6, 1925: 631-33.

Molella, Arthur, and Robert Kargon. "Environmental Planning for National Regeneration: Techno-Cities in New Deal America and Nazi Germany." In Molella, Arthur, and Joyce Bedi. *Inventing for the Environment*. Cambridge, MA: MIT Press, 2003: 107-29.

Morgan, Arthur E. *The Making of the TVA*. Buffalo: Prometheus Books, 1974. Morris, Edmund. Edison. New York: Random House, 2019.

Morris, Edmund. *Edison*. New York: Random House, 2019.

Newton, James. *Uncommon Friends: Life with Thomas Edison, Henry Ford, Harvey Firestone, Alexis Carre, and Charles Lindbergh*. New York: Harcourt, 1987.

Nevins, Allan, and Frank Ernest Hill. *Ford: Expansion and Challenge*. New York: Charles Scribner's Sons, 1957.

Norris, George W. *Fighting Liberal: The Autobiography of George W. Norris* (2nd. ed.). Lincoln: University of Nebraska Press, 1992.

Pinci, A. R. "Woodrow Wilson's Ford Boom." *Forum* LXXVIII (1927): 181-90.

Pritchett, C. Herman. *The Tennessee Valley Authority: A Study in Public Administration*. Chapel Hill: University of North Carolina Press, 1943.

Ribuffo, Leo P. "Henry Ford and 'The International Jew.'" *American Jewish History* 69 (1980): 437-77.

Rinks, Barry. "The Effects of the Great Depression on Lauderdale County." *J. Muscle Shoals History* XIX (2014): 126-51.

Rosenbaum, Alvin. *Usonia: Frank Lloyd Wright's Design for America*. Washington, DC: The Preservation Press, 1993.

Schaffer, Daniel. "The Moral Materialism of War: Muscle Shoals, Alabama, 1917-1918." Knoxville: Tennessee Valley Authority Office of Natural Resources and Economic De-

velopment Cultural Resources Program, 1984.
Schaffer, Daniel. "Ideal and Reality in 1930s Regional Planning: The Case of the Tennessee Valley Authority." *Planning Perspectives* 1, no. 1 (1986): 27-44.
Selznick, Philip. *TVA and the Grass Roots: A Study in the Sociology of Formal Organization.* New York: Harper & Row, 1966.
Sheffield: City on the Bluff, 1885-1985. Sheffield, AL: Friends of Sheffield Public Library, 1985.
Sheridan, Richard. "Thomas Alva Edison's Visit to Muscle Shoals." *J. Muscle Shoals History* XI (1986): 127-33.
Sheridan, Richard C. "Visits to the Muscle Shoals Area by Future, Current, and Former Presidents." *J. Muscle Shoals History* XIX (2014): 3-26.
Shlaes, Amity. *Coolidge.* New York: Harper Perennial, 2013.
Silverstein, Ken. "Ford and the Fuehrer." *The Nation* 270, no. 3 (2000): 11-13.
Sorensen, Charles E. *My Forty Years with Ford.* Detroit: Wayne State University Press, 2006.
Strows, W. H. "Muscle Shoals and Permanent Agriculture." *Outlook* 130, no. 17 (1922): 698-99.
Tennessee Valley Authority. *Fiftieth Anniversary of TVA.* Muscle Shoals AL: National Fertilizer Development Center, 1983.
Tobey, Ronald C. *Technology as Freedom: The New Deal and the Electrical Modernization of the American Home.* Berkeley: University of California Press, 1996.
Vanderbilt, Byron M. *Thomas Edison, Chemist.* Washington, DC: American Chemi cal Society, 1971.
Villard, Oswald Garrison. "Pillars of Government: George W. Norris." *Forum and Century* 45, no. 4 (1936): 249-53.
Wallace, Max. *The American Axis: Henry Ford, Charles Lindbergh, and the Rise of the Third Reich.* New York: St. Martin's Press, 2003.
Washburn, Frank. "The Power Resources of the South." *Annals of the American Academy of Political and Social Science* 35, no. 1 (1910): 81-98.
Watts, Steven. *The People's Tycoon: Henry Ford and the American Century.* New York: Vintage Books, 2006.
Webbink, P. "Status of the Muscle Shoals Project." *Editorial Research Reports v. 4.* Washington, DC: CQ Press, 1928.
West, William Benjamin. "America's Greatest Dam." *Scientific American* 124, no. 19 (1921): 364-65.
West, William Benjamin. *America's Greatest Dam, Muscle Shoals, Alabama.* New York: Frank E. Cooper, 1925.
West, William Benjamin. "Muscle Shoals Active at Last." *Scientific American* 149, no. 4 (1933): 149-51.
Whitman, Willson. *God's Valley: People and Power Along the Tennessee River.* New York: Vi-

king Press, 1939.
Wik, Reynold M. "Henry Ford and the Agricultural Depression of 1920-1923." *Agricultural History* 29, no. 1 (1955): 15-22.
Wik, Reynold M. "Henry Ford's Science and Technology for Rural America." *Technology and Culture* 3 (1962): 247-58.
Wik, Reynold M. *Henry Ford and Grass-roots America*. Ann Arbor: University of Michigan Press, 1972.
Wiltse, A. J., and R. R. Humphries. ed. *Florence Alabama: The Power City at Wilson Dam, Muscle Shoals*. Florence, AL: Humphries & Wiltse, 1925.
Winn, Nicholas. "Muscle Shoals—The Problem and the Development." *J. Muscle Shoals History* XIX (2014): 191-96.
Woest, Victoria Saker. *Henry Ford's War on Jews and the Legal Battle Against Hate Speech*. Stanford: Stanford University Press, 2012.
Zucker, Norman L. *George W. Norris: Gentle Knight of American Democracy*. Urbana: University of Illinois Press, 1966.

著者

トーマス・ヘイガー

Thomas Hager

1953年、米国オレゴン州生まれ。医化学系ジャーナリスト。オレゴン健康科学大学で病原微生物学と免疫学の修士号、オレゴン大学でジャーナリズムの修士号を取得。米国国立がん研究所で勤務したのち、フリーランスのライターとなり、医療関連の記事を *American Health*, *Journal of the American Medical Association* などに寄稿。オレゴン大学で *Oregon Quarterly* のエディターを長年務めたほか、同大学出版会のディレクターとしても活躍した。著書多数。邦訳書に『歴史を変えた10の薬』(すばる舎、2020年)、『大気を変える錬金術［新装版］』(みすず書房、2017年)、『サルファ剤、忘れられた奇跡』(中央公論新社、2013年)がある。

訳者

伊藤 真

いとう・まこと

ノンフィクションを中心に翻訳に従事。訳書にジョビー・ウォリック『ブラック・フラッグス(上下)』、ビル・ブライソン『アメリカを変えた夏 1927年』、ポール・コリアー『新・資本主義論』(以上、白水社)、ニコラス・スカウ『驚くべきCIAの世論操作』(集英社インターナショナル新書)、ジョン・リード『世界を揺るがした10日間』(光文社古典新訳文庫)、ピーター・グロース『ブラディ・ダーウィン もうひとつのパール・ハーバー』(大隅書店)、ロバート・ゲスト『アフリカ 苦悩する大陸』、ワン・ジョン『中国の歴史認識はどう作られたのか』(以上、東洋経済新報社)ほか。

エレクトリック・シティ

フォードとエジソンが夢見たユートピア

二〇二二年五月一〇日 印刷
二〇二二年六月 五 日 発行

著者 トーマス・ヘイガー
訳者 © 伊藤真
装幀 谷中英之
組版 閏月社
発行者 及川直志
印刷所 株式会社理想社
発行所 株式会社白水社

東京都千代田区神田小川町三の二四
電話 営業部〇三（三二九一）七八一一
編集部〇三（三二九一）七八二一
振替 〇〇一九〇-五-三三二二八
郵便番号 一〇一-〇〇五二
www.hakusuisha.co.jp

乱丁・落丁本は、送料小社負担にて
お取り替えいたします。

加瀬製本

ISBN978-4-560-09885-1
Printed in Japan

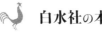